하얀 깃털

Across the Divide

하얀 깃털

앤 부스 지음
김선영 옮김

책담

일러두기

1. 외국 인명, 지명, 작품명 및 독음은 '외래어 표기법'을 따르되,
   관용적인 표기와 동떨어진 경우 절충하여 실용적 표기에 따랐다.

2. 이 책의 모든 주는 옮긴이 주이며 괄호 안에 표기했다.

3. 이 책의 등장인물 나이는 원문 그대로 표기했다.
   주인공의 나이인 열네 살은 우리 나이로는 열다섯 또는 열여섯 살에 해당한다.

4. 이 책에 나오는 영국의 중등 교과 과정은 중·고등학교 구분 없이 5년으로 이루어지며,
   주요 등장인물의 학년인 9학년은 우리나라의 중학교 3학년에 해당한다.

◇

전 세계 곳곳에서
평화를 만드는 사람들과
평화를 지키는 사람들에게

◇

"말하지 않는 것도 말하는 것입니다.
행동하지 않는 것도 행동하는 것입니다."

디트리히 본회퍼 독일의 신학자

◇◇◇

"우리는 서로 공통점이 훨씬 많습니다.
우리를 갈라놓을 수 있는 차이점보다."

조 콕스 영국의 국회의원

01

◇◇◇◇◇

방학이 시작되자 한 가지는 확실해졌다. 나는 린디스판 섬에 가고 싶지 않다는 것. 에이든에게 닥친 일을 포함해 방학 직전 학교에서 일어난 온갖 사건들을 어떻게 해결해야 할지 전혀 알 수 없었지만, 일주일밖에 안 되는 짧은 방학을 머나먼 린디스판 섬에서, 그것도 아빠와 단둘이 보내고 싶지 않다는 것만은 명확했다. (영국은 우리나라와 달리 9월, 1월, 4월 3학기제를 운영하고 있다. 학기마다 1~2주가량의 단기 방학이 있으며, 여기서 말하는 짧은 방학은 보통 5~6월 전후에 있는 단기 방학을 의미한다.)

물론 상황이 이렇게 완전히 꼬이기 전까지는 내게도 여러 계획이 있었다. 방학을 몇 주 앞두고 터진 일들을 생각하면 어차피 계획대로 되지 않았겠지만, 문제는 그게 아니었다. 내 생각을 분명히 밝혔는데도 아무도 받아들이지 않은 점이 문제였다. 어차피 들어 주는 사람도 없는데 말해 봐야 뭐하나 싶었다. 이를테면 나는 처음부터 엄마가 시위에 나가지 않기를 바랐고 실제로 말리기도 했다. 그런데 결과는? 엄마는 시위에 나갔고, 현장에서 체포되었다. 하필 방학 첫날이었다. 할머니, 할아버지만 사제관에 계셨어도 문제가 없었을 텐데. 도무지 영문을 모르겠다. 사제관으로 돌아와서 함께 살아도 좋다고 허락하기 무섭게 여행을 떠나신 이유가 뭔지. 곧 방학이라 나도 함께 갈 수 있었는데. 사제관에 혼자 남은 내가 다시 집으로 돌아가야 한다는 사실을 아주 잘 알고 계실 텐데 말이다. 갑자기 마감 할인 상품으로 나온 크루즈 여행을 놓칠 수 없었다니, 그게 떠나기 직전 할머니가 내게 해주신 설명의 전부였다.

어쨌든 엄마만 책임감 있게 행동했더라면 다 괜찮았을지도 모른다. 방학하고 일주일간 엄마와 지내는 것도 나쁘지 않다고 여기던 참이었고, 우리 모두에게 좋을 기회일 수 있었다. 거의 기적처럼 학교에서 있었던 일들을 엄마한테 털어놨을지도 모르니까. 예전처럼. 그리고 한 번쯤은 내 이야기를 진지하게 들어 준 엄마와 화해했을지도 모른다. 엄마와 함께 지내는 동안 밖에서는 친구들과 놀고, 집에서는 조용히 지낼 수도 있었다. 여느 집처럼 퇴근하고 돌아온 엄마와 티브이로 영화나 보면서 쉴 수도 있었다. 그 옛날, 엄마가 평화주의자 친구들과 어울리면서 세상 모든 사람을 상대로 싸움을 벌이기 이전처럼.

그런데 엄마가 다 망쳐 버렸다. 나는 토요일 시위에 엄마가 나가지 않기를 바랐다. 엄마와 조니 아저씨도 이미 알고 있었다. 내 의견을 말했으니까. 아니, 꼭 말할 필요도 없었다. 집 나간 딸이 금요일 저녁에 돌아왔는데 엄마라는 사람이 토요일 새벽부터 부리나케 집을 나서다니, 딸이 그리웠다면 그럴 수 있을까? 두말하면 잔소리지.

그나마 내 편인 줄 알았던 아저씨는 엄마의 좋은 남자 친구 역할에만 신경을 쓴다. 아저씨는 기본적으로 엄마가 하는 일에 무조건 찬성하는 쪽이다. 이번 시위가 얼마나 가치 있는 일인지, 주말 가족 행사만 없었다면 자신도 함께 시위에 나가려고 했다면서 내게 엄마를 힘들게 하면 안 된다고 했다.

"올리비아, 이참에 늦잠 좀 자는 게 어떠니. 머리도 좀 식히고. 엄마는 아침에 후딱 다녀오실 텐데, 뭘."

딱 아저씨가 할 법한 말이다.

집을 나서던 엄마는 원래 시위에 직접 참여하려던 게 아니고, 갑자기 몸이 아픈 사람을 대신해서 간다고 했다. 그리고 얼마 지나지 않아 경찰에 체포됐다. 여느 엄마라면 군부대 철책에 구멍을 내고 꽃을 꽂아서 체포되지도 않겠지만, 솔직히 나는 그 일에 별로 개의치 않았다. 엄마가 체포되는 바람에 꼼짝없이 아빠에게 가야 한다는 사실이 더 큰 문제로 다가왔다. 상황이 생각보다 복잡했다. 현재 아빠가 머무는 곳은 더럼이 아닌 린디스판 섬이었다. 원래부터도 우리 집에서 멀리 떨어진 더럼(잉글랜드 북동부 도시)에 살았는데, 집을 수리하는 동안 책에 쓸 자료 수집도 할 겸해서 더 먼 린디스판 섬에 머무르고 있었다. 린디스판 섬은 역사학자인 아빠가 자료를 수집하기에 완벽한 곳이어서 이미 몇 달가량 집을 빌려 놓은 상태였다. 좋든 싫든 린디스판 섬으로 가는 것 말고는 달리 방법이 없었다.

"올리비아, 정말 미안해."

조니 아저씨가 건네준 전화기 너머로 엄마 목소리가 들렸다. 같은 연립주택 아래층에 살고 있는 아저씨는 전화를 받자마자 위층 우리 집까지 부리나케 뛰어 올라왔다.

"엄마도 굉장히 놀랐어. 경찰들 말로는 엄마가 당분간 경찰서 유치장에 있어야 한대. 재판 출석이 월요일 아침이라고."

"그럼 주말 내내 거기 있다고요?"

믿을 수 없다. 돌아와서 엄마랑 제대로 된 식사 한번 못 했는데. 엄마의 목소리가 살짝 떨렸다. 왠지 불길했다.

"응. 그런데…… 올리비아, 설마 그런 일은 일어나지 않겠지만 혹시나 말이야. 그러니까 짜증 내지 말고 들어 봐. 어쩌면, 어쩌면 말야. 우리가 교도소로 이송될 수도 있대. 거기서 몇 주 지내면서 재판을……."

"몇 주라고요!"

"아냐, 설마 그런 일은 없을 거야. 월요일에는 집에 갈 수 있어. 그러니까 올리비아, 너무 겁먹을 거 없어. 그리고 미안한데, 우선 네 짐부터 빨리 챙겨야 할 것 같아. 조니 아저씨가 일처리를 아주 잘했어. 아빠한테 전화해서 당분간은 엄마가 집에 못 들어간다고 말해 놨대. 아저씨가 기차표를 사 줄 거야. 자기 어머니한테 가는 길에 널 기차역까지 데려다줄 거고. 넌 아저씨를 따라가서 베릭(스코틀랜드 동남부 지역. 영국 섬 전체로 보면 중상부 지역으로, 린디스판 섬과 가깝다.)행 기차를 타렴. 역에 내리면 아빠가 마중 나와 있을 거야. 잠깐이면 되니까 아빠랑 린디스판에 있는 거야."

"엄마, 전 린디스판에 가기 싫어요. 너무 멀어요. 그냥 아무 집이나 괜찮으니까 할머니, 할아버지가 돌아오실 때까지 그 집에서 기다리면 안 돼요?"

"올리비아, 미안해. 엄마가 월요일에는 보석으로 풀려날 수 있을 거야. 이번 주말에만 아빠한테 가 있으렴. 메리 수녀님께 들은 얘기가 있어서 그래. 월요일 보석이 백 퍼센트 확실한 게 아니라서. 아저씨도 없고, 할아버지랑 할머니도 안 계시고, 엄마가 언제 나갈지도 모르는데 누구한테든 널 맡아 달라고 부탁할 수는 없잖아. 게다가 재판이 얼마나 걸릴지도 모르고. 넌 아빠하고 있어야 해. 그런데 분명 이번 주말만일 거야. 분명 재미있을 거야. 린디스판 섬이 얼마나 멋진 곳인데. 틀림없이 네 마음에 들 거야."

그 말에 나는 한껏 빈정거렸다.

"네, 엄마. 고마워서 눈물이 날 지경이에요."

엄마가 힘들겠다는 생각도 조금은 있었다. 목소리가 약간 떨리고 있었기 때문이다. 하지만 이미 짜증이 날 대로 나 있는 상태에서 좋은 얘기가 나올 리 만무했다. 엄마가 날 너무 보고 싶어 한다고, 내가 최대한 빨리 집으로 돌아오길 바라는 게 틀림없다고, 할머니가 몇 번이나 말씀하셨지만 그 얘기는 다 틀렸다. 엄마는 방학

동안 딸과 함께 보낼 기회를 허무하게 날려 버렸다. 딸보다 평화주의자 일이 더 중요하다니. 탄원서를 돌리거나 철책에 꽃을 꽂고 평화를 노래하는 행위가 어떤 의미가 있다는 건지. 과연 그런 일들이 어떻게 전쟁을 막을 수 있다는 걸까?

아무튼 엄마가 일을 다 망쳐 놨다. 할머니는 몇 주 전, 그러니까 5월 초의 일들을 무척 염려하고 계셨다. 내가 사제관으로 돌아오는 바람에 행여 집에 남은 엄마가 상처라도 받았을까 봐. 어쩌면 그 일로 정말 엄마가 상처받았을 수도 있지만, 나 또한 집을 나올 수밖에 없었다. 카뎃 가입 문제로 엄마와 싸워서 때문만은 아니었다. 엄마와 단둘이 함께 사는 동안 얼마나 짜증스러웠는지 할머니는 짐작도 못 하신다. 가뜩이나 좁아터진 집 안은 항상 사람들로 북적였다. 평화 시위에 쓸 선전물이나 배너를 만들러 온 사람들 때문에 발 디딜 틈이 없었다. 탁자 위에는 수북하게 쌓인 봉투와 그 안으로 들어갈 차례를 기다리는 전단지들이 너저분하게 흩어져 있고, 처음 보는 사람들이 우리 집 소파를 점령한 채 우리 집 노트북을 이용해 시위대의 페이스북에 글을 올리거나 다른 사용자가 올린 글들을 확인하곤 했다. 아무튼 지저분한 머그잔이 집안 곳곳에 널려 있는 것도 싫었고, 우리 집 주방이 정부 정책에 대한 토론으로 열을 올리는 사람들로 항상 가득 차 있는 상황도 지긋지긋했다. 어쩌다 내 손에 찻주전자라도 들어오게 되는 날에는 조니 아저씨가 기다렸다는 듯 외쳤다.

"마침 한잔하고 싶었는데 잘됐군! 올리비아, 물 좀 올려 주렴.

자, 여러분, 차와 커피 중에 어떤 거로?"

엄마의 체포 소식에 할아버지는 아마 화를 내실 것이다. 할아버지는 나를 이해해 주신다. 나와 말이 통하는 사람이다. 할아버지께도 말씀드렸다. 만약 엄마가 법에 어긋나는 일을 하고 싶다면 그건 엄마의 선택이지 내가 선택한 것이 아니라고. 이제 나는 열네 살이다. 하고 싶은 게 뭔지 알 만한 나이다. 누구와 함께 살고 싶은지도 알 나이다. 방학을 어떻게 보내고 싶은지도 알 나이다. 내게 선택권만 있었다면 말이다.

◇　◇　◇

멀리 성이 보였다. 나는 여전히 모든 일에 신물이 났지만 언덕 위의 성이 하늘 위로 환상적인 실루엣을 그리고 있음을 인정할 수밖에 없었다.

빌이라는 곳을 빠져나온 우리 차는 도로를 지나 철도 건널목을 건넜다. 농장을 지나오고 맹금류 박물관을 지나자 갈라진 바닷물 사이로 둑길이 나타났다. 둑길 초입 표지판에는 안내 문구가 적혀 있었다.

주의! 홀리아일랜드 둑길: 밀물과 썰물 시각을 확인하세요.

밀물과 썰물을 알려 주는 시간표가 붙어 있고 반드시 썰물 시간에만 진입하라는 경고문이 함께 있었는데 썩 달갑지는 않았다.

'이름은 왜 또 두 개야? 린디스판 섬이라더니 갑자기 웬 홀리아일랜드?'

평상시에는 바닷물 아래 잠겨 있을 모래밭이 우리가 달리고 있는 길과 비슷한 높이에 있었다. 기분이 묘했다. 바다를 가로지르는 기분이었다. 할아버지에게 들었던 성경 속 모세 이야기가 떠올랐다. 당장은 양옆이 모래밭이지만, 멀지 않은 곳에서 기다리고 있던 바닷물이 때가 되면 밀려와 본섬(영국)과 외딴 섬(홀리아일랜드)을 가르는 경계를 뒤덮을 것이다.

나는 별생각 없이 물었다.

"건너지 말란 시간에 건너면 어떻게 돼요? 물이 들어올 때 건너면요?"

아빠는 나를 흘낏 쳐다보더니 눈썹을 치켜세웠다.

"어떻게 되냐고? 법규를 어기고 위험한 시간대에 들어갔다가는 물속에 갇혀 버리겠지. 그래서 저기 둑길 옆으로 대피용 구조물이 설치된 거야. 바다와 싸워서 이길 수 있다고 생각하는 사람들이 꼭 있거든. 건너지 말라는 시간에는 건너면 안 돼. 잘못 생각하거나 경고를 무시했다간 저 위에서 구조대를 기다려야 할 테니까. 물이 빠지기를 기다리거나 누군가 구하러 오기를 기다려야겠지. 어느 쪽이든 차는 두고 가야 하는데 물이 들어오면 무조건 망가져 버릴걸. 그래 봐야 누굴 탓할 수도 없고. 저런 경고를 무시하는 사람이 얼마나 많은지 모르겠다. 남의 실수를 보고 배우는 게 전혀 없나. 한쪽에서 다른 쪽으로 건너가는 일은 언제나 위험해. 그런 위험을 감수하면 안 돼. 너무 무책임한 행동이야. 신중해야지."

나는 아빠의 대답이 마음에 들지 않았다. 보통 때와 달리 아빠가 기어를 바꾸는 소리조차 귀에 거슬렸다. 나는 중얼거리듯 대꾸했다.

"저 바보 아니거든요. 설교는 필요 없어요. 꾸짖으실 필요도 없고요."

아빠가 짧게 한숨을 내쉬었다.

"올리비아, 미안하다. 아빠는 그냥 엄마한테 화가 나서 그래. 생각해 보렴. 너나 나나 함께 있고 싶어 한 건 아니었잖아. 그런데 지금 우린 서로를 견뎌내야 하게 생겼어."

그 말은 내게 상처가 되었지만 티 내지 않겠다고 마음을 다잡으며 대꾸했다.

"걱정하지 마세요. 아빠 근처에 얼씬도 안 할 테니까요. 제가 있는지도 모르게 할게요."

정적이 흘렀다.

"미안하다. 아빠는 그냥…… 그냥 좀 네가 오는 게 갑작스러웠던 데다 마감까지 겹치는 바람에 말이 그렇게 나왔어. 아빠가 이 섬에 집을 빌린 이유는 조용히 책 쓸 공간이 필요해서였거든. 집수리도 마쳐야 하고. 그런데…… 그냥 네가 오는 건 계획에 없었던 것뿐이야. 무슨 말인지 알지?"

"제 계획에도 딱히 없었어요."

나는 창문 밖을 물끄러미 바라보았다. 멀리 날아가는 새들이 보였다. 도요새다. 아니 마도요였던가? 한숨을 쉬자 차창에 김이 서렸다. 에이든이라면 무슨 새인지 알았을 텐데. 아니다. 이제는 에이든에게 물어볼 수 없다. 더는 에이든의 대화 상대가 될 수 없으니까. 그것도 내가 멀리 와 있기 때문이 아닌 다른 이유로.

"저, 올리비아…… 미안하다."

나도 모르는 사이 눈물이 뺨을 타고 흘러내렸다. 정말로 짜증스러웠다.

"난 아빠가 수거해야 하는 짐짝이 아니에요. 아빠의 친딸이라고요."

"알지. 미안하다. 사실 너랑 함께 지내다니 내겐 좋은 일이지. 그냥 아빠가 스트레스를 좀 받았나 봐. 용서해 줄래? 진심으로 사과할게. 너랑 있게 돼서 아빠도 기뻐. 당연히 같이 있고 싶단다. 아빠한테는 아주 중요한 일인걸. 넌 아빠한테 아주 중요한 사람이야. 용서해 줄래?"

그때 뒷좌석에서 소리가 들렸다. 스탠이 꼬리로 바닥을 내려치는 소리였다. 마침 잠에서 깬 스탠이 우리 대화에 끼어들기로 작정한 것 같았다. 아이리시 세터 종 특유의 적갈색 머리가 아빠와 나 사이로 불쑥 들어왔다. 스탠이 내 코를 맹렬히 핥기 시작했다.

아빠가 말했다.

"스탠, 뒤로 가서 엎드려."

스탠은 고분고분 물러났지만, 신이 나서 헉헉거리는 소리와 꼬리로 바닥을 내려칠 때 나는 경쾌한 소리는 여전했다. 스탠이 활기차게 컹컹 짖는 소리까지 가세하자 서로를 마주 보던 우리는 웃음을 터뜨리고 말았다. 스탠이 옆에 있으면 화를 오래 낼 수가 없다. 언제나 우리 가족을 사랑해 주는 스탠.

"네. 용서해 드릴게요, 뭐."

눈앞에 해안가 모래 언덕이 나타나면서 차는 둑길을 빠져나와 섬 안으로 들어섰다.

"좋아. 다 잘될 거야. 진심이야."

스탠 덕분인지 기분이 한결 좋아졌다. 어차피 월요일에는 집으로 돌아갈 테고, 주말에 놀러 오기에는 린디스판 섬도 나쁘지 않으니까. 그리고 무엇보다 스탠이 옆에 있어서 무조건 재미있을 것 같았다. 고개를 들자 우리를 내려다보고 있는 성이 보였다. 문득 이 섬에 오게 되어 다행이라는 이상한 생각이 들었다.

02

◇◇◇◇

나는 처음부터 할머니, 할아버지 집을 떠나고 싶지 않았다. 초등학교 6학년 때까지 내가 아는 유일한 우리 집은 할머니, 할아버지가 계시는 사제관이었다. 내가 태어난 직후부터 우리는 계속 함께 살았다. 좀 더 정확히 말하면 내가 엄마 배 속에 있을 때부터였다. 나를 가졌을 때 엄마는 겨우 열여섯, 아빠는 겨우 열일곱이었다. 임신한 엄마가 아빠와 함께 살기 위해 사제관으로 들어왔고, 아무 문제가 없었다. 우리 가족 모두 행복한 시간을 보냈다.

엄마는 운이 좋았다. 우리 할아버지는 여느 할아버지와 좀 달랐다. 영국 국교회 사제인 동시에 아프가니스탄 전쟁에도 참전한 육군 예비대 소령님이다. 유머 감각이 뛰어난 할머니는 친절하고 온화한 성품을 지닌 분이다. 취미도 다양해서 살사 춤을 즐기고 그림을 그리고 시를 쓰신다. 늘 할아버지를 웃게 만드는 할머니도 우리와 함께 지내는 동안에는 더 자주 웃으셨다.

사제관은 아주 널찍해서 가족 모두가 여유 있게 쓸 수 있었다. 내가 아주 어릴 때 더럼의 대학에 진학한 아빠는 가끔 집에 왔지만, 헌신적으로 나를 보살펴 주시는 할머니, 할아버지 덕분에 문제 될 게 없었다. 꽃을 사랑하는 엄마는 대학에 가서 원예학을 공부했다. 할아버지는 엄마를 '그린 핑거스'라고 부르곤 했다. 엄마 손만 닿으면 어떤 식물이든 쑥쑥 자라기 때문이었다. 엄마에게 온갖 지원을 아끼지 않았던 두 분은 엄마에게 소형 트럭을 사 주고 차에 엄마 이름을 지어 주셨다. 친딸도 아닌데 지극 정성으로 엄마를 보살피고 사랑하셨다. 우리 가족을 위해서 뭐든 다 해주신 할머니, 할아버지였는데 그런 두 분을 저버리고 연립주택으로 먼저 이사를 나간 사람은 엄마였다. 나까지 데리고.

문제의 시작은 양귀비꽃이었다. 양귀비꽃이 빨간색이라며 그렇게 소란을 피우는 사람을 나는 여태 한 번도 본 적이 없었다. 영국에서는 빨간 양귀비꽃을 사는 것으로 재향 군인회에 성금을 기부하고 선사힌 군인들을 추모한다. 제일차세계대전 당시 전장에서 무성히 피어났다는 빨간 양귀비꽃은 전쟁을 추모하는 시에도 수없이 등장한다. 그러니까 엄마가 빨간 양귀비꽃을 보고 화를 내는 것은 정말 터무니없는 일이었다.

사건은 아침 식사 중에 시작되었다. 교복을 챙겨 입은 내가 아래층으로 내려갔을 때였다. 엄마는 토스트를 먹고 있었고, 할머니는 설거지를 하고 있었다.

엄마가 나를 불렀다.

"올리비아, 왜 빨간 양귀비를 달고 있니?"

"오늘 전몰장병 추도 예배가 있어요. 학교에서 다 같이 교회까지 행진한대요. 예배 집전은 할아버지가 하시고요."

"그 양귀비는 어디서 났어?"

"학교에서 팔아요."

"양귀비 산다고 용돈 달라는 말은 없었잖아. 엄마가 주는 돈으로는 학용품 정도나 살 수 있을 텐데."

이때 할머니가 나섰다.

"아, 내가 일 파운드 줬다."

엄마는 쯧쯧 혀를 찼다. 할머니가 내게 일 파운드를 주신 게 왜 그렇게 못마땅한지 알 수 없었다. 할머니는 씻던 그릇을 내려놓고 엄마를 돌아보았다.

"캐즈, 혹시 내가 잘못한 거니?"

"제 딸 학교에서 무슨 일이 벌어지고 있는지 귀띔이라도 해주셨더라면 더 감사했겠죠."

이 일은 분명히 엄마가 잘못했다. 왜냐하면 나는 확실히 전했기 때문이다. 전몰장병 추도 예배가 있을 예정이고, 학부모가 함께 참석해도 된다고 했는데 다른 일이 있어서 못 간다고 한 사람은 엄마였다. 두통 때문이든 기분이 좋지 않아서 그랬든 아무튼 나는 엄마가 금방 사과할 거라고 생각했다. 엄마는 그런 성격이다. 화도 잘

냈지만 사과도 잘 한다. 그리고 평소에는 할머니와 전혀 다투지 않는다. 할아버지와는 매번 삐걱댔지만 아주 심각한 상황에 이른 적은 한 번도 없었다. 주로 당근을 잘 기르는 방법이나 잡초를 잘 뽑는 방법 등을 놓고 말싸움하는 정도였다. 비스킷을 어떻게 하면 잘 구울 수 있는지, 유니버시티 챌린지 퀴즈 대회에서 누가 우승할지, 누구의 카레 요리법이 제일인지 따위가 주된 논쟁거리였다. 심각한 다툼과는 거리가 멀었고, 그래서 모두 행복했는데 이번만은 달랐다.

"엄마, 학교에는 아무 일도 없어요. 그냥 추도 예배일 뿐이에요."

나는 말하면서 그릇에 시리얼을 부었다. 우유를 붓고, 늘 그랬듯 우유를 만난 시리얼이 파스스 내는 소리를 기다리는데 엄마의 목소리가 그 소리를 덮었다.

"학교에서 하얀 양귀비도 파니?"

나는 어깨를 으쓱하고 대답했다.

"아니요. 하얀 양귀비를 왜요? 피처럼 붉은색도 아니잖아요. 빨간 양귀비를 왜 다는데요."

엄마가 말했다.

"믿기지가 않네!"

"뭐가 말이냐?"

마침 주방으로 들어오던 할아버지가 물었다.

"학교에서 아무도 하얀 양귀비를 가르치지 않는 거요. 아버님 같은 분들이 아이들한테 자신의 관점은 강요하면서 전쟁을 미화하는 것 말고도 다른 대안이 있다는 얘기는 할 생각도 없다는 거 말이에요."

엄마의 말에 할아버지의 낯빛이 달라졌다. 지금도 기억이 난다. 놀란 나는 할머니를 쳐다보았는데 할머니 또한 나와 같은 생각이었다. 이번에는 엄마가 너무 심했다.

"캐즈, 나는 전쟁을 미화하지 않는다. 전쟁의 실상을 겪어 본 사람으로서 이 나라를 위해 목숨을 바친 군인들에게 예의를 갖추는 것뿐이고, 거기에 대한 부끄러움은 없다."

할아버지는 나직한 목소리로 말했지만 굉장히 화가 나 있었다.

엄마는 그쯤에서 그만해야 했다.

"죄송해요. 그렇지만 아이들에게 빨간 양귀비를 사라고 부추기면서 평화를 의미하는 하얀 양귀비는 팔지 않다니 너무나 어처구니없는 일이라고 생각해요."

"아직 안 늦었단다. 그 하얀 양귀비는 어디서 구하니?"

보다 못해 할머니가 나섰다.

할아버지가 말했다.

"루스, 너무 늦었소. 예배는 오늘이오. 내년을 기약합시다."

"아니에요. 어머님, 아주 좋은 생각 같아요. 고맙습니다."

엄마는 그렇게 말하고 일어나서 나가 버렸다.

할아버지가 말했다.

"도대체 이게 다 무슨 소리요?"

"캐즈가 요즘 힘든가 봐요. 그뿐이에요."

할머니는 할아버지를 돌아보며 말을 이었다.

"솔직히 이 집에서 의사소통이 좀 더 나은 방식으로 이뤄질 수도 있잖아요. 서로의 다른 관점을 받아들이……."

"당신은 한쪽 편만 드는군!"

할아버지는 못마땅하다는 듯 나가 버렸다. 할머니가 한숨을 쉬었다.

"할머니, 무슨 일 있어요? 엄마가 왜 힘들어요?"

할머니는 행주로 손을 닦고 두 팔을 활짝 벌렸다. 할머니 품에 안기라는 신호였다.

"우리 올리비아는 아무 걱정할 거 없단다."

내가 걱정할 일은 따로 있었다. 그날 아침 행진 끝에 교회가 보일 즈음, 나는 교회 입구에 서 있는 엄마를 발견했다. 엄마는 한 손에 종이 상자를 들고 있었다.

"너희 엄마다! 여기서 보니까 반가운걸."

내 옆에서 함께 걷던 리야가 엄마를 향해 손을 흔들었다. 리야는 우리 엄마를 아주 좋아한다. 초등학생 때 엄마가 방과 후 정원 가꾸기 클럽을 열었는데 리야가 아주 재미있어 했다. 정말 친절하게 식물에 대해 자세히 알려 주셨다고 칭찬하는 걸로 부족한지 우리 엄마가 아주 흥미진진한 사람이라고 했다. 아마도 분홍색으로 염색한 머리와 코에 한 피어싱 때문일 것이다. 재미있는 사실은 코에 피어싱을 한 엄마는 우리 엄마와 리야네 엄마뿐이었다. 하지만 리야네 엄마는 리야의 동생들을 돌보느라 주로 집에만 있었다. 누구처럼 거리 캠페인을 하거나 아무나 붙잡고 지구를 구하자며 논쟁을 벌이지도 않는다. 리야는 운이 좋기도 하지.

행진의 책임자인 하퍼 선생님께 엄마가 뭔가를 건넸지만 선생님은 손사래를 치며 받지 않았다. 그리고 엄마 옆에 나란히 서서 뒤따라오는 아이들을 향해 손짓을 했다. 빨리 지나가라는 신호였다. 그러자 이번에는 엄마가 앞으로 나오더니 마침 그 자리를 지나가고 있던 5학년 아이에게 뭔가를 내밀었다. 그 모습을 본 선생님이 엄마를 말리기 위해 팔을 붙잡았고, 우리 반은 점점 엄마와 가까워지고 있었다.

뒤에서 놀라가 물었다.

"올리비아, 너희 엄마 저기서 뭐하시는 거야?"

나는 창피한 나머지 얼굴이 확 달아올랐다. 지금도 생생하다. 결국 교회 건물에서 사제복 차림의 할아버지가 나오셨고, 엄마를 가리키며 뭐라고 하시는 것 같았다. 뒤에 있던 할머니가 엄마를 감싸며 안아 주셨는데 엄마는 그런 할머니를 뿌리친 걸로 부족한지 우리를 그대로 지나쳐 어디론가 가 버렸다.

"어, 그냥 가실 건가 봐."

리야는 실망한 기색이었지만, 나는 십년감수한 기분이었다. 무슨 일이 있었는지는 알 수 없었지만 아무튼 끝나서 다행이었다. 사실은 끝난 게 아니었지만.

예배는 예정대로 진행되었다. 할아버지가 가장 좋아하는 찬송가 〈예루살렘〉을 불렀고, 전사한 장병들을 위해 묵념을 했다. 학교로 돌아와서는 네트볼을 했는데 나는 3점을 올렸다. 오후에는 내 그림이 교실 벽에 걸렸는데 양귀비를 단 군인 아저씨를 그린 포스터였다. 양귀비를 빨간색으로 칠했던 게 기억난다. 그 모습을 지켜보고 있던 리야가 이런 말을 했던 것도.

"정말 잘 그린다. 빨간 양귀비가 정말 멋져. 그런데 너희 엄마는 왜 하얀 양귀비를 주려고 하셨을까?"

나는 어깨를 으쓱하며 대답했다.

"몰라."

왠지 집에 가면 엄마와 할아버지가 싸우는 장면을 보게 될 것 같았다. 그리고 그런 일은 내가 집까지 갈 필요 없이 눈앞에서 바로 일어났다. 학교가 끝나고 나왔는데 교문 앞에 엄마가 서 있었다. 또 하얀 양귀비 상자를 들고 있었다. 이번에는 놀라의 삼촌에게 주려는 모양이었다. 부모님이 안 계신 놀라와 에디 오빠는 삼촌 내외와 함께 살았는데 모두 좋은 분들이었고, 엄마와도 수년간 알고 지내는 사이였다.

놀라의 삼촌이 말했다.

"캐즈, 여기서 이러는 건 좀 아니죠. 지금 에디가 아프가니스탄에서 전시 복무 중이잖아요. 우리 상병들에게 지금 필요한 건 하나라는 유대감이에요. 이런 게 아니라."

"빌, 이건 군인을 반대하는 게 아니에요. 전쟁을 반대하는 거죠. 사실 군인들한테도 좋은 거죠. 전쟁이 없으면 전사할 필요도 없으니까요."

나와 놀라가 다가갔다. 놀라가 물었다.

"누가 전사했어요? 우리 오빠 괜찮아요?"

삼촌이 대답했다.

"놀라, 전사한 사람은 없어. 걱정하지 마라. 오빠 무사해. 제발, 캐즈, 군인들이 전사한다는 소리 좀 그만둬요. 여긴 군부대가 있는 지역이에요. 이러면 주민들이 언짢아한다고요."

상황은 좀 더 꼬이기 시작했다. 엄마와 놀라 삼촌 간의 대화를 들은 타일러 램버트의 아빠가 하얀 양귀비가 든 상자를 쏟아 버린 것이다. 에밀리 리드의 엄마는, 예의라는 걸 지켜서 남들을 좀 그냥 두라고 소리를 질렀다. 엄마는 허리를 굽힌 채 양귀비꽃을 주워 모으기 시작했다. 조금 울먹이고 있었다. 놀라와 내가 엄마를 도와 꽃을 줍는 사이에 놀라의 삼촌은 타일러의 아빠와 에밀리의 엄마를 진정시켰다. 덕분에 조금은 진정하는 것 같았다. 그렇지만 곧 다른 학부모들이 합류하면서 내 귀에도 사람들의 이야기가 똑똑히 들리기 시작했다.

"뻔뻔하기가!"

"자기가 무슨 일을 하는지 알기나 하는 건가?"

"우리 청년들은 사지에서 목숨을 걸고 있는데."

끔찍했다.

"올리비아, 놀라. 고마워."

엄마가 말했다. 엄마의 손이 떨리고 있었다.

"별로 좋은 모습은 아니었지? 놀라, 걱정했다면 미안해. 에디한테는 아무 일 없을 거야. 난 알아."

그건 일종의 거짓말이었지만 설령 거짓이라고 해도, 할머니의 말을 빌리면 착한 거짓말이었다. 사실 엄마는 에디 오빠의 소식을 모른다. 에디 오빠는 전쟁터에서 싸우고 있는데 아무도 소식을 알지 못했다. 평소 엄마는 아프가니스탄에 있는 에디 오빠가 걱정이라고 했다. 에디 오빠는 엄마가 무척 좋아하고 아끼는 학생이었다. 그럴 수밖에 없는 게 엄마가 방과 후 정원 가꾸기 클럽을 열었을 때 제일 처음으로 가입한 사람이 에디 오빠였고, 에디 오빠는 그해 가장 잘 자란 해바라기를 길러냈다. 에디 오빠와 엄마는 무척 뿌듯해했다고 한다. 엄마는 직접 찍은 에디 오빠의 사진을 아직까지 간직하고 있는데, 사진 속 엄청 큰 해바라기 옆에 서 있는 에디 오빠는 무척이나 귀엽고 작아 보였다.

"캐즈? 올리비아? 놀라와 같이 내 차에 타요. 집에 데려다줄게요."

놀라의 삼촌이 말했다. 삼촌은 엄마의 어깨를 가볍게 한 번 안아 준 다음, 우리를 데리고 자신의 차로 걸어갔다. 더는 아무도 뭐라고 하지 않았다. 삼촌이 곁에 있었기 때문이다. 삼촌은 예전에 군인이었고, 북아일랜드에서 있었던 폭탄 테러로 한쪽 다리를 잃었다.

우리가 차에 타자 삼촌이 엄마에게 물었다.

"캐즈, 왜 매번 이런 일을 벌여요? 왜 일부러 찾아다니면서 일을 만들죠?"

엄마가 대답했다.

"난 우리 아이들을 위해 세상을 좀 더 좋은 곳으로 만들려는 거예요."

나는 그때 놀라의 삼촌이 얼마나 깊이 한숨을 내쉬었는지 기억한다.

"알죠."

그런데 정작 엄마의 딸인 나는 그 말에 공감하기 힘들었다. 모두의 시선이 날 향하게 하는 게, 또 추도 예배를 망치는 게 어떻게 날 위한 더 나은 세상을 만들 수가 있다는 말인지.

03

◇◇◇◇◇

나를 둘러싼 모든 것들이 다 지긋지긋했지만, 꼭 한 가지는 인정할 수밖에 없었다. 린디스판 섬은 숨 막힐 정도로 아름다운 곳이었다. 언덕 꼭대기에는 티브이 화면이나 관광 엽서에나 등장할 법한 고성이 자리 잡고 있는데, 내가 머무르고 있는 방 창문이 마치 액자처럼 그 성을 둘러싸고 있었다. 바닷물이 들어오기 시작하자 이미 한 시간 전에 둑길을 건넌 우리가 이 섬을 빠져나갈 방법은 전혀 없어 보였다. 보트라도 있으면 모를까 다시 물이 빠지기 전까지는 꼼짝없이 섬에 갇힌 신세였다.

창문 밖으로 펼쳐진 풍경은 더할 나위 없이 아름다웠다. 왼쪽으로는 양 떼가 풀을 뜯는 풀밭이 펼쳐져 있고, 오른쪽 가파른 경사면 아래로는 모래밭을 지나 끝도 없이 뻗어 나가는 바다가 보였다.

수면 위에 비친 푸른 하늘에는 하얀 구름이 떠다니고 이름 모를 새들이 날아 다녔다. 아주 높이 날던 새들은 어느 순간 내 방 창문 바로 아래까지 내려와 있기도 했다. 관목 울타리에 앉아 있던 참새 들은 옥신각신하며 짹짹거리다가도 정원 길로 내려와 총총거리며 뛰어다녔다. 갈매기가 아니라서 그런지 반가웠다. 참새들을 보고 있으니 집 생각이 났다. 참새들. 바닷가에 사는 참새라니, 생각해 본 적이 없었다. 스케치북을 꺼내서 그려도 좋을 것 같았다. 에이 든이 말하길, 내가 새를 참 잘 그린다고 했다. 엄마에게 내 그림을 보낼 수 있지 않을까 생각하다가, 혹시 감옥으로 보내야 할지 모른 다는 생각에 이르러 가슴이 철렁했다.

엄마를 생각하니 처참한 기분이 들었다. 에이든을 생각해도 마 찬가지였다.

내 잘못은 아니잖아. 엄마 일도, 에이든 일도.

"괜찮니? 짐은 다 풀었고?"

아빠가 어느새 방문 앞에 와 있었다.

나는 고개를 끄덕였다. 가져온 옷들은 전부 서랍장에 넣거나 옷 장에 걸어 두었다. 트렁크는 침대 밑에 보관했고, 엠피 쓰리 플레이 어, 스케치북과 연필은 책상 위에 정리했다. 나는 단정하게 정리된 방을 좋아한다.

"조니 씨하고 통화했어. 엄마는 일단 잘 있지만, 앞으로 어떻게 될지는 월요일이나 돼야 알 것 같다는데…… 아무튼 뭔가 다른 소 식이 있으면 전화 주겠다고 했어. 넌 걱정할 거 없어. 알겠지?"

나는 다시 고개를 끄덕였다. 엄마가 무사하다는 건 이미 알고 있었다. 우리나라에서는 나라가 하는 일에 동의하지 않는다고 해서 국민을 죽이지 않는다. 그리고 지금 엄마 옆에는 여든 연세에 오랫동안 평화를 위해 싸워 오신 메리 수녀님이 함께 있다. 물론 두 분이 풀려나도록 많은 사람이 애를 쓸 것이고 그건 나도 다 알지만, 여전히 뭔가가 잘못된 느낌이 들었다. 집에서 멀리 떨어진 섬에 갇혀 바다에 포위된 느낌이었다. 나는 뜨거운 눈물이 흘러내리지 않도록 입술을 꼭 깨물었다. 울고 싶지 않았다.

아빠가 물었다.

"지금 용돈이 별로 없겠지?"

나는 고개를 끄덕였다.

"그래. 자, 아빠는 할 일이 있어. 학회 자료도 만들어야 하고 책도 써야 해."

아빠는 내게 말하는 것 같았지만, 사실은 혼잣말 같은 이야기를 이어 갔다.

"만약의 사태가 생겨서 네가 생각보다 오래 여기 머물러야 할 수도 있으니까, 비상금을 좀 갖고 있는 게 좋겠다. 너 혼자 카페에 가서 핫 초콜릿도 마실 수 있고, 잭이니 뭐 필요한 것들도 살 수 있을 테니까. 우선 이걸로 쓰렴."

아빠는 뒷주머니에서 지갑을 꺼내 20파운드짜리 지폐를 주었다.

20파운드나? 비상금으로? 비상금을 많이 받는 아이들도 있긴 하지만, 엄마가 정원사 일로 버는 돈이 신통치 않다는 걸 알기에 나는 여태껏 여분의 용돈을 기대하지 않았다. 가끔 용돈을 벌기 위해 엄마 친구 집에서 아이들을 돌봐주기도 했지만, 돈이 없기는 엄마 친구들도 비슷했다. 그런데 집에서 멀리 떠나오자 드디어 내게도 비상금이 생겼다. 나 혼자 핫 초콜릿을 마시러 갈 수도 있는데, 하필이면 내가 원치 않는 곳에서라니, 딱 나한테나 있을 법한 일이다.

"나중에 버위크나 안위크로 뭘 좀 사러 갈 일이 있을 거야. 네가 거기 도서관 회원으로 가입할 수 있나 알아보자. 아직도 미술을 좋아하니?"

"네. 아시잖아요. 크리스마스 선물로 수채 물감도 보내주셨고요."

"그래. 그냥 네 나이 때는 취향이 빨리 변한다는 게 생각났을 뿐이야. 사람들은 변하지. 원래 그랬으니까 하는 식으로 생각하고 싶지 않았어."

"뭐, 아직 미술을 좋아해요. 내년 GCSE(영국에서 중등 교육 과정을 제대로 이수했는지 평가하는 국가 검정 시험) 선택 과목도 하나는 미술로 할 거고요. 전에 말씀드렸잖아요."

"그래, 그랬지. 미안하다. 자, 그럼 좋아. 미술 도구 좀 챙겨 왔니?"

"많이는 아니고요. 집에서 스케치북하고 색연필은 가져왔어요. 다른 것들은 사제관에 있어서 가져오지 못했어요."

"색연필이든 스케치북이든 파스텔이든 물감이든 아무튼 뭐든 더 사기만 하면 되겠구나. 그림은 주방 탁자에서 그려야 할 거야. 금방 어질러질 테니까."

'아빠는 내가 몇 살이라고 생각하는 걸까?'

"그리고 돈을 따로 좀 줄 테니까 성이나 수도원 유적지 같은 데 가고 싶으면 아무 때나 다녀와도 돼. 여기 책장에 읽을 책도 많고."

걱정스러운 신호였다. 내가 린디스판에 있기로 한 건 주말 동안만인데, 아빠는 엄마가 풀려나려면 한참 걸릴 것처럼 말하고 있다.

나는 휴대폰을 염두에 두고 물었다.

"여기 와이파이 돼요?"

"되지. 그런데 비밀번호를 몰라. 나중에 집주인한테 물어봐서 알려 줄게. 일부러 안 물어 봤거든. 일에만 집중하려고. 시내 카페에서는 와이파이가 되니까 핫 초콜릿 먹으러 가면 쓸 수 있을 거야. 아니면 그냥 데이터를 쓸래?"

'막상 와이파이가 되면 뭘 어쩌려고?'

문득 친구들에게 뭐라고 설명해야 할지 여전히 모르고 있다는 사실이 떠올랐다.

'안녕, 얘들아! 우리 엄마가 감옥에 갔어. 왜, 클로에가 평화 운동가들은 당연히 나 그래야 한다고 했잖아 그리고 만나기로 한 약속은 못 지킬 것 같아. 지금 노섬벌랜드 쪽 린디스판 섬에 와 있거든.'

"자, 그럼 다 됐나? 이제 혼자 돌아다녀 보고 싶니? 뭐가 어디에 있는지 좀 알아야 하니까?"

아빠도 나만큼이나 이 대화를 끝내고 싶어 하는 눈치였다. 내게는 함께 산책하는 것조차 못 견디겠다는 뜻으로 들렸다. 상관없다. 혼자 하면 되니까.

나는 어깨를 으쓱했다.

"나가서 오른쪽 길로 쭉 따라 내려가면 큰길이 나올 거야. 왼쪽은 성으로 올라가는 길이고, 오른쪽은 시내 상점가로 가는 길이긴 한데 아마 이 시간에는 다 문을 닫았을 거야. 섬을 나가는 직원들이 물때를 놓치면 안 되니까. 그렇지만 상점 위치 정도는 확인해 둘 수 있겠지. 너만 좋으면 스탠을 데려가도 좋고. 대신 목줄은 꼭 해야 한다."

'그리고 아빠는 절 내보낼 수 있고요. 알아들었어요.'

어쨌든 스탠이라면 언제나 환영이었다. 나는 스탠을 사랑한다. 어떻게 그 새빨간 아이리시 세터를 사랑하지 않을 수 있을까? 나는 스케치북과 색연필을 재킷 주머니에 챙겨 넣고 스탠을 불렀다. 스탠은 꼬리를 치며 내 품에 뛰어들었다.

할아버지는 늘 스탠을 보며 삶을 향한 열정이 넘치는 개라고 했다. 스탠은 사물을 향해, 사람을 향해, 세상을 향해 망설임 없이 뛰어든다. 그런 스탠의 주인이 아빠라는 점은 좀 우습지만. 우리 아빠는 그 무엇에도 뛰어들지 않는다. 물론 나도 뛰어들지 않는다. 무엇에나 뛰어드는 사람은 우리 엄마다. 그런 의미에서 스탠은 엄마에게 더 어울리는 개다.

어쨌든 스탠은 아빠와 내가 대화할 수 있는 단 하나의 소재, 아니 단 하나의 생명체다. 우리의 유일한 공통 관심사니까. 언제부터인가 아빠와 이야기를 하는 것이 껄끄러워져 버렸다. 이유는 나도 잘 모른다. 내가 기억하기로, 혹은 기억나는 것으로 생각해 보면 한때 아빠와 나는 아주 편하게 이야기를 나누는 사이였다. 나는 아빠를 정말 좋아했다. 어릴 적에 아빠와 찍은 사진들을 보면 우리 둘 다 아주 행복해 보인다. 아빠는 지금보다 훨씬 어렸다. 이제는 그게 보인다. 내가 태어났을 때 아빠는 겨우 열일곱이었다. 에디 오빠가 아프가니스탄 전쟁에 참전한 나이보다 어린 나이였다. 에디 오빠가 너무 어린 나이에 참전한다며 놀라의 숙모가 눈물을 쏟았다는 이야기가 생생하다. 우리 엄마도 함께 울었다.

어쩌면 아빠는 내 아빠가 되기에 너무 어렸을지도 모른다. 조금 더 나이가 들어서 아빠가 되었다면 지금 나한테도 더 나은 방식으로 이야기했을지 모른다. 엄마는 그보다 더 어렸다. 열여섯 살이었다. 지금의 나보다 겨우 두 살 많은 나이다. 그 나이에 아이를 낳다니 나로서는 상상도 못 할 일이다.

밖으로 나오니 상쾌한 공기 덕분인지 머리까지 맑아지는 느낌이었다. 관목 울타리에 앉은 참새들이 지저귀고 있었다. 길 끝자락에 앉아 있던 참새 한 마리가 스탠과 내가 다가가는 걸 보더니 푸르르 날아간다. 그런 수고를 할 만큼 위협적이지 않았는데. 반들거리는 날개에 두 가지 빛깔의 깃털이 섞여 있는 찌르레기 한 마리가 눈에 들어왔다. 바닥을 쪼아대며 서성이는 중이었다. 머리 위로 갈매기 우는 소리가 들렸다. 갈매기 떼가 하늘을 가로지르고 있었다. 갈매기가 부럽다. 언제든 가고 싶은 곳으로 갈 수 있으니.

린디스판은 무척이나 아름다웠지만, 머릿속 생각들이 바닷물처럼 끊임없이 밀려드는 탓에 아름다운 풍경도 눈에 들어오지 않았다. 혼자 있는 동안 갖가지 생각들이 떠올랐고 막을 수가 없었다. 학교에서 있었던 지독한 사건들을 좀처럼 떨쳐낼 수 없었다. 내 인생은 왜 이렇게 힘든 걸까? 할아버지의 친구 중 한 분은 학창 시절이야말로 인생에서 가장 행복한 순간이라고 했다는데, 그분은 대체 어떤 학교를 다녔을까?

삶이 그냥 단순했으면 좋겠다. 그냥 재미있게 지내고 싶다. 집으로 돌아가서 놀라, 클로에와 함께 카넷이 시작되면 뭘 할지 계획하고 싶다. 물론 그 전에 리야와 화해부터 해야지. 에이든 문제도 해결해야 하고.

그래, 우선 에이든 문제부터 해결해야 한다. 모든 것이 걷잡을 수 없이 악화되기 전에.

04

◇◇◇◇◇

　부활절 방학(봄 학기와 여름 학기 사이인 4월 전후로 있는 방학)을 앞두고 학교에서 설명회가 열렸다. 다가오는 9월에 학교 클럽 활동의 일환으로 청소년 육군 생도 프로그램인 카뎃(청소년을 대상으로 각종 야외 활동 프로그램을 제공하는 단체로 영국 국방부의 지원을 받는다.)이 들어오기 때문이었다. 설명회 시작 전에 고등학생 단원인 이사벨 하디와 댄 피터스가 카뎃 단복 차림으로 연단에 올랐다. 리 소령이라는 군인과 함께였는데 어딘가 낯이 익었다. 언젠가 할아버지를 찾아왔던 분 같았다. 하퍼 교장 선생님이 리 소령님을 소개하는 것으로 설명회가 시작되었다. 리 소령님은 우리 학교 학생만을 대상으로 하는 카뎃 지부를 도입하는 문제에 관해 학교 측과 긴 시간 상의했으며, 오랜 논의 끝에 카뎃을 시작하게 됐다고 했다. 소령님이 우리 학교 카뎃을 관리하고 체육 담당인 포터 선생님이 도울 예정이었다. 알고 보니 포터 선생님은 육군 예비대 소속이었는데 나는 전혀 모르고 있었다. 다음으로 이사벨 언니와 댄 오빠가 인근 지역의 카뎃 영상을 보여 주었다. 주로 카뎃 단원들의 활동 영상이 많았고, 지난여름 캠프에서 활동한 영상도 있었다. 모두 다 무척이나 재미있어 보였다. 각종 스포츠와 캠핑은 물론이고 평소 배울 기회가 전혀 없는 것들까지 배울 수 있었다. 나침반으로 위치 파악하기, 상황별 응급처치, 사격, 양궁에 이르는 이 모든 것들을 카뎃이 아니면 대체 어디에서 배울 수 있을까? 일단 학교에서 일반적으로 배울 수 있는 것들이 아니었다.

솔직히 나는 아주 예전부터 카뎃에 가입하고 싶었다. 할아버지의 손녀인 만큼 당연히 카뎃에 관해서는 이미 알고 있었다. 열두 살 때, 그러니까 엄마가 나를 데리고 집을 나오고 얼마 되지 않은 때였다. 주말에 사제관에 자러 갔다가 할아버지한테서 들었다. 〈카뎃 안내서〉도 받았다.

"올리비아, 네가 관심이 있을 것 같아서 말이다. 여기 안내서에 카뎃의 역사와 야외 활동 수칙 같은 게 나와 있지. 나침반으로 방향 찾는 법, 응급처치 요령, 조난 구조 신호 보내는 법도 배울 수 있을 게야. 다 카뎃에서 하는 활동들이란다. 옆 동네에 카뎃 지부가 있어. 네가 가입하고 싶다면 보내 주마."

그날 저녁 나는 좀처럼 화를 내는 법이 없는 할머니가 할아버지한테 화를 내는 모습을 보았다. 오븐 앞에서 저녁을 준비하던 할머니가 뒤돌아서며 말했다.

"앤드류, 당신 지금 뭐하는 거예요? 그런 얘기를 하면 우리가 안 되죠!"

할아버지가 대답했다.

"올리비아가 카뎃을 하고 싶다면 할 수 있어야 하는 게 맞잖소."

"과연 올리비아가 카뎃에 관해 알기나 했는지 상당히 의심스럽네요. 올리비아, 그랬니?"

군인의 아내로 수십 년을 살아온 할머니가 왜 그렇게 화를 내는지 영문을 알 수 없었다. 할머니는 왜 그렇게까지 언짢아하실까?

"사실 잘 몰랐어요. 그런데 더 알고 싶기는 해요."

할아버지가 말했다.

"알겠소?"

할머니가 대답했다.

"아니요. 앤드류, 미안하지만 난 또 같은 일을 겪진 않겠어요. 아이가 자발적으로 나서야 하는 문제예요."

"루스, 올리비아는 제 아빠와 달라. 운동신경도 훨씬 뛰어나. 올리비아는 분명 좋아할 거요."

변명하는 듯한 기색이 평소의 할아버지답지 않았다. 할아버지를 바라보는 할머니의 눈빛 또한 평소답지 않았다. 할아버지를 늘 다정하고 부드러운 눈빛으로 바라보는 할머니였기에 더욱 깜짝 놀랄 일이었다. 할아버지도 그런 것 같았다.

내가 물었다.

"아빠도 카뎃을 했었어요? 아빠는 별로 안 좋다고 했어요? 무슨 일이 있었는데요?"

"올리비아, 그 이야기는 별로 하고 싶지 않구나. 아빠하고 직접 얘기해 보렴. 아주 오래전 이야기를 이제 와서 또 꺼내고 싶지 않거든. 그리고 앤드류, 당신이 이 얘기를 꺼내는 건 절대 반대예요. 다른 건 다 그렇다 치고, 지금 올리비아는 자기 엄마랑 살고 있어요. 이 얘기를 꺼내는 건 분란만 만들 거라고요. 우리 올리비아, 미안하구나. 그런데 카뎃에 가입하고 싶으면 엄마하고 의논해야지. 네가 정말로 카뎃에 가입하고 싶고, 또 엄마도 그러라고 하면 그땐 할머니, 할아버지가 전폭적으로 지원할게. 그렇게 확실히 정리될 때까지 이 이야기는 다신 하지 말자. 자, 얘기 끝난 거지?"

할아버지와 나는 둘 다 고개를 끄덕였고 할머니는 막 구운 파이를 내려치다시피 식탁 위에 내려놓았고 파이를 여러 조각으로 잘라서 나눠 주었다. 저녁을 먹는 내내 우리는 의식적으로 다른 이야기만 했다. 그 뒤로 할아버지한테 카뎃 이야기를 듣는 일은 없었다. 그리고 엄마한테 카뎃 이야기를 물어보지 못한 채 설명회를 맞았지만, 굳이 물어볼 필요도 없을 것 같았다. 어차피 군대가 운영하는 거라면.

리야가 속삭였다.

"올리비아, 놀라는 괜찮겠지? 카뎃 단복이랑 그런 거 보는 거 말이야. 에디 오빠가 그렇게 됐잖아……."

"응, 놀라는 괜찮아."

나는 그렇게 속삭였다. 왜냐하면 정말로 괜찮았기 때문이다. 놀라는 내 옆자리에 앉아 미소를 머금은 채 설명을 듣고 있었다. 놀라의 두 눈은 크리스마스를 앞둔 아이처럼 반짝이고 있었다. 에디오빠가 아프가니스탄 파병 중에 전사한 사실은 이제 더는 비밀이 아니었다. 장례식은 우리가 7학년 때 치러졌고, 9학년이 된 지금은 그 일이 화제에 오르는 일이 거의 없었다. 그러나 놀라는 여전히 방에 에디 오빠의 사진을 간직했고, 나도 그 사실을 잘 알고 있었다. 한번은 종교 시간에 놀라가 에디 오빠 얘기를 꺼낸 적이 있다. 가끔 슬픔이 북받칠 때 시내 추모 공원을 찾아가 조용히 오빠를 떠올린다고 했다. 하지만 놀라가 모두 함께 있는 자리에서 오빠 얘기를 하는 일은 없었다. 그렇다고 오빠의 죽음으로 놀라가 군대를 싫어하게 된 것은 아니었다. 오히려 놀라가 군대에 더 호감을 품게 되는 계기가 됐다. 군대와 조금이라도 연관되는 것이 오빠를 향한 존경의 표시가 된 것 같다.

체육 수업을 받으러 이동하는 길에 놀라가 말했다.

"너무 멋지다! 우리 학교에 카뎃이 들어오면 너무 좋을 것 같아."

나도 고개를 끄덕였다. 학교에 카뎃이 들어오면 어떤 활동을 하게 될지 궁금했다.

다행히 궁금증은 오래가지 않았다. 그날은 처음으로 인공 암벽을 타기로 한 날이었고, 나는 한껏 기대에 부풀어 있었다. 나를 포함해 친구들 모두 암벽 등반은 처음이었지만, 이미 해 본 아이들도 있었다. 특히 에이든 브룩클레스비는 암벽 등반을 정말 잘했다. 나는 이미 그 사실을 알고 있었다. 사실 에이든은 뭐든 잘하는 아이였지만 그렇다고 으스대는 성격은 아니었다. 셉 휴즈와는 전혀 다르다. 복도를 걸을 때 셉은 당장이라도 여자아이들이 자신에게 뛰어들 것처럼 구는 아이다. 셉을 멋지다고 생각한 7, 8학년 여자아이 몇 명이 웃으면서 셉의 밴드가 연습하는 합주실 밖에서 기다린 일이 있었기 때문이다. 하지만 이미 셉에게 질릴 대로 질린 9학년은 전혀 관심이 없었다. 셉 정도면 괜찮게 생긴 편이고, 노래도 꽤 잘 불렀지만, 문제는 본인이 그 사실을 너무 잘 안다는 점이었다. 게다가 셉은 재미없는 아이였다. 셉의 관심사는 오로지 자기 자신뿐이었다.

에이든은 달랐다. 똑똑하고 친절하며 관심사도 다양했다. 에이든을 처음으로 알게 된 것은 우리가 7학년 때였다. 과학 탐구 활동을 같이하면서부터였다. 에이든에게 먼저 관심을 보인 사람은 놀라였지만, 나중에는 리야까지 합세해 에이든을 옆에 두고 어떻게 탐구 활동에 집중할 수 있냐며 놀려댔다. 물론 그런 상황에서도 에이든은 나를 불편하게 하지 않았다. 에이든과 나는 탐구 주제를 '새'로 정했는데, 알고 보니 에이든은 방학 때마다 부모님을 따라 스코틀랜드 등지로 버드 와칭(자연 상태에 있는 새들을 관찰하는 취미 활동)을 다니는 아이였다. 에이든은 버드 와칭에 관해 잘 알고 있었다. 덕분에 나도 어릴 때부터 할아버지를 따라 버드 와칭을 많이 다녔다고 아무렇지 않게 말할 수 있었다.

탐구 활동은 아주 순조롭게 끝나서 우리 둘 다 A를 받았다. 에이든은 내가 새를 그리는 방식이 맘에 든다고 했다. 내가 색을 잘 쓰고 새를 가까이서 잘 그리는 반면 에이든은 새가 비행하는 순간의 날개를 똑같이 그릴 수 있다. 실제로 바다로 다이빙하는 가마우지를 굉장히 멋지게 그리기도 했다. 에이든이 들려 준 새에 관한 이야기들은 무척 흥미로웠다. 인간의 역사에서 활약한 새 이야기를 해준 적도 있었는데, 세계대전 당시에 전서구로 활약한 비둘기도 그중 하나였다. 전쟁이 끝난 뒤에 기밀정보를 전달한 비둘기에게 무공훈장을 수여하다니!

내가 A를 받자 엄마는 몹시 기뻐했다. 학교에서 돌아온 나를 꽉 안아 주었다. 그날 저녁은 엄마와 나뿐이었다. 7학년 때는 집에 우리 둘만 있는 게 일상이었지만 나는 그때가 좋았다. 학교가 끝나고 돌아오면 엄마가 집에 있을 때가 많았다. 엄마는 내 일상을 궁금해했고, 학교에서 무슨 일이 있었는지 다 듣고 싶어 했다.

주방 식탁에 앉아 내 탐구 활동 폴더에 푹 빠져 있던 엄마의 모습이 지금도 또렷하다. 에이든은 내가 먼저 폴더를 가져가도 좋다고 했다. 나는 엄마는 물론이고 할아버지, 할머니께도 보여 드리고 싶었다. 에이든이 그 후에 가져가겠다고 해서 나는 그래도 정말 괜찮겠냐고 물었다. 그러자 에이든이 이렇게 대답했다.

"당연하지. 어쩌면 내 동생이 폴더에 낙서해 버릴 수도 있고."

엄마는 흘러내린 앞머리를 쓸어 올리며 물었다.

"올리비아, 그림들이 어쩌면 이렇게 대단하지? 둘 다 굉장하네. 아까, 탐구 활동 같이 한 친구 이름이 뭐랬지?"

나는 처음부터 친구 이야기를 한 적이 없었다. 그러니까 아까 이름이 뭐라고 했냐는 질문은 일종의 함정이었다. 엄마는 내 입에서 남자아이 이름이 나오는 순간 최대한 아무렇지 않은 척할 게 뻔했다. 아마도 이런 식으로 말이다.

"남자아이와 여자아이가 친해지는 건 너무 당연한 일인데 매스컴에서 너무 요란스럽게 다루고 있어. 엄마는 아무 상관없으니까 집에 한번 초대하지 그러니?"

"에이든이에요. 에이든 브룩클레스비."

엄마는 고개를 들었다.

"브룩클레스비? 그럼 필하고 엘리자베스의 아들인가 보네. 얼마 전에 평화를 만드는 사람들 모임에서 만났는데."

엄마는 정말로 기뻐했다. 정확히 꼬집어 말하자면 에이든이 브룩클레스비 부부의 아이라는 사실을 기뻐했다. 브룩클레스비 부부의 '남자'아이라서 기뻐한 게 아니라서 그나마 다행이었다. 재미있는 것은 할아버지와 할머니도 같은 반응을 보였다는 점이다.

할아버지가 말했다.

"브룩클레스비 내외 아들이라고? 참 좋은 사람들이지. 필 브룩클레스비처럼 환자를 잘 보는 보건의가 없어. 사람이 아주 괜찮아. 힘든 사람들한테 따뜻하게 대하는 걸 보면 알지."

할머니도 거들었다.

"그러게 말이에요. 할머니는 엘리자베스 브룩클레스비와 푸드 뱅크 봉사 활동을 함께 한단다. 일손을 보탠다며 아들을 데려오곤 하지. 좋은 사람이야."

어쨌든 7학년 때 에이든과 함께한 탐구 활동은 아주 좋았고, 그 뒤로도 우리는 자주 만났다. 할아버지를 따라 토요일 버드 와칭에 가면 아빠를 따라온 에이든이 있었고, 할머니를 따라 시내 평화의 추모 공원에 잡초 뽑기 자원봉사를 가면 에이든은 엄마를 도우러 와 있었다. 추모 공원은 아름다운 곳이었다. 버려진 땅을 가꿔서 시민들이 쉬어 가는 공간으로 만들었는데, 공원 한쪽에는 에디 오빠의 이름을 붙인 벤치도 있었다. 가끔 놀라는 오빠 생각이 날 때마다 공원에 와서 이 벤치에 앉는다고 했다.

한번은 공원에서 이런 일도 있었다. 에이든과 함께 에이든의 어린 남동생 핀을 봐주고 있었다. 핀은 정말 귀여웠다. 양동이와 삽을 들고 아장아장 돌아다니다가 잡초를 뽑아 와 선물이라며 내게 내밀었다.

"핀, 그만해. 올리비아 누나는 그런 거 필요 없어. 누나는 지금 잡초를 없애려는 거야. 갖고 싶은 게 아니라."

핀이 또 민들레를 내밀자 에이든이 밀했다.

그 말에 핀은 바닥에 철퍼덕 엎드린 채 세상이 무너진 것처럼 흐느끼기 시작했다.

"난 괜찮아. 정말이야."

나는 에이든에게 말하며 핀에게서 민들레를 받았다. 그리고 핀

옆에 앉아서 말했다.

"핀, 울지 마. 정말로 고마워. 민들레가 아주 예쁘네."

핀은 계속 흐느꼈지만 눈치를 보아 하니 자신에게 쏟아지는 관심을 즐기는 것 같았다. 실눈을 뜨더니 내 손에 민들레가 있는 것을 확인하고 금세 신이 나서 말했다.

"누나한테 또 가져다줄게."

핀은 총총거리며 뛰어갔다. 눈물 콧물 범벅인 얼굴로 엄마 쪽으로 가서 이미 뽑아서 모아 놓은 잡초 더미에서 야무지게 한 포기를 더 끄집어냈다.

에이든이 말했다.

"고마워. 핀이 널 정말 좋아하네."

"나도 핀이 정말 좋아. 나도 남동생 하나 있으면 좋겠다."

우리 모습을 본 에이든의 엄마가 할머니에게 뭐라고 속삭였다. 그러더니 두 사람이 동시에 날 보며 빙그레 웃음을 지었다.

에이든 엄마가 외쳤다.

"올리비아, 고마워. 마음씨가 따뜻하기도 하지."

다른 일도 있었다. 7학년이 끝나는 여름방학 때였다. 나는 엄마를 따라 조니 아저씨가 친구들과 공동으로 소유하는 숲으로 캠핑을 갔다. 아저씨와 친구들이 함께 놀기 위해 여러 사람을 초대한 것이었다. 사람들은 그림을 그리기도 하고, 모여서 헛간 같은 집을 짓기도 하고, 모닥불을 피우고 놀거나 그냥 쉬기도 했다. 캠핑장에는 에이든이 가족과 함께 와 있었다. 알고 보니 에이든의 부모님도 조니 아저씨의 친구의 친구였다. 그렇게 우리는 일주일을 함께 놀았다.

그리고 9학년 시작을 앞둔 지난 여름방학도 함께 보냈다. 숲에는 우리 말고도 다섯 가족이 더 있었다. 우리보다 나이 많은 언니, 오빠도 여럿이었다. 갱단을 결성한 우리는 외줄도 타고 나무에도 올랐다. 숲에서 할 수 있는 일은 아주 많았는데 하다하다 트레일러가 연결된 트랙터를 운전하기도 했다. 벽돌을 쌓고 모래와 진흙을 더해 거대한 피자 오븐을 만든 다음, 방학 마지막 날 우리가 직접 피자를 구워 먹었다. 밤에는 모닥불 앞에 둘러앉아 유령 이야기를 하거나 윙크 살인 게임(참가자 중 한 사람을 살인자로 지정하고 찾아내는 게임. 살인자는 윙크로 다른 참가자를 죽일 수 있다.)을 했다. 조니 아저씨나 에이든의 아빠가 기타를 꺼내 오면 다 함께 노래를 부르기도 했다. 에이든과 나는 함께 핀과 많이 놀아 주었다. 동화를 읽거나 껴안아 주면서 간지럼을 태우고 놀기도 했다. 엄마는 에이든의 엄마랑 마음이 아주 잘 맞아서, 우리는 주로 에이든네 텐트 주위에 있었고 식사도 함께했다.

어쩌면 학교 밖에서의 에이든을 가장 많이 아는 사람은 나일지 모른다. 에이든은 재미있는 아이었고, 게임을 시작하면 능청스럽게 거짓말을 잘했으며, 아주 능숙하게 암벽을 탔다. 다른 사람 흉내를 아주 잘 내고, 설거지할 때면 세제를 너무 많이 써서 거품이 많이 튀었다. 피자를 만들 때는 너무 진지하고, 웃기지도 않은 농담을 하고 혼자 잘 웃었다. 무엇보다 핀에게는 정말로 좋은 형이었다.

하지만 학교에서 만나면 거의 대화를 나누지 않았다. 그렇다고 학교에서는 친구가 아니라는 의미는 아니었다. 그보다는 일시 정지 버튼을 누른 관계에 더 가까웠다. 가족 캠핑이나 주말의 버드 와칭과는 완전히 별개의 세계였다. 굳이 설명할 필요도 없었다. 우리 둘 다 그냥 알았다.

학교에서 남자아이와 여자아이가 그냥 친구로 지내기란 쉽지 않았다. 9학년 중에는 이미 사귀는 아이들이 있었다. 나도 가끔은 에이든을 그런 식으로 좋아하면 어떨까 상상해 봤지만, 인생을 더 복잡하게 만들고 싶지 않았다. 내 인생은 이미 충분히 복잡하다. 엄마를 따라 할아버지, 할머니 집을 나왔다가 다시 돌아갔다가. 사건 사고는 더 필요 없다. 처음부터 싫었다. 복잡한 말싸움은 할아버지와 엄마 덕분에 6학년 때 이미 충분히 봤으니까. 나는 평화로운 상태가 좋다. 지금도 그렇다면 얼마나 좋을까.

05

◇◇◇◇◇

카넷 설명회가 끝난 뒤 체육 시간이었다. 인공 암벽 앞에 서서 짝을 정하는데 리야와 놀라가 짝이 됐다. 내가 클로에와 짝해야겠다고 마음먹은 순간 포터 선생님이 클로에를 셉의 짝으로 정해 버렸다. 9학년 때 전학 온 클로에는 계속 우리와 함께 다녔지만, 셉과 짝하는 것도 크게 개의치 않았다. 클로에와 셉은 가족끼리 서로 아는 사이였다. 우리 가족이 에이든네 가족과 아는 것처럼.

포터 선생님이 말했다.

"올리비아, 넌 암벽 등반을 아주 좋아하게 될 것 같아. 느낌이 와. 그러니까 에이든하고 같이 해보렴. 에이든은 경험이 많아서 능숙하거든."

에이든이 말했다.

"내가 빌레이 할게. 네가 올라가."

"빌레이가 뭐야?"

"저기 암벽 맨 위에 보면 로프가 달려 있지. 그 로프로 너만 연결하는 게 아니라 나도 연결하는 거야. 그러면 혹시 네가 올라가다 떨어져도 다칠 염려가 없어. 땅으로 떨어지지 않게 내가 로프를 잡고 있을 테니까. 뭐, 어차피 매트리스가 깔려 있기는 하지만."

우리는 벨트를 차고 안전모를 썼다. 에이든이 로프를 잡고 암벽 아래에서 버티고 있는 동안 나는 벽을 오르기 시작했다.

에이든이 요령을 알려 주었다.

"먼저 아래를 보고 발 디딜 곳을 확인해. 그다음에 위를 보고 손으로 잡을 곳을 확인하고. 침착하게 하면 돼."

암벽 등반은 재미있었다. 처음에는 조금 떨렸지만 나는 금세 신이 나서 손으로 다음 위치를 정했다. 아무 무리 없이 3분의 2지점까지 올라갔을 때였다.

에이든이 소리쳤다.

"아주 잘하고 있어."

나는 아주 뿌듯했다. 내가 등반에만 온전히 집중할 수 있었던 건 에이든 덕분이었다. 조금도 불안하지 않았다. 에이든이 받쳐 주리라는 믿음이 있었다. 에이든은 내게서 눈을 떼지 않았고, 나 또한 암벽 등반에 능숙한 에이든이 절대로 나를 추락시키지 않으리란 것을 알고 있었다.

포터 선생님이 우리를 보러 왔다.

"올리비아, 대단한데! 넌 분명히 타고났어. 그리고 에이든은 로프 잘 잡았고. 아주 환상의 호흡이야. 자, 올리비아, 에이든이 이제 널 내릴 거야. 이번에는 네가 에이든을 빌레이하는 법을 배울 차례야."

내려올 때는 올라갈 때보다 더 무서웠다. 떨어지는 높이가 훨씬 잘 보였기 때문이다. 그렇지만 다시 한 번 무서운 마음을 억누르고 에이든의 코치에 귀를 기울였고, 결과는 아주 좋았다. 우리는 역할을 바꾸었다. 선생님은 진지한 태도로 내게 빌레이하는 법을 가르쳐 주었다. 나는 그런 점이 좋았다. 중요하면서도 재미있는 일을 배우는 것 같았다. 나는 선생님이 지켜보는 가운데 빌레이를 했고, 에이든은 재빠르게 암벽 꼭대기까지 올라갔다가 다시 재빠르게 내려왔다. 에이든은 무척 잘 해냈다. 언제나처럼.

내가 물었다.

"선생님, 카뎃에 들어가면 이런 걸 배우나요?"

"그렇지. 아, 카뎃에 가입할 생각이니?"

"네. 저희 할아버지가 육군 예비대 소령이세요. 군종 사제시고요. 아프가니스탄전에도 참전하셨어요."

나는 포터 선생님에게 좋은 인상을 주고 싶었다.

"대단하시구나! 할아버지가 이 근처에 사시니? 혹시 내가 아는 분일까? 와일딩 신부님이니?"

"아니요. 앤드류 하비 신부님이 저희 할아버지세요."

선생님이 환하게 웃었다.

"그렇구나! 당연히 알지! 그런데 네가 하비 소령님 손녀인지 전혀 몰랐어. 정말 멋진 분이지. 할아버지가 굉장히 자랑스럽겠다."

"네, 자랑스러워요."

"그럼 볼 것도 없이 네 적성에는 카뎃이 딱 맞겠네."

그리고 이번에는 에이든에게 물었다.

"에이든, 넌 어때?"

에이든은 벨트를 풀며 대답했다.

"제 적성은 아닌 것 같아요."

선생님은 뜻밖이라는 표정을 지었다.

"아쉬워라. 이유를 물어봐도 될까?"

"저는 좀 힘들어요. 저희 집안이 퀘이커교(개신교의 한 교파. 인간은 신으로부터 계시를 직접 받을 수 있다고 주장한 절대 평화주의자들로, 아메리카 원주민과의 우호·전쟁 반대·노예제도 반대 등을 외쳤다.)거든요."

"아, 무슨 말인지 알겠어. 그래도 좀 아쉽네. 아, 그러니까 내 말 뜻은 우리 관점에서 아쉽다는 거지, 너희 가족의 신념을 존중하지 않겠다는 이야기가 아니란다."

선생님은 난처해 보였다. 평소 모습과 거리가 멀었다. 뭔가 분위기가 좀 어색했는지 선생님이 갑자기 아이들을 불러 모았다. 에이든은 아비쉑과 개러스 옆에, 나는 놀라와 리야 옆에 섰다. 그때까지도 셉과 어울려 킥킥거리던 클로에는, 놀라가 자신들을 가리키며 내 옆구리를 쿡 찍는 모습을 보고 우리 쪽으로 다가왔다.

클로에가 놀라에게 말했다.

"왜?"

놀라가 클로에의 눈길을 피하며 대답했다.

"아무것도 아니야!"

클로에의 눈길이 내게 향했다.

"올리비아, 너 등반 되게 잘하더라. 포터 선생님이 너한테 카뎃 얘기하는 거 들었어. 가입할 거야?"

"응. 그럴 것 같아."

그 순간 설명회에서 받은 안내문은 생각하고 싶지 않았다. 안내문에 딸린 가입 신청서에는 부모 서명 동의란이 있었다. 사실 따지고 보면 카뎃 가입은 엄마가 상관할 일이 아니었다. 학교 점심시간에 하는 활동을 대체 왜 부모님까지 알아야 할까? 예를 들어 물리 시간에 어떤 내용을 배워도 되는지 일일이 허락받아야 하는 것도 아닌데 말이다. "엄마, 이번에는 중력을 배운대요. 괜찮을까요?" 이러지는 않으니까.

놀라가 말했다.

"카뎃이 시작되면 에이든은 날아다닐 거야."

클로에가 물었다.

"왜 그렇게 생각해?"

놀라가 되물었다.

"아닐 이유가 없잖아?"

"걔는 가족이 다 퀘이커야."

놀라가 말했다.

"무슨 상관이야? 가족이 어디 출신인지는 상관없어. 구르카군도 있잖아. 구르카 부대는 영국군에서 굉장히 중요한 부대야. 그런데 네팔 사람들이잖아."

클로에가 물었다.

"그럼 퀘이커는 어디 출신이야? 에이든의 부모님은 아일랜드분들인 줄 알았는데."

내가 끼어들었다.

"퀘이커는 출신지가 아니야. 퀘이커교는 기독교의 한 교파야."

놀라가 말했다.

"맞아, 나도 알아! 평화의 추모 공원과도 관련이 있어. 숙모가 그러시는데 퀘이커교도들이 공원에 기부금을 냈대. 우리 오빠 이름이 붙은 벤치도 거기서 기증한 거야."

리야가 말했다.

"퀘이커교는 평화주의와 관련이 있을 거야. 전쟁에 반대하는 걸로 알고 있어. 그러니까 카뎃에는 가입하지 않을 거야."

리야의 말이 맞았지만, 퀘이커교 이야기에 더는 끼고 싶지 않았다. 정치 얘기는 집에서 신물 날 만큼 듣고 있고, 집에서의 일을 학교까지 끌고 오지 않는다는 원칙을 그럭저럭 성공적으로 이어 가고 있었기 때문이다. 적어도 그때까지는 그랬다.

놀라가 말했다.

"내 생각에는 우리가 에이든하고 얘기해 봐야 할 것 같아. 전쟁은 아무도 좋아하지 않아. 에이든이 퀘이커교일 수도 있지. 그렇지만 퀘이커교라서 카뎃이 배척할 거라고 생각하면 안 되잖아. 올리비아, 네가 물어보면 되겠다. 너랑 짝이었으니까."

내가 대답했다.

"그냥 내버려 두자. 포터 선생님이 벌써 물어봤어."

놀라가 말했다.

"그럼 내가 물어볼게. 카뎃에는 에이든 같은 사람이 필요해. 에이든이라면 암벽 등반할 때도 도움을 줄 수 있잖아. 내가 가서 말해 볼래."

06

✕✕✕✕✕

아빠 말이 맞았다. 상점들은 다 문을 닫은 상태였다. 잡화점 한 곳이 열려 있긴 했지만 개를 데리고 들어갈 수 없었다. 게다가 스탠이 길에서 용변을 보는 바람에 뒤처리를 해야 해서 반려동물 배설물 쓰레기통을 찾아 나섰다. 다행히 쓰레기통은 집에서 멀지 않은 곳에 있었고 마침 그 앞으로 린디스판 성으로 올라가는 산책로가 이어졌다. 그 길옆으로는 바다가 보였다.

우두커니 서서 바다를 바라보는 것도, 소금기 섞인 바닷바람을 맞는 것도 좋았다. 머릿속에서 엄마, 에이든, 리야 생각이 회오리치지만 않았다면 이 섬에 있는 것도 나쁘지 않을 것 같았다. 하지만 엄마는 경찰서에 갇혀 있고, 나는 아빠에게 환영받지 못하고, 오랜 친구들과의 우정은 엉망진창이 됐다. 어느 하나 신나는 소식이 없었다.

　나는 스탠이 이끄는 대로 해안가로 향했다. 스탠은 탐스러운 꼬리를 발랄하게 흔들어대며 걸어갔다.

◇ ◇ ◇

　해안가 바위 위에 내 또래로 보이는 소년이 앉아 있었다. 그림을 그리는 중이었다. 순간적으로 에이든처럼 보여 가슴이 쿵쾅거리기 시작했고 자연스럽게 그쪽으로 발길을 돌리려다 멈칫하고 말았다. 절대로 에이든일 수 없었다. 조금 닮은 것뿐이었다. 소년은 긴 외투를 걸치고 있었다. 그리고 멀리서도 알 수 있었다. 에이든처럼 그림을 아주 잘 그린다는 사실을. 스탠도 소년이 마음에 드는 모양이었다. 목줄까지 풀려 가며 소년의 품속으로 뛰어들었다. 그 바람에 소년은 들고 있던 스케치북을 놓치고 말았다.

　나는 큰 소리로 외쳤다.

　"으악! 미안해!"

　"이 녀석!"

　소년이 쓰다듬자 스탠은 황홀경에 빠신 것 같았다. 그 모습을 보고 있던 나는 스탠의 목걸이를 잡고 내 쪽으로 끌어왔다.

　"정말 미안해."

　스탠을 쓰다듬던 소년이 벌떡 일어났다. 내가 그렇게 고함을 지르며 달려왔는데 아무 기척도 못 느낀 모양이었다. 키가 크고 호리

호리한 체격의 소년은 전체적으로 에이든과 비슷한 느낌이지만 머리카락이 좀 더 옅은 색이었다.

나는 자꾸 소년에게 달려드는 스탠을 간신히 막아서며 말했다.

"그림 망친 거 아니면 좋겠는데."

"어…… 아니야. 그렇게 말해 줘서 고마워. 그런데 넌 누구야?"

"난 올리비아."

"나는 윌리엄이라고 해. 만나서 기쁘다."

억양이 귀족적이다. 비꼬는 게 아니라 정말로 상류층 사람들이 쓰는 말투였다. 조니 아저씨와 비슷했다. 엄마 말로는 조니 아저씨가 사립학교를 다녔다고 했다.

소년은 손을 내밀어 내게 악수를 청했다. 신기했다. 에이든이나 개러스, 아비쉑과 악수를 하는 건 상상도 못 할 일인데. 나는 왼손으로 스탠의 목줄을 잡고 있어서 머뭇머뭇 오른손을 내밀었다. 교회에서는 모두가 악수를 한다. 평화의 인사를 나누라는 할아버지 말씀에 따라 사람들은 악수를 나눈다. 손을 너무 꽉 잡는 사람도 있고, 어떤 사람의 손은 너무 물컹하거나, 너무 뜨겁고 축축했다. 그런데 지금 하는 악수는 딱 정석이었다. 조금 이상한 면이 있는 것 같긴 해도 나는 한눈에 윌리엄이 마음에 들었다.

"네 개야?"

"뭐, 사실은 우리 아빠가 키우는 개야. 이름은 스탠."

윌리엄과 함께 스탠의 털을 쓰다듬었다. 딱히 할 말이 떠오르지 않았다. 윌리엄도 말이 없기는 마찬가지였지만 왠지 어색하지가 않았다. 고요하지만 편안한 침묵이었다.

"그럼, 나는 이만 가 볼게."

윌리엄은 떨어진 스케치북을 주워 각진 가죽가방에 넣으며 말했다.

"난 저 성에 손님으로 와 있거든. 아무래도 늦지 않는 편이 좋겠지."

"어, 저 성에서 묵을 수도 있는 건지 몰랐어."

"전례 없던 일일 거야. 저 성의 숙박 시설을 설계하신 분이 아버지 친구분인데, 그분이 가족과 함께 와서 자주 묵으셔. 나는 그분들을 잘 모르지만 초대 받았어. 여기 와서 바닷가 공기를 쐬면 좋을 거라고 권하셨거든. 내가 좀 아팠거든. 지금은 회복 중이야."

"아, 그렇구나. 힘들었겠다."

나는 조금 어색하게 답했다.

"고마워. 지금은 많이 좋아졌어. 그럼 이제…… 올리비아, 만나서 즐거웠어."

소년의 태도는 굉장히 깍듯하고 정중했다. 마음에 들었다. 우리 반 남자아이들도 좀 더 깍듯하면 좋을 텐데. 아니, 에이든은 빼야 한다. 내게 화가 났을 때조차 정중한 태도를 잃지 않았으니까.

우리는 헤어지면서 또 한 번 악수를 나눴고, 가방을 멘 윌리엄은 성으로 가는 길로 들어섰다.

◇ ◇ ◇

　스탠이 컹컹 짖으며 내 손을 쿡쿡 밀었다. 스탠의 목걸이에 목
줄을 다시 연결하고 돌아섰을 때였다. 성으로 올라가는 산책로를
흘낏 보았지만 윌리엄은 보이지 않았다. 아마 해안가를 따라 다른
길로 간 모양이었다.

　집에 가는 내내 나는 스탠에게 끌려가다시피 걸어갔다. 길을 잘
아는 눈치였다. 그러고 보니 스탠은 벌써 이 섬에서 아빠와 벌써
몇 주나 머물러 있었다. 그런데 몇 년은 떨어져 있던 것처럼 아빠
를 보고 싶어 했다.

　"그래, 재미있게 잘 놀았어?"

　아빠가 스탠을 쓰다듬으며 물었다.

　"네, 괜찮았어요."

　대답은 내가 했지만 나한테 물어본 것인지 스탠한테 물어본 것
인지는 확실하지 않았다.

　집 안에 근사한 냄새가 풍겼다. 아빠가 직접 오븐에 구운 연어
크림 파스타와 마늘빵 냄새였다. 우리 아빠는 음식을 아주 잘한
다. 할머니 말에 따르면 아빠가 된다는 걸 알자마자 요리를 배우기
시작했다고 한다. 아빠는 요리책을 사 보고, 칼질을 연습하고, 매
일 식구들을 위해 저녁을 준비하겠다고 나섰는데, 그게 아빠만의
대처 방식이었다. 할머니가 느닷없이 그 이야기를 꺼낸 것은 내가
사제관에 가 있을 때였다. 나는 딱히 할 말이 없었다. 내가 태어났

는데도 불구하고 엄마와 결혼하지 않은 아빠한테 화가 난 것은 아니었다. 또한 할머니가 걱정하는 다른 어떤 이유로도 아빠한테 화가 나지 않았다. 사제관의 내 방에서 정물화나 그려 볼까 하고 있을 때 할머니가 올라왔다. 차를 마시자고 하셨지만 사실은 내게 들려주고 싶은 얘기가 있던 거였다.

"네 아빠가 널 정말로 사랑한다는 거 알지? 아빠는 결혼해서 엄마와 널 돌보고 싶어 했어. 그런 아빠한테 할아버지, 할머니가 고등학교는 마쳐야 한다고 설득하느라 얼마나 힘들었는지 모르겠다. 네 아빠는 원체 매사에 진지한 성격이란다. 네 엄마도 진심으로 사랑해서 결혼하고 취직해서 나가 살려고 했던 거야. 그런데 네 엄마는 생각이 달랐어. 결혼하지 않겠다는 생각이 확고했어. 평생을 아빠와 함께하겠다고 맹세하기에는 너무 어린 나이라고 생각했지. 더구나 아이를 가졌다고 꼭 결혼해야 하는 건 아니라고 생각했단다. 너도 엄마를 잘 알잖니. 엄마가 한번 안 하겠다고 한 걸 누가 말릴 수 있겠니.

할머니, 할아버지는 네 아빠한테 아무 걱정하지 말라고, 우리가 네 엄마랑 배 속의 널 돌보겠다고 했어. 우리와 같이 살면 되니까. 그때 엄마는 자선 단체에서 운영하는 청소년 쉼터에서 지내고 있었거든. 아빠는 그때 겨우 열일곱이었어. 대입 시험을 치는 편이 여러모로 더 나은 나이였지. 아빠는 더럼대학교 역사학과에 입학했어. 모두 네 아빠가 아주 잘 해낼 거라고 했지. 실제로도 그랬고. 우리는 네 아빠가 아주 자랑스럽단다. 지금 박사과정을 밟고 있는 것도, 강사가 된 것도. 그런데 올리비아, 아빠가 널 떠나고 싶어서 떠난 게 아니라는 거, 알지?"

나는 할머니에게서 차를 받아들며 대답했다.

"네, 할머니. 알아요. 전 괜찮아요. 엄마, 아빠랑 함께 살지 않는 아이도 많아요. 그런 거 아무렇지도 않아요. 이모, 삼촌, 심지어 양부모님이랑 같이 사는 애들도 있는데 아무도 신경 안 써요. 놀라하고 에디 오빠는 초등학교 내내 삼촌이랑 숙모랑 살았어요. 에디 오빠가 죽은 뒤로도 계속 함께 살고요. 리야는 엄마, 아빠, 남동생, 오빠, 할아버지, 할머니랑 다 같이 살아요. 전 꼭 부모님이랑 같이 안 살아도 돼요. 같이 살고 싶지도 않고요. 엄마하고도, 아빠하고도. 전 할머니, 할아버지랑 살고 싶어요."

"안다. 그냥 네가 아빠를 잘 모른다는 생각이 들어서 말이야. 요즘 네 아빠가 별로 좋아 보이질 않아. 더럼에 자리를 잡아서 좋긴 하지만, 거긴 너무 멀잖니. 좋은 사람이라도 만나면 좋으련만. 아빠는 엄마한테서 벗어나질 못하는 거 같구나. 공부도 잘했고 경력도 잘 쌓았지만 가족은 너뿐이야. 아니, 네 할아버지랑 나도 있구나."

"스탠도요. 스탠 빼먹지 마세요."

할머니는 피식 웃었지만 표정은 여전히 어두웠다.

"올리비아, 넌 아빠의 전부야. 아빠랑 얘기를 좀 더 해보렴. 아빠는 쑥스러움을 많이 타는 성격이야. 요즘 네 아빠가 좀 힘들어 하는 것 같구나. 너랑 같이 살지도 않고, 예전처럼 네가 아빠와 얘기하는 것 같지 않아서 말이야. 네가 먼저 말 걸지 않으면 아빠는 못할 거야. 원래부터 살갑게 얘기하는 데 소질이 없었지."

할머니가 무슨 말씀을 하시는지 잘 알았지만 그렇다고 쉽게 맘이 바뀌지는 않았다. 어릴 적에 나는 아빠와 한 달에 한 번 주말마다 만났다. 아빠가 사제관에 오면 우리는 함께 이곳저곳 찾아다녔다. 런던에 가서 박물관, 미술관도 보고 크리스털 팰리스에 가서 공룡 구경도 하고…… 어린 나한테는 아빠와 만나는 게 무척 신나는 일이었다. 나는 아빠가 오는 날을 손꼽아 기다렸다. 아빠는 나의 영웅이었다. 그런데 8학년으로 올라갈 무렵, 아빠는 스탠을 할머니, 할아버지한테 맡기고 삼 개월 일정으로 미국 연수를 떠나 버렸다. 아빠가 돌아왔을 때는 뭔가 달라져 있었다. 달라진 사람은 나였다. 더는 아빠한테 할 말이 없었다. 미술관이나 박물관에 가는 것도 별로 내키지 않았고 학교 숙제도 너무 많았다. 결국 우리는 사제관에서 일요일 저녁 시간에나 잠깐씩 보게 되었고, 결국 둘이 함께 보내는 시간은 거의 없어지고 말았다.

그렇게 여기까지 왔다. 저녁 식탁에는 아빠와 나 둘뿐이었고, 대화할 시간은 차고 넘쳤지만 아빠한테 내 생활을 처음부터 다 설명할 수는 없었다. 할 얘기가 많지 않았다. 아니, 어쩌면 너무 많았는지도 모른다.

07

◇◇◇◇◇

"그래서, 학교는? 학교생활은 할 만하고?"

아빠가 파스타를 접시에 덜어 주며 물었다. 질문의 범위가 상당히 넓다.

'학업 성취도 면에서의 학교생활은 어떠니?'

만약 그런 뜻이었다면 학교생활은 제법 괜찮았다. 늘 제시간에 과제를 해내니까. 성적도 나쁘지 않지만 사실은 그 이상이다. 아빠를 닮았는지 나도 책을 좋아한다. 운동을 잘하고 좋아하는 것은 할아버지를 더 닮았고. 하지만 지금은 그런 의미의 질문이 아니다. 우리 둘 다 잘 알고 있다. 아빠가 던진 질문의 진짜 의미는 바로 이것이다.

'이것저것 다 포함해서 지낼 만하니?'

그리고 이에 대한 답변으로 두 가지 안이 있다.

A안과 B안.

A안.

글쎄요, 뭐라고 해야 할까, 모든 게 조금씩 엉망진창이에요.

처음부터 그랬던 것은 아니다. 9학년 생활은 순조로웠다. 부활절 방학을 마치고 등교할 때만 해도 별문제 없었다. 포터 선생님은 암벽 등반 때 나와 에이든을 한 조로 짝지어 주는 경우가 많았는데, 미술 시간에는 아미스 선생님이 그랬다.

초상화에 쓸 물감을 챙기고 있을 때 놀라가 다가와 속삭였다.

"에이든한테 카뎃 가입할 거냐고 물어봐 줘. 난 말할 기회가 없었어."

나는 단칼에 거절했다.

"싫어. 말도 안 꺼낼 거야. 그냥 넘어가자."

미술 시간에 한 조가 되어 좋은 점은, 서로 말하지 않아도 된다는 점이었다. 아미스 선생님은 서로의 얼굴을 관찰하는 법을 노련하게 가르쳐 주셨다. 초반의 어색한 기분을 떨쳐 낸 다음부터 에이든의 눈, 코, 입을 제대로 그리는 데에만 집중할 수 있었다. 나는 에이든의 얼굴형이 마음에 들었다. 눈썹도 마음에 들었다. 에이든이 내 얼굴을 그리는 방식도 마음에 들었다. 에이든은 내 얼굴을 정확하게 그리고 싶은지 꽤 진지하게 관찰했지만 다른 사람의 얼굴을 그리기란 쉽지 않았다. 원근법에 맞는 비율을 잡기가 까다로웠다. 우리는 서로를 그렸다가 고치기를 반복했다.

먼저 에이든이 말했다.

"어, 내 코가 좀 큰데!"

"내 뺨은 어떻고?"

우리 둘 다 기본적으로는 서로를 제대로 그리고 싶어 했다.

"두 사람의 초상화는 아주 훌륭해. 상대를 제대로 관찰했어."

우리가 그린 초상화가 교실 벽에 전시되었다. 집으로 달려갈 만한 사건이었다. 초등학생 때는 정말 그랬다. 나는 현관문을 열고 뛰어 들어갔다. 식구들을 한자리에 모이게 한 다음 내 그림이 교실 벽에 걸린 사실을 자랑스럽게 발표했다.

아빠, 혹시 할머니나 할아버지한테 내가 그랬다는 얘기 들어 본 적 있어요?

아미스 선생님이 나와 에이든이 서로를 제대로 관찰했다고 말하는 대목에서 클로에가 내 옆구리를 쿡 찔렀다. 조금 당황스러웠지만 마음에 담아 두지는 않았다. 클로에는 원체 숨기는 것도 없고 스스럼없는 성격이었다. 그 집 식구들 성격이 다 그랬다. 클로에의 집에 몇 번 놀러 갔었는데, 클로에의 여동생과 남동생 모두 귀여웠다. 클로에의 아빠는 웃는 인상에 농담도 잘하고 특이하게 마술을 잘했다.

그날 클로에의 아빠가 보여 준 마술을 보면 아빠도 정말 좋아할 거예요.

클로에의 엄마는 동물을 생각하는 마음이 각별해서 버려진 동물들을 구조하는 활동을 꾸준히 해 오고 있었다. 식구들이 모두 밝고 상냥했다. 그런데 클로에의 부모님은 우리 엄마가 싫어하는 신문을 구독하고 있었다. 그 때문인지 식구들 모두 외국인 이민을 심각하게 우려했다. '공짜로 바라기만 하는 사람들'이 몰려와서 우리 나라를 '곤경에 빠뜨린다.'고 생각했다. 하지만 엄마는 신문이 사람들을 겁주려고 부풀려서 보도한다고 했다. 저녁 식탁에서 그 화제가 계속 이어졌지만 나는 섣불리 끼어들지 못했다. 그렇다고 마음이 편한 것도 아니었다. 나는 클로에 가족의 의견에 동의할 수 없었다. 다행스럽게도 왁자지껄한 분위기 덕분에 내가 아무 말 않고 있다는 사실을 눈치챈 사람은 아무도 없었다. 클로에의 가족은 모두 내게 친절히 대해 주었다. 클로에의 부모님은 클로에와 친구가 되어 줘서 기쁘다는 말과 함께 클로에가 학교생활에 잘 적응할 수 있도록 나와 친구들이 도와줘서 얼마나 고마운지 모르겠다고 몇 번이나 말씀하셨다.

반면 나는 클로에를 한 번도 우리 집에 데려가지 않았다. 당연했다. 클로에가 우리 엄마를 어떻게 생각할지 상상하기도 싫었고, 엄마가 클로에한테 온갖 질문을 해대는 것도 싫었다.

아빠도 잘 알죠? 엄마는 자신이 중요하다고 생각하는 일에 핏대를 올리잖아요. 다른 사람들도 엄마 의견에 동의하는 게 당연하다고 생각하고요.

대신 나는 주말에 사제관으로 클로에를 초대하곤 했다. 할머니는 내 친구라면 언제나 환영이었다. 모든 일이 순조로웠다. 할머니는 엄마와 달리 부담스러운 대화를 즐기지 않는다. 클로에의 부모님은 클로에를 데리러 왔다가 할머니를 아주 좋아하게 되었다. 또한 할아버지가 아프가니스탄 참전 용사에다가 여왕님을 알현한 적도 있다는 사실에 크게 감명을 받은 것 같았다. 클로에의 아빠는 '영국다운' 모든 것에 강한 호감이 있었다. 우리 할아버지처럼.
만약 그런 두 분이 우리 집에 온다면 그야말로 악몽이 펼쳐질 것이다. 주방이나 화장실 벽에 붙어 있는 반전 포스터를 보고만 있지도 않을 테고, 결국에는 정치 얘기를 하게 될 테니까. 물론 엄마는 그 주장에 동의하지도, 묵묵히 넘어가지도 않을 것이다. 사제관에서 살 때부터 엄마와 할아버지는 전쟁이라는 주제를 두고 줄기차게 대립했었고, 엄마가 나를 데리고 사제관을 나와 시내 연립주택의 조니 아저씨네 위층에 살게 된 것도 그 때문이니까.

그러니까 아빠, 아니요. 엄마하고 사는 동안에는 절대로 집에 친구를 데려가지 않을 거예요.

6학년 때 양귀비 사건 뒤로 나는 단단히 결심했다. 에밀리 리드와 그 친구들이 더는 나를 파티에 초대하지 않게 된 이후였다. 중등 학교에 올라가면 학교에서는 엄마 이야기를 절대로 하지 않겠다고 결심했다. 그 편이 안전했다. 놀라와 리야는 나와 같은 초등학교를 나오긴 했지만 두 사람 다 내 비밀을 지켜 줄 것이다. 내가 어떤 말썽도 원하지 않는다는 사실을 잘 알고 있으니까.

사실 내 친구들은 별문제가 되지 않았다. 리야는 원래부터 친구들을 자기 집으로 데려가지 않았고, 놀라는 사제관으로 놀러 오면 그만이었다. 딱 한 번 놀라를 엄마 집에 데려간 적이 있었는데, 그때가 처음이자 마지막이었다. 최소한 그때는 엄마가 문제가 아니었다. 우리 엄마는 놀라의 삼촌 부부와 오랫동안 알고 지냈다. 그래서 에디 오빠의 장례식 날에도 함께 눈물을 흘렸다. 서로 생각이 달랐지만 서로에게 소중한 사람들이었다. 그때는 엄마의 친구가 문제였다. 우리 집에 온갖 사람들이 드나들 때였다. 보통은 메리 수녀님처럼 점잖고 상냥한 사람들이 대부분이지만, 매사에 화만 내는 사람들도 있었다. 조니 아저씨가, 평화주의자라는 사람들이 무슨 화가 그렇게 많은지 모르겠다고 얘기할 정도였다. 놀라가 우리 집에 놀러 온 날, 아저씨의 친구 중에 예의라고는 조금도 찾아볼 수 없는 사람이 와 있었는데 군인들을 모욕하는 말을 했다. 놀라는 마음이 크게 상하고 말았다. 엄마는 그 사람에게 조용히 하라고 말한 뒤 놀라를 안아 주었다. 나는 다시는 놀라에게 그런 위험을 감수하게 하고 싶지 않았다. 친구들에게는 사제관이 훨씬 안전했다.

재미있는 사실은 학교 친구 가운데 놀라를 제외하고 집에 놀러 온 유일한 아이가 에이든이라는 점이다. 부활절이 지나간 토요일, 엄마와 아저씨는 어떤 모임을 주최했다. 학교가 끝나고 집으로 돌아온 나는 깜짝 놀랐다. 에이든이 식구들과 함께 우리 집 소파에 앉아 있었다. 놀라, 클로에와 선약이 있었지만 나는 거의 끝까지 자리를 지켰다. 아마 그때가 시위를 사전 계획하는 자리였을 것이다.

아빠, 아시는지 모르겠지만 엄마는 체포되기 전 다른 시위에도 나갔었어요.

사실 엄마가 체포된 시위 전에 시위가 하나 더 있었다. 여름 학기가 시작되고 이 주가 지났을 때였다. 지역 군부대 앞에서 시위가 벌어졌다. 지역 방송국과의 인터뷰에서 엄마는 자신을 포함한 50여 명의 시위대가 거리에 누운 이유를 설명했다. 거리에 누운 사람들은 무인 전투기에 희생된 민간인을 상징한다고 했다. 나는 이미 들은 내용이었다. 엄마는 내게 시위에 참석할 것을 권유했지만 별로 가고 싶지 않다고 거절한 터였다. 거절에 대한 부담은 없었다. 강요는 엄마의 방식이 아니었다.

그렇다고 내가 민간인이 무인 전투기에 희생되어도 괜찮다고 생각하는 것은 아니다. 다만 거리에 눕는 방식이 무슨 도움이 된다는 것인지 이해할 수 없었다. 이유 여하를 막론하고 너무 창피했다.

어쨌든 나는 시위대가 거리에 누울 계획임을 이미 알고 있었지만 뉴스에 나오리라고는 전혀 짐작하지 못했다. 바보처럼.

시위를 마친 엄마는 평화 회의에 참석차 조니 아저씨와 함께 다른 도시로 출장을 떠났다. 집이 비어 있는 사이 나는 사제관에 가 있기로 했고, 할머니는 부산스러운 모습으로 반갑게 맞아 주셨다. 막 점심을 먹으려던 차에 할아버지를 찾는 전화가 걸려 왔다.

전화를 끊고 할아버지가 할머니에게 말했다.

"티브이 좀 켜도 되겠소? 부대에서 지금 지역 방송에 흥미로운 뉴스가 나온다는데."

"점심은 식판에 담아서 티브이 보며 먹을까? 변두리에서 사는 것도 가끔은 좋구나."

할머니는 뭐든 재미있게 하는 사람이다.

할아버지가 티브이를 켜자 화면에 익숙한 얼굴이 나타났다.

"뭐야! 엄마잖아요!"

할아버지가 말했다.

"대체 무슨……."

할머니도 어리둥절한 표정이었다.

"무슨 일이지?"

인터뷰는 길지 않았지만, 엄마는 논리정연하게 말을 이어 갔다.

"오늘 우리가 이 거리에 누운 것은 영국 정부와 국민에게 전쟁 중 희생당하는 민간인이 있음을 알리기 위해서입니다. 전쟁은 비디오 게임이 아닙니다. 현대에 와서는 군인보다 더 많은 수의 민간인이 전쟁으로 죽어 가고, 전쟁터에서 사망한 어린이의 수 또한 매년 증가하고 있습니다. 우리는 이 사실을 똑똑히 인지하고 있어야 합니다."

인터뷰는 다른 사람에게로 이어졌다. 평소보다 먼 길로 돌아가야 했다는 화물차 운전기사는 몹시 화가 나 보였고, 한 경찰관은 시위로 인해 교통이 혼잡해져서 유감스럽다고 했다. 다만 상황은 평화적으로 마무리되고 있다는 말을 덧붙였다.

할아버지가 코웃음을 쳤다.

"당연히 교통 혼잡이 생기지. 도대체 무슨 생각들이지? 무책임한 행동이야."

"아, 난 끝장이야."

내가 중얼거리는 소리를 듣고 할머니가 걱정스러운 표정으로 물었다.

"올리비아, 그게 무슨 뜻이니?"

"아무것도 아니에요."

할아버지도 말했다.

"아니, 분명 무슨 일이 있는 것 같은데."

"그냥…… 사실 놀라와 리야 말고 다른 아이들은 엄마가 저런 일을 하는지 몰라요. 내가 평화주의자 엄마와 살고 있는지 아무도 모르거든요. 클로에도 몰라요. 이번 일을 보고 걔네 부모님은 엄청 화내실 거예요. 우리 학교에서 평화주의나 정치 얘기를 하는 사람은 아무도 없다고요. 게다가 학교에 육군 카뎃이 들어온다고 해서 다들 얼마나 들떠 있는데요."

"아, 참, 그 일이 있었지."

할아버지는 할머니를 힐끗 보더니 내게 물었다.

"들어갈 생각이냐?"

할머니가 할아버지에게 경고하듯 말했다.

"앤드류. 분명히 말하는데 올리비아가 이 문제를 의논할 상대는 우리가 아니라 캐즈예요."

"루스, 난 올리비아의 할아버지요. 할아버지가 손녀하고 이런 얘기도 못 할 이유가 뭐요? 이제는 사정이 달라졌잖소. 올리비아의 학교에 카뎃이 생기는 거요. 이웃 동네 카뎃이 아니라."

"할아버지, 저 카뎃에 들어가고 싶어요. 엄마는 별로 좋아하지 않겠지만요."

할아버지가 대답했다.

"그래, 같이 한번 생각해 보자."

"앤드류, 당신은 그냥 빠져요. 그리고 올리비아, 친구들이 이 일을 두고 뭐라고 할지는 걱정하지 마라."

할머니는 티브이 화면을 턱으로 가리키며 말했다.

"다 괜찮을 거야. 저런 뉴스를 누가 다 기억하겠니."

그런데 아빠, 완전히 최악이었어요.

그날 밤 이제 다 끝났다고 생각하며 침대에 누웠다. 다음 날 월요일 아침 사제관 앞에서 통학버스를 타고 학교에 도착할 때까지만 해도 그 생각에는 변함이 없었다. 사물함 앞까지 왔지만 어느 누구도 엄마 얘기를 꺼내지 않았다. 그 뉴스를 본 사람이 아예 없거나 봤더라도 우리 엄마란 걸 눈치채지 못한 것 같았다. 더는 걱정할 필요가 없었다. 무사히 빠져나왔다는 생각에 발걸음이 한결 가벼웠다. 교실 쪽으로 걸어가는데 복도 맞은편에서 놀라와 아미스 선생님이 나타났다. 문 앞에서 만난 우리 세 사람이 교실 안으로 들어가려는 찰나 클로에의 카랑카랑한 목소리가 귓속을 파고들었다.

"그 사람들 때문에 배송이 늦어져서 우리 아빠가 얼마나 난처하셨다고. 그런 사람들은 감옥에 가둬 놓고 아예 열쇠를 없애 버려야 한댔어. 테러리스트에게 동조하는 사람들이라고. 국가 안보를 위협하는 사람들이야. 가뜩이나 요즘 테러 위협이 커지고 있는데. 아빠가 그러시는데 그런 사람들, 옛날 같았으면 반역자로 총살당했을 거래."

창자가 꼬이는 것 같았다.

아미스 선생님이 교실로 들어서며 클로에한테 물었다.

"클로에, 좀 과격한 얘기구나. 누가 총살을 당한다고?"

"주말에 군부대 밖에서 시위하던 평화주의 운동가들 말이에요. 도대체 그 사람들은 누구 편이래요?"

나는 자리에 앉으며 놀라의 귀에 대고 속삭였다.

"그거 우리 엄마야. 뉴스에도 나왔어."

놀라도 속삭였다.

"알아. 그렇지만 클로에는 모르잖아."

"클로에한테 말해야 할 것 같아. 나한테서 듣는 게 나아."

그런데 내가 어떻게 해 보기도 전에 에이든이 손을 들었다.

"거기 저도 있었는데요."

08

◇◇◇◇◇

아빠, 에이든은 어떻게 그토록 용감할 수 있는지 모르겠어요.

교실 안이 술렁거렸다. 클로에는 당황해서 얼굴이 빨개졌다. 자신의 아빠가 총살당해도 싸다고 한 사람 가운데 아는 사람이 있으리라고는 생각하지 못했을 것이다. 클로에의 아빠 역시 자신의 딸이 그들 가운데 누군가를 실제로 알고 있으리라고는 생각하지 않았을 테고.

셉이 우우 하고 야유를 보냈다.

아미스 선생님이 단호하게 말했다.

"모두 조용! 셉, 그건 아주 많이 잘못된 행동이다. 지역 정치든 전국 정치든 상대를 모욕하는 일 없이 토론할 수 있어야 해. 마침

반별 자율 시간이구나. 우리 지역에 아주 흥미로운 뉴스가 있었네. 에이든, 왜 시위에 참여했는지 말해 볼래?"

에이든은 고개를 끄덕였다.

"음, 우선 저는 퀘이커교도인데……."

선생님이 끼어들었다.

"잠깐만. 다들 퀘이커교에 관해 잘 알고 있나?"

리야가 손을 들었다.

"기독교의 일종 아닌가요? 평화주의를 지향해서 전쟁에 반대하고요."

선생님이 대답했다.

"잘 알고 있구나. 자, 그럼 에이든, 시위대는 다 퀘이커교도였니?"

"아니요, 퀘이커교도만 있던 건 아니에요."

그 순간 나는 여전히 고개를 푹 숙이고 있었다. 에이든이 나를 쳐다봤는지는 알 수 없었다. 물론 내가 먼저 엄마 이야기를 꺼낼 수도 있었지만 정말이지 토론에 끼고 싶지 않았다. 에이든은 최소한 부모님과 의견이 같았지만, 내 경우는 아니었다. 나는 엄마의 평화주의에 동참하고 싶지 않았다. 그런 내가 평화주의를 설명해야 한다면 그것만큼 불공평한 일이 어디 있을까. 이미 내 삶은 엄마가 세상을 바라보는 방식과 세상에 관해 내린 결론들로 점철되어 있었다. 나는 엄마가 곁에 없을 때도 엄마가 생각하는 것들을 떠올렸고, 한편으로는 그러지 말아야 한다고 생각했다. 엄마에게서 벗어나 있을 시간이 필요했다. 머릿속을 맴돌며 내 말에 반박하는 엄마의 목소리 없이, 생각을 정리하고 나 스스로 결론에 도달할 수 있는 시간이 필요했다.

에이든은 설명을 이어 갔다.

"그리고 거리에 드러누운 행동은 전쟁으로 인해 평범한 사람들이 죽어 가고 있다는 사실을 상기시키기 위해서였습니다. 사람들이 이 문제에 관해 생각해 볼 수 있게끔요."

셉이 손을 들었다.

아미스 선생님이 셉을 지명했다.

"셉?"

"에이, 선생님도 아시잖아요. 전쟁터에서 사람들이 죽는다는 건 누구나 알아요. 그 말을 하려고 길거리에 누울 필요는 없잖아요."

리야도 손을 들었다.

"그래, 리야?"

아미스 선생님이 말했다. 리야가 손을 들어 다행이라는 기색이 역력했다. 리야는 분명 셉보다 훨씬 정중하게 얘기할 테니까.

"그 말에 동의합니다. 과연 우리가 전쟁을 잊고 지낼 수 있을까요? 신문, 방송에서 항상 전쟁 뉴스를 쏟아 내는데요."

나는 리야가 질문하는 방식이 좋았다. 리야는 셉이 그랬던 것처럼 에이든을 바보 같다고 생각해서 질문한 게 아니었다. 에이든이 시위에 참여한 이유가 무엇인지 이해가 잘 안 돼서 더 알고 싶었던 것이다.

나는 힐끗 놀라를 쳐다보았다. 놀라가 오빠 생각에 속상할까 봐 걱정스러웠다.

선생님이 말했다.

"에이든, 나도 두 사람 생각에 동의하고 싶구나. 사람들이 전쟁에 관해 고민하게 한다는 측면에서, 네가 참여한 시위가 우리가 자주 접하는 사진이나 영상보다 어떻게 더 효과적이라는 건지 궁금하다. 상처 입은 아이들의 사진을 보고도 전쟁을 끝내지 못하는데, 과연 그런 시위가 어떻게 도움이 될까?"

셉이 대신 대답했다.

"제 생각에는 정말 멍청한 짓이에요."

"네가 조금 더 현명한 방식으로 대화에 참여하지 않겠다면, 셉, 넌 빠지는 게 좋겠다. 한 번 더 이런 식으로 끼어들면 퇴장이야."

평소 화를 잘 내지 않는 선생님인데 몹시 화가 나 보였다. 셉은 부루퉁한 얼굴로 팔짱을 꼈다.

"시위가 몇 가지 문제를 일으킬 수 있다는 건 알고 있지만 그렇게 하지 않으면 사람들의 관심을 끌기 어렵습니다. 양귀비꽃과 비슷합니다. 우리는 어떤 의미를 떠올리기 위해 다른 사물을 이용합니다. 가슴에 단 양귀비꽃이 전사한 군인들을 떠올리게 하는 것처럼. 다만 이제는 그마저도 너무 익숙해져 버려서 양귀비꽃을 봐도 더는 그 의미를 생각하지 못합니다. 그래서 저희는 양귀비꽃이 전사자를 상징하듯 살아 있는 사람들을 길바닥에 드러눕게 했습니다. 사람들에게 충격을 주고, 전쟁터에 누워 있는 시체들이 한때는 살아 있는 사람들이었다는 사실을 상기시키기 위해서입니다. 솔직히, 어떻게 설명해야 할지 저도 잘 모르겠지만, 마치 예술 작품이 어떤 것을 평소와 다른 눈으로 보게 하는 방식과 비슷합니다. 무언가를 당연한 것으로 받아들이지 않고 토론하게 하는 거죠. 그러니까, 전쟁 같은 것들요."

클로에가 나섰다.

"그렇지만 전쟁은 필요해요. 제 말은, 만약 누군가에게 공격을 받으면 우리 자신을 방어해야 하니까요."

에이든이 반박했다.

"그렇다고 꼭 전쟁이 필요한 것은 아닐 수도 있습니다. 왜 그런 행동을 하는지 더 깊이 생각하고 해결하려고 노력할 수도 있습니다. 문제가 곪아서 서로를 공격하는 지경에 이를 때까지 기다리는 게 아니라요."

클로에가 반박했다.

"글쎄요, 저희 아빠 말을 빌려서 말하면 시위대는 경찰의 시간을 낭비하고 있습니다. 그런데 테러리스트들과 싸우려면 우리에게는 경찰이 필요하죠."

아미스 선생님이 말했다.

"글쎄, 우리가 테러리즘으로부터 보호하고자 하는 중요한 가치 가운데 하나는 표현의 자유라고 할 수 있지. 그런데 만약 평화주의자들이 자신의 신념을 표현하는 것을 막는다면, 그때는 테러리스트들의 생각을 지지하게 되는 거야."

개러스가 물었다.

"그럼 선생님도 평화주의자인가요?"

선생님이 말했다.

"그 질문에는 대답할 필요가 없을 듯하구나. 학생에게 어떤 식으로 생각하라고 하거나 어떤 정치 노선을 따라야 한다고 말하는 건 선생님의 역할이 아니니까. 선생님의 역할은 학생들이 스스로 문제를 파악하고 결론을 내릴 수 있도록 방법을 가르쳐 주는 것이지. 아주 흥미로운 토론이었다. 에이든, 고맙다. 시위의 목적이 사람들이 전쟁이라는 주제에 관해 이야기하게 하는 데에 있었다면, 분명히 성공적인 시위였던 것 같구나."

반별 자율 시간이 끝나고 바로 체육 시간이 이어졌다. 모두 체육관으로 이동했다. 에이든도 아비쉑, 개러스와 함께 걸어가고 있었다. 그런데 갑자기 셉과 조쉬가 나타나 에이든을 세게 밀쳤다. 중심을 잃은 에이든이 아비쉑 쪽으로 휘청거렸다.

개러스가 셉에게 외쳤다.

"야, 무슨 짓이야?"

"난 테러리스트한테 동조하는 놈들이 싫어."

그 말을 내뱉은 셉이 내 옆 클로에의 눈치를 힐끗 살폈다.

리야가 말했다.

"똥 멍청이."

에이든은 전혀 대응하지 않았다. 셉을 밀치기는커녕 셉의 말에 아무런 대꾸도 하지 않았다. 무시하고 다시 걸어갈 뿐이었다.

아비쉑이 먼저 셉 쪽을 돌아봤다.

"네가 말하는 테러리스트가 누구야?"

셉이 두 손을 들었다.

"이봐, 친구. 개인적으로는 나도 아무 감정 없어. 아니면, 네가 할 말이 있는 건가? 글쎄, 테러리스트라면 에이든이 친하게 지내고 싶어 할 테니까……."

리야가 끼어들었다.

"야! 너희들! 교장 선생님께 말씀드리겠어."

그러자 셉과 그 일당은 웃음을 터뜨리며 도망가 버렸다.

리야가 걱정스러운 표정으로 말했다.

"쉬는 시간에 교장 선생님한테 말씀드릴 거야. 완전히 인종차별주의적 발언이야."

개러스도 나섰다.

"나도 같이 갈게. 왜 아비쉑까지 엮는 건지. 아니, 처음부터 에이든은 왜 밀고 난리냐고."

"난 아무 짓도 안 했어."

아비쉑은 눈앞에서 벌어진 일이 믿기지 않는다는 듯 고개를 저었다.

리야가 내 쪽을 쳐다봤다. 나는 같이 가자고 말하려고 했지만 왠지 내키지 않았다. 그때 클로에가 끼어들었다.

"내 생각에는 에이든이 문제 같아. 셉은 인종차별주의자가 아니야. 그리고 셉이 말한 대상은 에이든이었어. 아비쉑이 아니라. 처음부터 에이든이 시작을 안 했으면 아무 일도 없었을 거야."

리야가 대꾸했다.

"에이든이 뭘 잘못했는데? 셉이 에이든을 그렇게 밀면 안 되는 거지."

"에이든은 지역 주민을 힘들게 했는데 그 사실은 안중에도 없잖아. 군부대 앞에서 시위를 벌여서 경찰들 시간을 낭비한 건 어떻고? 우리나라 안전을 위협하는 일들은 이미 너무 많지 않아? 사실은 너도 에이든 의견에 동의하지 않을걸?"

"내가 동의한다면? 그리고 만약 동의하지 않는다고 해도, 아미스 선생님 말씀대로 에이든은 평화주의자일 권리가 있어. 그럴 권리가 없다고 생각하는 건 어리석은 사람들뿐이야."

"네가 말하는 어리석은 사람이 누군데? 너 지금 우리 아빠한테 어리석다는 거야?"

"그런 것 같아."

리야는 클로에를 빤히 보았다.

믿기지 않았다. 리야는 원래 말수가 적고 얌전한 아이였다. 곧 체육 시간이고 수업 중에는 싸울 수 없으니 그나마 다행이었다. 내 입장이 난처했다. 어느 편에 설지 밝혀야 할 때가 다가오고 있지만 전혀 알 수 없었다. 어떻게 두 친구 중 한편에 설 수 있을까? 두 사람의 관점을 모두 이해할 수 있을 것 같은데? 절친 두 사람이 싸우고 있다니. 리야도, 클로에도 그렇게까지 화난 모습은 처음이었다. 아니, 딱 한 번 있었다. 9학년이 된 지 얼마 안 된 어느 날, 교문 밖에서 8학년 아이들이 새끼 고양이 한 마리를 괴롭히고 있었다. 그 장면을 먼저 목격한 리야와 클로에는 당장 고함을 치며 달려갔다. 나와 놀라도 그 뒤를 쫓았다. 결국 클로에는 새끼 고양이를 집으로 데려갔고, 그 일을 계기로 우리 네 사람은 친하게 지냈다. 그런 두 사람이 서로에게 화가 머리끝까지 나 있다니. 좋은 징조는 아니었다.

그렇지만 아빠, 저는 어떻게 해야 할지 몰랐어요. 평화주의자와 관련된 일에는 정말이지 엮이고 싶지 않았거든요. 사람들이 편을 가르는 게 싫었어요. 그런데 학교에서조차 정치 이야기를 피할 수 없게 되다니요. 그게 너무 넌덜머리가 났어요.

클로에는 체육관에 도착하자마자 셉에게 가 버렸다. 나는 수업 준비를 해야 했다. 개러스와 아비쉑이 짝이 됐고, 그 옆으로 리야와 놀라가 섰다. 나는 평소처럼 에이든에게 갔다.

체육 시간은 그다지 신통치 않았다. 아까의 싸움이 머릿속을 떠나지 않았다. 모두가 싫어하는 그 시위 현장에 우리 엄마도 있었다는 사실은 다행히 아무도 모른다. 나는 비록 엄마의 가치관에 동의하지 않았지만 친구들이 에이든에게 했던 것처럼 엄마를 몰아세우는 것도 싫었다. 우리 엄마는 테러리스트가 아니다. 옳은 일을 하려는 것뿐이다. 물론 엄마 때문에 짜증 나는 것도 사실이었다. 우리 엄마는 존재 자체로 내 인생을 너무 복잡하게 만들고 있었다.

나는 수업에 집중하지 못하고 말도 안 되는 실수를 연거푸 저지르고 말았다. 평소 같았으면 친절하게 위로의 말을 건넸을 텐데, 에이든은 아무 말이 없었다. 화난 사람 같았다. 물론 그 이유를 짐작하고도 남았다. 에이든은 이전 토론 시간에 내가 자신의 편을 들지도 모른다고 생각했을 것이다. 하지만 내가 무슨 말을 할 수 있었을까? 에이든이 본 것처럼 나는 평화주의자 엄마의 평화주의자 친구들과 함께 지내긴 했지만 그렇다고 생각까지 같은 것은 아니다. 나는 평화주의자가 아닐 뿐더러 평화주의자가 되고 싶지도 않다. 내게는 그럴 권리가 있다. 그렇지만 아까 복도에서의 일은 순전히 친구를 괴롭히는 일에 지나지 않았다. 나는 전혀 에이든을 도와주지 않았다. 나는 비겁한 아이였다.

"잘 되고 있지?"

포터 선생님이 우리 쪽으로 다가왔다. 나는 에이든을 보지 않으려고 애쓰면서 고개를 끄덕였다. 에이든도 마찬가지였는지, 선생님은 다른 이야기를 꺼냈다.

"올리비아, 다음 주에 할아버지가 우리 학교에서 특별 강연 하신다는 소식 들었어. 군종 사제로서 아프가니스탄 참전 경험을 들려주신다는구나."

"전 몰랐어요."

"그래. 우리 모두 얼마나 감사한지 몰라, 게다가 우리 학교에 육군 카뎃 지부를 설립하는 일에도 조언해 주기로 하셨어."

"우아!"

옆에서 듣고 있던 놀라가 외쳤다.

"올리비아의 할아버지 너무 대단하세요!"

클로에도 덧붙였다.

리야의 눈길이 느껴졌지만 나는 고개를 돌리지 않았다. 리야와 눈을 마주치고 싶지 않았다. 리야는 이 바보 같은 싸움에 대한 내 의견은 물론이고, 우리 엄마가 평화주의자라는 사실을 밝혀야 한다고 생각하는 것 같았다. 다른 사람도 아닌 우리 할아버지가 카뎃 설립을 돕기 때문이다. 그렇지만 내 의견이 한 가지만 있는 것도 아니었고, 그래서 아무 말도 할 수 없었다. 내가 얼마나 카뎃에 가입하고 싶은지, 내 생각이 엄마의 생각과 얼마나 일치하는지 에이든이 꼭 알아주기를 바란 것도 아니었다. 그것들이 암벽등반을 하거나 그림을 그리는 것과 무슨 상관이란 말인가. 나는 그저 상황이 달라지는 게 싫었다. 삶의 다른 부분들은 그렇게 떼놓고 지금까지 살아왔던 대로 살아가면 안 되는 걸까? 평소 그대로? 그렇지만 나는 에이든의 눈을 쳐다보지 못하고 있었다. 그리고 그런 행동은 평소 그대로와는 거리가 멀었다.

클로에와 셉은 왠지 손발이 척척 잘 맞았다. 포터 선생님이 두 사람에게 빌레이를 연습해 보자고 했다. 먼저 벽의 3분의 1 지점까지 올라가 보라고 하자, 그 말 한마디에 셉은 우쭐하며 말했다.

"선생님, 에이든하고 비교하면 제가 좀 낫죠? 에이든, 내가 너무 잘한다고 해서 기죽지 마."

조쉬가 평소처럼 웃음을 터뜨렸다. 줄리아 브라운과 마리아 더

피도 따라 웃었다. 별로였다. 클로에까지 웃다니 최악이었다. 평소에는 누구도 에이든을 보고 그런 식으로 웃지 않는다. 기분이 좋지 않았다.

포터 선생님도 언짢은 기색이 역력했다. 절대로 화를 내는 법이 없는 분이었는데 선생님은 셉을 빤히 보며 말했다.

"그럴 리가. 셉, 네가 에이든 브룩클레스비를 따라가려면 한참 멀었어."

셉에게 만족스러운 대답이 아니었다는 것은 누가 봐도 분명했다. 실실 웃던 표정이 갑자기 부루퉁해졌다.

선생님은 에이든을 보며 힘내라는 듯 말했다.

"에이든, 시범 한번 보여 줄래?"

에이든은 고개를 끄덕였다.

"내가 빌레이 할게. 자, 셉, 잘 봐. 그러면 다음부터 그렇게 웃음거리가 되길 자처하진 않겠지."

아빠, 에이든은 정말 대단하더라고요.

에이든은 한동안 벽을 올려다보았다. 동선을 짜고 위험도를 계산하는 눈치였다. 그러더니 도저히 손이 닿지 않을 것처럼 보이는 곳을 척척 잡고, 너무 멀어 보이는 지점도 척척 밟았다. 차근차근 정확한 지점을 짚더니 어느새 끝까지 올라가 있었다. 내려올 때도 똑같이 빠른 속도였다. 박수가 터져 나왔다. 에이든은 빙그레 웃으며 장난스럽게 허리를 숙였다. 기분이 훨씬 나아진 것처럼 보였다. 수업은 아주 잘 끝난 것 같았지만, 체육관을 나설 때 놀라가 달려오면서 다시 모든 게 엉망진창이 되었다.

"에이든, 넌 정말 대단해! 꼭 카뎃에 가입해야 해. 네가 퀘이커교도인 점은 전혀 중요하지 않아."

"놀라, 그게 나한테는 굉장히 중요해."

에이든은 한숨을 내쉬더니 그대로 걸어가 버렸다.

놀라가 상처받은 얼굴로 중얼거렸다.

"이건 좀 너무 하잖아."

"뭐가?"

셉이 다가오며 참견하고 나섰다. 뭔가 꿍꿍이가 있는지 씩 웃더니 에이든을 향해 외쳤다.

"퀘이커 친구, 뭐 문제 있어? 아니면, 카뎃 가입하기가 무서운가?"

하지만 에이든은 이미 복도 저쪽으로 사라진 뒤였다. 셉의 말을 못 들은 것 같았다. 나는 또 시빗거리가 생기는 게 싫어서 잠자코 있었다. 아니, 그러지 말았어야 했다. 클로에, 놀라와 함께 걸어가고 있는데 셉이 내 쪽으로 다가와 말을 붙였다.

"그런데 올리비아, 너희 할아버지가 육군 소령이시라며?"

셉이 내게 말을 걸다니. 처음이었다. 교실에서처럼 부루퉁하거나 화난 얼굴이 아니었다. 오히려 싱글싱글 웃고 있었다. 순간 마리아나 줄리아 같은 여자아이들의 질투 어린 눈길이 느껴졌다. 조금 우쭐한 기분이 되어 리야, 개러스, 아비쉑과 함께 가지 않았다. 셉의 말을 무시하지도 않았다. 셉이 에이든에게 그렇게 지독하게 굴었는데 말이다.

아빠, 지금은 그때의 제 행동을 너무 후회하고 있어요. 그런데 셉의 가족은 뭔가를 알고 있던 걸까요? 에이든이 시위에 참가했다고 말하자마자 그렇게 지독하게 나오다니요. 클로에가 그러는데 셉과 에이든이 같은 초등학교를 다녔대요.

클로에가 말했다.
"에이든 브룩클레스비는 과시하기 좋아하는 성격 같아. 언제나 일등은 나야, 그런 느낌이거든. 다른 애들한테는 기회가 없어."
놀라가 대꾸했다.
"뭐든 다 잘하는 게 에이든 잘못은 아니잖아. 내 생각에는 셉이 질투하는 것 같은데."
체육 시간에 에이든이 완벽한 등반 시범을 보인 뒤로, 셉은 더 심한 반감을 품은 게 분명했다. 에이든을 보고 배우라는 말을 들었다는 사실을 견딜 수 없어 했다. 셉은 그냥 넘어가지 않았다. 언제나 에이든을 노려보았고, 에이든이 교실에 들어오면 등을 돌렸다. 리야가 개러스, 아비쉑과 함께 교장실로 가서 복도에서 일어난 일을 말해 봤지만 아무 소용이 없었다. 셉은 방과 후 학교에 남는 벌을 받았을 뿐이다. 마땅한 벌을 받은 셈이지만, 셉은 잘못을 뉘

우치는 기색이 전혀 없었다.

처음에는 에이든도 셉이 아무리 빈정거려도 전혀 대꾸하지 않았다.

"오우, 에이든. 오늘은 왠지 창백해 보이네. 겁나는 게 있나 봐."

"자, 다들 조용히 해. 에이든이 무서워하잖아."

셉이 빈정거리는 횟수는 시간이 지나면서 점점 줄어들었고, 학교도 평상시로 돌아가는 듯했다. 그리고 한 주가 끝나갈 무렵 우리 학교 축구부가 성 콜롬바 중학교를 상대로 승리의 기쁨을 맛봤다. 결정적인 골을 넣은 에이든에게 모두가 환호를 보냈다.

그리고 다음 날 쉬는 시간이었다. 셉이 에이든을 보며 타일러 램버트의 귀에 대고 무언가를 속삭이고 있었다. 왠지 꺼림칙했다. 셉과 타일러는 원래부터 친한 사이가 아니었다. 타일러가 축구부에 들어가려다 떨어져서 에이든에게 앙심을 품고 있다는 사실을 모르는 아이가 없었기 때문이다. 점심시간이 되자 타일러가 배식 줄에 서 있는 에이든에게 다가갔다.

"너희 가족은 군인들이 다 살인자라고 말하고 다닌다던데. 그럼 우리 형이 살인자라는 뜻이야?"

에이든이 대꾸했다.

"그렇게 말한 적 없어."

"그럼 뭐라고 했는데?"

타일러가 밀치는 바람에 에이든은 식판을 바닥에 떨어뜨렸다.

"거기!"

마침 그 모습을 보고 배식 담당 아주머니 한 분이 소리쳤고, 에이든과 타일러는 곧장 교장실로 불려 갔다. 타일러는 방과 후 학교에 남는 벌을 받았다. 그 일로 에이든에게는 또 하나의 적이 생겼다.

"그래서, 학교는? 학교생활은 다 괜찮니?"
아빠가 음식을 덜어 주며 물었다.
결국 나는 B안으로 가기로 했다.
"네, 아주 좋아요."

09

◇◇◇◇◇

"GCSE 선택 과목은 다 정했고?"

파스타를 먹기 시작하면서 아빠가 물었다.

"미술을 선택한 건 알고 있고. 혹시 역사까지 기대하면 아빠가 너무 큰 걸 바라는 건가?"

"뭐, 역사도 볼 거예요. 리야와 같은 과목을 보기로 했거든요."

아니, 보기로 했었다. 지금은 어떤지 모르겠다. 결국에는 리야와 크게 싸우고 말았으니 리야가 마음을 바꿀지도 모르기 때문이다.

"아주 잘됐구나."

아빠도 무슨 말을 해야 할지 모르는 눈치였다.

우리는 묵묵히 먹기만 했다.

"그러면…… 아빠는 내일 오후에는 좀 쉴 생각인데. 딸하고 의미 있는 시간을 보내면서 말이지. 내일 수도원에 가 볼까? 아니면 성에 갈까? 생각해 보니 이곳에서 너 혼자 지내는 동안 재미있는 일이 별로 없을 것 같더라. 같이 있는 사람이라곤 나뿐이고. 어쨌든 우리 모두 네가 빨리 돌아갈 수 있도록 애쓰고 있어. 올리비아, 너무 비관적으로 생각하지 마."

아빠가 웃음 띤 얼굴로 말했다. 나도 애써 웃어 보였다. 아빠도 나 때문에 여러모로 불편할 것 같았다. 하지만 집에서 멀리 떨어져 있는 지금 상황이 내게는 너무도 비현실적인 일처럼 느껴졌다. 학교 일만 생각해도 우울해지는데 설상가상 엄마까지 체포되고 난 후에는 머릿속이 온통 뒤죽박죽이었다. 통 밥맛이 없었다.

파스타 접시를 한쪽으로 치우면서 내가 말했다.

"죄송해요. 파스타는 아주 맛있어요. 그냥 제가 좀⋯⋯."

"아니, 아니, 죄송할 것 없어. 올리비아, 신경 쓰지 마. 혹시 아이스크림이라면 좀 먹힐지도 모르겠다. 힘을 좀 내야 하니까. 아빠가 초콜릿 아이스크림을 사 왔는데. 네가 좋아하는 맛이잖아. 초콜릿 바도 사 왔고. 아낌없이 썼지!"

아빠가 냉장고 문을 열자 바닥에 엎드려 있던 스탠이 하품과 함께 기지개를 켜며 일어나 한 차례 부르르 몸을 떨더니 터벅터벅 내 쪽으로 걸어왔다. 자리를 잡고 앉은 스탠이 내 무릎에 떡하니 머리를 얹었다. 식탁에 앉아 있을 때는 금지된 행동이었지만, 나는 스탠의 풍성한 털을 쓰다듬었다. 금세 마음이 편안해졌다. 스탠도 기분이 좋은지 꼬리로 연신 바닥을 내리쳤다. 그 바람에 아빠에게 들키고 말았지만.

"스탠!"

"전 스탠이 여기 있어서 좋아요. 그냥 있게 해 주세요."

내 예상보다 훨씬 애원에 가까운 목소리였다.

"스탠, 올리비아가 마음이 약해서 운이 좋은 줄 알아."

스탠은 다시 꼬리로 바닥을 내리쳤다. 머리는 여전히 내 무릎을
베고 있었다. 다친 마음을 위로해 주는 데는 최고였다.

"마음 약하기는 아빠도 마찬가지예요. 할아버지가 그러시는데
아빠가 스탠을 좀 더 엄하게 대하셔야 한대요."

내 말에 아빠의 표정이 살짝 굳어졌다. 아빠에게 상처가 된 모
양이었다. 왜 그런지는 짐작이 가지 않았다. 아차 싶어서 좀 전의
말을 주워 담고 싶었지만 어찌해야 할지 몰랐다.

아빠는 식탁 맞은편에 앉으며 스탠에게 말했다.

"이 녀석, 괜찮지? 스탠에게 행동 교정 캠프 같은 건 필요 없어."

아빠는 내 몫의 아이스크림을 내 앞으로 밀어 주었다. 아이스
크림 위에 초콜릿 플레이크 바가 두 개 얹혀 있었다. 아빠 것에는
한 개였다. 자상한 우리 아빠. 어릴 때로 돌아간 것 같았다. 사이좋
은 아빠와 딸이었던 때로.

나는 아빠에게 말했다.

"아빠, 고마워요."

아빠는 숟가락으로 아이스크림을 한 입 떠내며 대답했다.

"천만에."

스탠의 꼬리가 다시 한 번 바닥을 탁탁 때렸다.

"올리비아, 엄마가 유치장에 있어서 걱정하는 거 알아. 그런데 말이야, 네 엄마는 굉장히 멋진 사람이야. 이 상황을 해결할 사람이 있다면 그건 바로 엄마일 거야. 엄마는 언제나 아주…… 긍정적이거든. 아빠가 엄마한테 화를 내긴 했지만 기본적으로 엄마는 굉장한 사람이야. 아주 좋은 사람이자 아주 특별한 사람이지. 이 상황도 잘 헤쳐 나갈 거야."

아빠가 이렇게 엄마를 칭찬하는 건 처음이었다. 할머니한테 아빠가 엄마를 깊이 사랑했다는 이야기를 듣기는 했지만 아빠한테 직접 듣기는 처음이었다. 아빠와 엄마가 어떻게 사귀게 되었는지 말해 준 적이 없었다. 엄마의 어떤 점이 좋았는지도.

"알아요. 단지 그냥……."

나는 내가 엄마를 얼마나 걱정하고 있는지는 자신할 수 없었다. 당연히 걱정은 하고 있었다. 엄마를 사랑하니까. 내 엄마니까. 그렇지만 다른 한편으로는 아니었다. 그건 마치 눈앞에 보이지 않으면 없는 일인 척할 수 있는 것과 비슷했다. 모두 다 너무 이상했다.

"월요일에 재판이 열리면 일이 좀 쉬워질 거야. 엄마는 틀림없이 풀려날 거고 그러면 너도 집에 갈 수 있어. 선에 책을 써야 하느니 뭐니 하면서 성질내서 미안하다. 올리비아, 아빠는 너랑 지내게 되어서 좋아. 통 둘만 있어 보지 못했으니까. 자, 이제 스탠 산책시키러 가자. 동네도 좀 둘러보고. 일은 나중에 해도 되니까."

아빠가 나와 함께 있어서 좋다는 말에 나는 웃음이 나올 만큼 기분 좋았다. 그게 내게 이토록 중요한 의미일 거라고는 전혀 생각하지 못했다.

아빠의 휴대폰이 울렸다.

"여보세요? 네. 캐즈 괜찮나요? 그렇군요. 월요일까지는 꼼짝없이 유치장에 있게 됐군요. 법원 보석 신청에 기대를 걸어 보죠. 알겠습니다. 새로운 소식 있으면 계속 연락 주시겠습니까? 고맙습니다. 예, 물론이죠. 올리비아 바꾸겠습니다."

아빠는 내게 휴대폰을 넘겼다.

"조니 아저씨야."

린디스판 섬의 널찍한 주방에 앉아 조니 아저씨의 목소리를 듣다니 뭔가 어색했다. 창문 밖으로 하늘과 바닷가, 쉴 새 없이 지저귀는 새들과 언덕 위의 성이 펼쳐져 있었다. 지금껏 내가 조니 아저씨를 떠올릴 때의 이미지는 시내 아니면 우리 집 좁은 주방이었다.

"올리비아, 잘 있지? 엄마는 괜찮아. 아빠하고 너한테 엄마 괜찮다고 알려 주려고 전화했어. 무슨 일이 있으면 꼭 알려 줄게. 자세한 소식은 월요일이 되어야 알 것 같지만."

"엄마는…… 엄마는 잘 지낸대요?"

"그럼. 엄만 괜찮아. 당연히 네 걱정은 하시지만. 네가 잘 있는지 확인하려고 전화했어. 엄마한테 너랑 통화했다고 말해 주려고. 그나저나 엄마가 감옥에 있는 동안 네가 아빠하고 지내서 다행이다. 아니, 감옥이 아니고 경찰서 유치장이지."

나쁜 꿈을 꾸고 있는 것 같았다. 휴대폰을 들고만 있을 뿐, 뭐라고 대답해야 할지 몰랐다. 아빠가 다가와서 대신 대답했다.

"조니 씨? 네, 소식 전해 줘서 고맙습니다. 앞으로도 연락 부탁하고요. 고맙습니다. 예, 그럼."

나는 자리에 앉아 얼굴을 손에 묻고 울음을 터뜨렸다.

"올리비아, 법원은 네 엄마를 잡아두는 것보다 할 일이 많은 데야. 철책에 구멍 내서 꽃 좀 꽂은 게 무슨 대수라고. 이게 다 정치적 쟁점을 강조하려는 연출이야. 그러니까 우리 딸, 울지 마. 지금은 우리가 할 수 있는 게 없어."

고개를 들자 스탠이 다가와 내 뺨에 흐르는 눈물을 핥아 주었다.

아빠는 차분히 나를 타일렀다.

"엄마는 성인이야. 올리비아, 엄마는 괜찮으실 거야. 걱정해 봐야 쓸데없어. 엄마가 어디 계신지 알고, 엄마가 무사하신 것도 알고, 또 메리 수녀님이 같이 계신 것도 알고. 메리 수녀님은 이런 일을 잘 아시는 분이라는 것 같아. 그러니까 걱정하지 않으려고 해봐. 자기 전에 스탠 데리고 잠깐 산책이나 다녀올까? 티브이에서 뭐 재미있는 거 나오나 봐도 좋고. 보자, 우리 모두가 좋아할 만한 디브이디 타이틀도 어디 있을 텐데."

솔직히 말하면 우리 둘 다 좋아할 만한 영화가 있을지는 의문이었지만 아빠가 마음을 써주는 것만은 고마웠다.

아빠는 나를 일으켜 세우고 가볍게 안아 주었다. 기분이 좋으면서도 전혀 예상치 못한 느낌이 들었다. 아빠가 정말 아빠 같았다. 할아버지처럼 든든했다. 그동안에는 아빠한테 책임감이 있다고 생각하지 않았다. 할아버지, 할머니 집에서 봤던 아빠는 좀 달랐다. 사제관에서 만난 아빠는 할아버지, 할머니의 아들이었다. 그렇게 행동했다. 이상한 소리라는 거 안다. 아빠가 대학에서 학생들을 가르치고 있는 사실도 알고 있는데 이제야 갑자기 아빠가 어른으로 느껴졌다. 아빠는 나보다 훨씬 성숙한 어른이었다. 다행이었다. 마음이 놓였다.

아빠와 나는 스탠에게 목줄을 채우고 산책에 나섰다. 하루에 두 번이나 산책을 나오게 된 스탠은 너무 신이 난 나머지 꼬리를 미친 듯이 흔들었다. 그 모습에 나도 조금은 웃을 수 있었다.

이제까지 살면서 스탠처럼 산책을 좋아하는 개는 처음이었다. 스탠은 아무것도 걱정하지 않는다. 현재를 살 뿐이다.

나는 스탠을 닮고 싶었다.

10

◇◇◇◇◇

밖으로 나오자 기분이 훨씬 나아졌다. 갈매기 울음소리와 바닷가의 상쾌한 공기 덕분이었다. 내가 살던 곳과 많이 달라서 그런 것 같았다. 우리 동네의 명물은 군부대 하나뿐이고, 사제관이 있는 동네처럼 아기자기한 맛도 없었다.

하늘과 맞닿은 곳에 우뚝 서 있는 성이 다시 한 번 눈에 들어왔다. 왠지 성에서 눈을 뗄 수 없었다. 마치 자신에게 관심을 가져 달라고 하는 것 같았다.

"아빠, 그런데 왜 린디스판 섬을 홀리아일랜드라고 불러요? 이런 섬에 성과 수도원을 지은 이유가 뭘까요? 육지 사람들이 못 들어올 때도 있잖아요."

"7세기 무렵에 수도사들이 아주 중요한 수도원을 지었거든. 그

101

때는 육로로 다니는 것보다 해상으로 다니는 편이 더 안전했어. 길 위에 사나운 도적들이 우글거렸으니까."

"아빠가 여기 온 이유도 그 수도원 때문이에요?"

생각해 보니 아빠가 뭘 연구하는지도 정확히 모르고 있었다. 수도사들을 연구할 거라고는 생각해 본 적이 없었다.

"아니, 아빠가 관심 있는 건 사실 저 성이야."

우리는 동네를 한 바퀴 돌고 린디스판 성으로 올라가는 길이 있는 바닷가로 되돌아왔다. 혹시 윌리엄이 와 있을지 모른다는 생각에 바위 근처를 살폈지만 어디에도 없었다.

나는 아빠에게 물었다.

"그럼 저 성도 중세시대에 지은 거예요?"

"올리비아, 정말 궁금해서 묻는 거니? 혹시 아빠가 널 지루하게 할까 봐 걱정인데. 아빤 역사 얘기라면 끝도 없이 늘어놔서 말이야!"

"정말 궁금해요."

나는 정말 궁금했다. 아빠와 나 사이에 제대로 된 대화가 오가는 것이 좋았고, 역사 이야기를 하는 아빠의 눈이 밝게 빛나는 것도 좋았다. 어떤 사람에게서 열정이 느껴질 때는 엄마처럼 어떤 일을 하거나 할아버지처럼 어떤 신념을 믿을 때뿐인 줄 알았다. 아빠는 달랐다. 나는 그 점이 좋았다.

아빠는 스탠의 목줄을 풀어 준 다음 성으로 올라가는 길 쪽으로 공을 던졌다. 길에는 아무도 없었다. 우리가 이 섬의 주인 같았다. 주변에 사람이라고는 성을 산책하고 있는 커플 한 쌍뿐이었다. 공을 찾아서 한참을 올라갔던 스탠이 공을 물고 다시 한참을 내려왔다. 아빠 앞에 얌전히 공을 내려놓고 다시 아빠가 공을 던져 주길 기다렸다.

"이 놀이의 최대 장점은 공만 한 번 던져 주면 되는 거야. 그럼 녀석이 우리가 걷는 거리의 최소 세 배는 뛰거든. 오늘 저녁에는 녀석이 적당히 지치면 좋겠는데."

스탠은 신나게 꼬리를 흔들며 또 한 번 공을 쫓아 달려 나갔다.

"원래는 튜더왕조 시대에 세워진 성이야. 처음에는 군사 주둔지로 사용되었지. 나중에 해안 초소로 바뀌었는데 결국 폐허가 되어 버렸어. 아빠가 쓰고 있는 논문이 제일차세계대전 시기를 전후한 린디스판 성의 역사야. 그즈음 에드워드 허드슨이라는 미국인이 성을 사들여서 개조했고."

"지금은 누구 거예요?"

"지금은 내셔널 트러스트(영국, 웨일스, 북아일랜드의 명승 사적을 소유, 관리하며 일반인들에게 개방하는 일을 하는 민간단체) 소유란다."

우리는 어느새 언덕 꼭대기 부근의 간이문 앞에 서 있었다. 간이문 너머로 들판이 펼쳐져 있고, 그 사이로 린디스판 성 입구로 이어지는 나선형 길이 보였다. 나는 고개를 들고 눈앞에 우뚝 서 있는 성을 올려다보았다.

린디스판 성은 바위 언덕 맨 꼭대기에서 바다를 내려다보고 있었다. 방어를 목적으로 지은 성이어서 그런지 동화에 나오는 아름다운 성과는 거리가 멀었다. 벽돌로 쌓은 견고한 외벽이 차가운 바닷바람과 사나운 날씨쯤은 얼마든지 견뎌 낼 것 같았다. 어떤 공격도 다 막아 낼 것만 같았다. 나는 성이 마음에 들었다.

"그럼 에드워드 허드슨이 내셔널 트러스트에 성을 기증한 거예요?"

"꼭 그렇지는 않아. 사실 굉장히 슬픈 사연이 있어. 에드워드 허드슨은 일생 결혼하지 않았어. 딱 한 번 굉장히 유명한 첼로 연주자와 약혼한 적은 있다고 하지, 아마? 이 성에서 약혼녀의 연주회가 여러 번 열렸다고 하고. 아무튼 허드슨 본인한테는 자녀가 없었지만, 친척이나 친구들이 자주 찾아와서 몇 년이고 이 성에서 지냈다고 해. 이곳 공기가 굉장히 깨끗하고 신선하잖아. 그렇게 온 지인들 가운데 빌리 콩그레브라는 이름의 청년이 있었는데, 이 빌리라는 청년이 이 섬의 새들과 자연을 너무 사랑했다는 거야. 결국 에드워드 허드슨은 린디스판 성을 빌리에게 남기기로 결심했고, 유언장에도 그렇게 썼어."

"그래서요? 그래서 어떻게 됐어요?"

"그 뒤로 제일차세계대전이 터졌고, 빌리는 전쟁터로 떠났지. 그리고 전사했고. 무공훈장도 받고 그랬다지만 결국 린디스판 성은 물려받지 못했어."

"그럼 에드워드 허드슨이 다른 사람한테 줬어요?"

"아니, 상심한 나머지 성을 되팔았던 것 같아. 그렇게 어찌어찌하다가 결국 내셔널 트러스트 소유가 된 거야."

"지금은 성에서 묵을 수도 있나 봐요. 그렇죠? 아까 낮에 바닷가에서 제 또래 남자애를 만났거든요. 여기서 지낸대요."

"그래? 내셔널 트러스트 안내 책자에서 그런 내용은 못 봤는데. 성을 관리하는 직원용 주택이 있다는 것 같았는데, 아마 거길 확장해서 숙박 시설로 쓰나 보다. 요즘에는 내셔널 트러스트에서 관리하는 근사한 고택들이 숙박 시설로 쓰이니까. 성에서 지낼 수 있다는 사실을 좀 더 일찍 알았으면 좋았을걸. 아주 멋졌을 텐데. 다음번에 언제 한 번 빌릴 수 있는지 물어봐야겠다. 너만 좋으면 내일 같이 올라가 봐도 좋고."

"네. 좋아요."

아빠는 진심으로 기쁜 것 같았다. 아빠에게는 내 대답이 선물이라도 되는 것 같았다. 그렇지만 너무 호들갑을 떨고 싶지는 않은 게 분명했다. 아빠는 금세 표정을 가다듬었다.

"좋아. 그럼 이제 집에 가자. 그래야 스탠도 가는 길에 좀 더 달리지. 집에 가면 아빠가 팬케이크 구울게. 디브이디 보면서 같이 먹자."

아빠가 나를 보며 웃었다. 나도 아빠를 보며 웃었다. 좋았다. 사제관에서 살 때는 아빠가 나를 위해 요리할 일이 거의 없었나. 아빠는 잃어버린 시간을 만회하고 싶은 게 틀림없다.

시내로 돌아오는 길, 머리 위 공중에서 재갈매기가 가냘프게 울었다. 새하얀 깃털이 노을에 물들어 붉은색을 띠었다. 해안가에는 정박 중인 고기잡이배들이 물살에 출렁이고 있었다. 동네 어귀의

술집부터 휴가객을 위한 소박한 주택들, 농장까지 하나둘 섬 전체에 불이 들어오기 시작했다. 린디스판 섬은 너무나도 고요하고 아름답다. 다른 세상, 다른 시간에 와 있는 기분이었다. 엄마가 체포된 일도 꿈속의 일처럼 느껴진다. 이 세상에 존재하는 것은 하늘과 바다, 날아가는 새들, 산책로를 분주하게 오가는 스탠과 아빠 그리고 나뿐이다. 그래서 하마터면 에이든과 싸운 적도 없고, 학교에 돌아가도 걱정해야 할 친구들이 없고, 반전 시위도 없고, 정치도, 숨겨야 할 비밀도 없다고 믿을 뻔했다.

11

◇◇◇◇◇

아빠가 방문을 두드리는 소리에 잠이 깼다. 아침이었다. 낯선 물건들이 눈에 들어왔다. 내 방이 아닌 다른 공간이었다. 얼마쯤 지나자 기억이 되살아났다. 전날 저녁은 정말 즐거웠다. 정치도, 엄마도, 복잡한 주제는 모두 잊은 채로 아빠와 즐거운 시간을 보냈다. 집에 돌아와서 아빠는 섬의 역사에 관해서 더 자세히 알려 주었다. 린디스판 섬에는 중세시대 가톨릭 성인 여러 명이 머물렀다고 한다. 그중 성 쿠트베르토가 기도를 올리던 돌부성이 작은 섬이 근처에 있는데 바닷물이 빠지는 시간을 맞추면 섬까지 걸어갈 수 있다고 했다. 대화를 마친 우리는 할아버지가 명작이라고 치켜세우는 시트콤 〈노인 부대〉를 함께 시청했다. 제이차세계대전 당시 실제로 영국에서 활동했던 민병대원들이 주인공으로, 나치의 공격에서 조국을 지키겠다고 나선 노인들이 주축을 이루는 작품이다. 이 작품은 정말 웃기는 시트콤이다. 내가 아주 어렸을 때 온 가족이 다 함께 봤던 기억이 난다. 심지어 엄마까지 재미있어 했다. 극 중에서는 아무도 전사하지 않았던 것 같다. 아빠와 팬케이크까지 함께 먹은 다음 나는 방으로 올라왔다. 린디스판 섬 안내 책자를 펼쳤지만 몇 장 읽지 못하고 잠이 들었다.

커튼이 쳐져 있어서 방 안은 아직 어두컴컴했지만, 커튼의 벌어진 틈새로 빛이 들어오고 있었다. 휴대폰으로 시각을 확인했다.

오전 10시. 오래도 잤다!

문밖에서 아빠가 물었다.

"올리비아, 일어났니? 더 자게 둘까 하다가 혹시 아침을 먹을까 싶어서. 아침 먹을래? 먹고 준비해서 성에 가 봐도 좋을 것 같은데."

"좋아요."

나는 잠옷 위로 스웨터를 걸치며 대답했다. 두꺼운 커튼을 걷었다. 금방이라도 비가 올 것 같았다. 흐린 날이었다. 하늘에는 바람에 떠밀리듯 구름이 흘러가고, 닻을 내린 고기잡이배 너머로 시커먼 바다가 눈에 들어왔다. 파도가 부서지며 하얀 거품이 날렸다. 간간이 두셋씩 짝지어 성으로 올라가는 여행객이 보였다. 붉은부리갈매기 한 마리가 공중에서 바람과 싸우며 날고 있었다. 엽서에서 본 것과는 다른 의미로 아름다운 풍경이었다. 저 멀리 외롭게 갇혀 있는 엄마를 두고 나 혼자 이런 곳에 있다는 사실에 기분이 묘했지만, 예상했던 것만큼 나쁜 느낌은 아니었다.

아래층으로 내려가자 스탠이 반갑게 꼬리를 흔들었지만 바구니 안에서 나올 생각은 없어 보였다.

"우린 벌써 산책을 다녀왔거든. 나가면서 혹시 네가 내려와서 걱정할까 봐 탁자에 메모를 남겨 놓기는 했었어. 넌 좀 더 자는 게 좋을 것 같았거든."

아침으로 토스트를 먹고 홍차를 마신 다음 외출복으로 갈아입고 집을 나섰다. 성으로 올라가는 길에는 우리 말고도 먼저 출발한 사람들이 있었다.

"성이 이 섬을 내려다보고 있는 것 같아요. 그런 느낌이 좋아요. 성이 아니라 절벽의 일부 같아요."

내 말에 아빠가 대답했다.

"에드윈 루티엔스가 네 얘기를 들었다면 굉장히 좋아했겠다. 에드워드 허드슨이 이 성의 재건축을 의뢰한 사람인데 사실상 폐허였던 이 성을 아주 훌륭하게 복원했지. 정원은 당대 유명 조경사였던 게르투르드 제킬한테 맡겼고. 이따 가서 정원도 둘러보자."

우리는 언덕을 거의 다 올라와 성으로 이어지는 자갈길로 접어들었다. 자갈길은 굽이돌아 언덕 꼭대기까지 이어서 있었다. 바다를 내려다보니 파도 사이로 힐끗힐끗 검은색 형체가 보였다. 바다표범인지 궁금했다. 꼭 한번은 바다표범을 진짜로 보고 싶었는데.

꼭대기에는 목재 헛간이 몇 채 있는데 진짜 배하고 똑같이 생긴 모양이었다. 누가 지었든 아주 똑똑한 사람이라고 생각했는데, 알고 보니 진짜 배였다. 아빠의 설명에 따르면 린디스판 섬의 어부들이 쓰던 전통 양식의 배를 개조해서 헛간으로 만든 것이었다. 아빠가 표를 사러 간 동안 나는 불어오는 바람을 맞으며 아빠를 기다렸다.

◇ ◇ ◇

들판을 내려다보는데 전날 만났던 소년이 시야에 들어왔다. 긴 외투 차림의 소년은 들판을 가로질러 성으로 올라오는 중이었다. 나도 모르게 손을 흔들었다. 아차, 싶었지만 소년은 내가 온 줄 모르는 것 같았다. 다행이었다. 두 뺨이 달아올라 빨개지는 느낌이었다.

◇ ◇ ◇

아빠가 생각보다 표를 빨리 사 와서 바로 성 안으로 들어갔다. 나는 성 안에 들어가자마자 반하고 말았다. 성의 내부는 대성당 같았다. 석조 기둥이 곳곳에 서 있고, 거대한 벽난로 위에 벽화가 그려져 있었다. 처음에는 범선과 바다, 지도를 그려 넣은 아름다운 벽화라고만 생각했다. 그런데 그림 위로 시곗바늘처럼 생긴 철제 화살표가 보였다. 아주 특이하게 생긴 시계 아니면 나침반이라고 생각했는데 둘 다 아니었다. 철제 화살표는 성 외벽의 풍향계와 연결된 풍향 지시기였다. 그러니까 그림이 아니라 진짜 철제 화살표였다. 화살은 성 밖에서 부는 바람의 방향을 알려 주고 있었다. 볼 때마다 화살표가 조금씩 흔들리며 삐걱거렸다. 나는 벽화의 모든 것이 마음에 쏙 들었다. 색감이며 범선 그림이며 가운데 위치한 초록색 섬까지 모두 좋았다. 너무 아름다워서 그림책에 나오는 삽화 같았다. 할머니, 할아버지한테 선물 받은 나니아 연대기 속 그림이 생각났다.

"저도 저런 그림을 그리고 싶어요!"

아빠가 웃었다.

"그럼 사제관에 한 점 그려 드리렴. 할아버지한테 말씀드려 봐. 할아버지가 얼마나 좋아하실지 안 봐도 눈에 훤하다! 이건 1912년에 그린 거야. 백 년도 넘은 거라니 믿기 힘들지."

나는 아빠가 사 준 성 안내 책자를 받아들고 아빠와 함께 성을 돌아보았다. 정말 마음에 쏙 들었다. 굉장히 오래된 고성이라면 모름지기 갖춰야 할 모습들을 두루두루 갖추고 있었다. 벽돌을 쌓아 올려 지은 성벽은 견고해 보였고, 폭이 좁은 통로를 걷다 보면 예상치 못한 곳에서 계단들이 나타났다.

아빠와 함께 다니는 시간은 내내 즐거웠다. 아빠는 내가 걷는 속도에 맞춰 걸어 주었고, 내가 안내문을 읽는 동안 끝까지 기다려 주었다. 에드워드 허드슨이 살았던 당시의 모습을 그대로 보존해 놓은 것도 좋았다. 에드워드 허드슨에게는 찾아오는 손님이 많았다. 〈피터 팬〉을 쓴 J. M. 배리도 있고, 제일차세계대전 당시 전쟁의 참상을 시로 남긴 시그프리드 서순도 있었다. 시그프리드 서순은 학기 초에 제일차세계대전의 격전지인 벨기에 이프레로 수학여행을 갔을 때 처음 알게 되었다.

성에는 관람객들이 꽤 있었다. 성에 푹 빠진 엄마, 아빠 그리고 딸로 구성된 가족이 눈에 띄었다. 내 또래로 보이는 여자아이는 헤드폰을 쓰고 있었는데 따분해하는 모습이었다. 두 사람이 함께 온 경우도 꽤 많았다. 우리 할아버지, 할머니를 떠올리게 하는 연세 지긋한 커플도 보이고, 귀여운 아기를 등에 업은 채 둘러보는 엄마도 있었다. 아기 엄마가 한자리에 서서 성을 감상하는 동안 귀여운 아기가 나를 보며 생글생글 웃음을 지었다. 나는 안내 책자에서 추천하는 대로, 계단을 따라 위층의 롱 갤러리(미술품을 진열한 복도나 폭이 좁은 방)로 올라갔다.

◇ ◇ ◇

음악 소리가 들리는데 굉장히 가까이에서 났다. 바로 위에서 누군가 첼로를 연주하는 모양이었다. 마음을 저미는 연주였다. 문득 엄마 생각이 났다. 첼로 소리가 너무 애절하고 아름다워서 좀 더 듣고 싶었다. 연주하는 모습이 궁금해 몇 칸 남지 않은 계단을 뛰어 올라갔는데 아무도 없었다. 첼로 선율도 함께 사라져 버렸다.

◇ ◇ ◇

"올리비아! 그렇게 뛰다니!"

등 뒤에서 아빠가 나타났다.

"연주를 좀 더 가까이에서 듣고 싶어서요. 정말 좋지 않았어
요?"

아빠가 되물었다.

"무슨 연주?"

"첼로 연주요."

"올리비아, 첼로 소리라니. 아빠 귀에는 전혀 안 들렸어."

아빠는 굉장히 미심쩍다는 표정으로 덧붙였다.

"전에 마담 수지아가 첼로 연주회를 열었던 곳이 이곳이긴 하다
만."

"아, 그럼 그때의 연주회 실황 시디를 튼 건가 봐요. 정말 좋더라
고요."

"흠."

나는 아빠의 반응이 상당히 신경 쓰였다. 아빠는 아직 나에 대
해 모르는 게 분명했다. 나는 들리지도 않는 음악을 상상해 내는
스타일이 아니다.

다시 입구 쪽으로 돌아갔다. 계산대에 앉아 있는 아주머니가 굉
장히 상냥해 보였다. 나는 아주머니의 웃음에 이끌려 엽서 한 장
을 골랐다. 그리고 계산하면서 물었다.

"롱 갤러리에서 나오는 음악 시디도 살 수 있나요? 아니면 음반 제목을 알려 주셔도 좋고요."

아빠한테 들리게끔 일부러 크게 말했다.

"이런, 오늘은 음악을 안 틀었는데."

"그렇지만…… 정말이세요? 아까 제가 계단에서 들었어요. 아주 똑똑히요."

"관람객 중에 헤드폰으로 음악을 듣는 사람이 있었겠지. 종종 너무 크게 듣는 사람들이 있거든. 내 손자 녀석이 그렇단다. '톰, 소리 줄여라. 그러다 귀 버린다.' 하고 매번 타이르거든."

아주머니는 빙그레 웃으며 엽서가 담긴 봉투를 내밀었다.

"저 정말 들었어요."

집으로 걸어가는 길에 아빠한테 말했다. 창피하기도 했지만 기분 나쁘기도 했다. 아빠는 내가 상상의 나래를 펼쳤다고 생각할 텐데, 절대로 그렇지 않았다.

"이해가 안 돼요. 맞아요. 헤드폰을 쓴 여자애가 있기는 했어요. 그렇지만 제가 들은 소리는 헤드폰에서 새어 나오는 소리가 아니었어요. 어쩌면 갤러리에서 틀어 주는 오디오 가이드 소리였을지도 몰라요. 그럼 직원이 모를 리가 없을 텐데……."

아빠는 나를 보며 빙긋 웃고는 살짝 안아 주었다.

"신경 쓰지 마. 다른 직원이 연주 녹음을 시험 삼아 틀어 보고 말을 안 했나 보지. 거기는 음악을 계속 틀어 놓으면 좋겠더라."

어느새 언덕 내리막길로 접어들었다. 길은 이제 성으로 올라가는 사람들로 붐비고 있었다. 바람은 여전히 거셌지만 먹구름이 비켜간 새파란 하늘에는 해가 빛나고 있었다.

아빠가 말했다.

"점심 말인데, 집에서 피자 만들어 먹으면 어떨까? 아빠는 점심 먹고 이제부터 진짜로 일해야 할 것 같고."

대답이 없자 아빠가 물었다.

"올리비아, 너…… 무슨 걱정 있는 건 아니지?"

"엄마요? 당연히 걱정하고 있죠."

"그래. 그런데 혹시 몸이 안 좋거나 그런 건 아니지? 안색이 좀…… 창백해 보여서. 그래서 물어본 거야."

"저는 멀쩡해요."

나는 정말로 멀쩡했고, 시원하게 부는 바닷바람이 아주 좋았다. 첼로 소리는 분명히 이상한 일이었지만.

집 안에 들어서자마자 스탠이 열렬히 반겼다. 껑충껑충 뛰고 꼬리를 흔들며 야단이었다. 아빠가 피자 재료를 확인하려는데 자꾸만 막아섰다.

"제가 스탠을 데리고 나갔다 올까 봐요."

"그래 수년 한걸 수월하겠다. 고미워, 올리비아. 아빠는 나가서 피자에 올릴 토마토 좀 사 올게. 오래 걸리진 않을 거야. 준비만 해 놓고 네가 돌아오면 오븐에 넣을게. 밖에서 너무 오래 있지 않아도 돼. 스탠은 아침에도 산책을 했거든. 네가 너무 피곤하면 안 돼."

"전 멀쩡해요. 진짜로요."

흥분한 스탠을 간신히 진정시키고 목줄을 채웠지만 소용이 없었다. 현관문이 열리자마자 튀어나가는 스탠에게 거의 끌려 나가다시피 밖으로 나왔다. 스탠이 이미 산책을 다녀왔다는 사실을 믿기 어려울 정도의 엄청난 기세로 나를 대문 쪽으로 끌어당겼다.

"앉아!"

나는 단호하게 소리친 다음 스탠을 붙잡고 대문을 열었다. 스탠은 가만히 앉아서 혀를 내밀고 헉헉거렸다. 꼬리로 바닥을 죄다 쓸고 있었다. 당장 나가자고 애원하는 눈빛이었다. 나는 웃음을 터뜨리고 말았다. 스탠은 정말 이해하기 쉬운 존재다. 스탠에게 정치는 아무런 쓸모도 없고, 사람들이 늘 그러하듯 문제를 복잡하게 만들지도 않았다. 두고 온 복잡한 문제에서 벗어나 스탠과 함께 있으니 무척이나 홀가분한 기분이 들었다.

12

◇◇◇◇◇

큰길 방향인 오른쪽으로 꺾으려는데 스탠이 갑자기 나를 왼쪽으로 끌어당겼다. 하는 수 없이 성으로 다시 올라갔다. 목줄을 잡아당겨 스탠이 내 옆에서 걷게 해야 했지만, 스탠이 가고 싶은 곳이 있을 때는 그래 봐야 아무 소용없다는 것을 이미 알고 있었다.

성 주변에는 아무도 없었다. 밀물 때가 되기 전에 다들 일찌감치 섬을 빠져나간 모양이었다. 아슬아슬하게 피난처에 갇힌 사람들의 괴담을 듣고 걱정이 됐는지 아이스크림 트럭마저 떠나고 없었다.

갈매기 한 마리가 공중을 선회하며 끼룩댔다. 목줄을 풀어 주자 스탠은 전속력을 다해 성 쪽으로 뛰어갔다. 성에서 내려오고 있는 누군가를 향해 달려가는 중이었다. 나는 뒤늦게 스탠의 행동을 이해하고 숨을 훅 내쉬었다. 그 아이였다. 윌리엄.

"스탠!"

최대한 빨리 스탠의 뒤를 쫓아갔다. 내가 겨우 따라잡았을 때 윌리엄은 이미 바닥에 넘어진 채로 스탠의 침 세례를 받고 있었다.

"미안해! 벌써 두 번째네!"

스탠의 목걸이를 잡아당겨 일으켰다. 윌리엄은 자리에서 일어나더니 바지에 묻은 흙을 툭툭 털었다.

"신경 쓰지 마. 이 녀석이 나타날 줄 몰랐을 뿐이야. 불쑥불쑥 잘도 나타나네. 잘생겼는데 고집은 조금 세 보이네?"

웃음이 새어 나왔다. 나는 윌리엄이 마음에 든다. 말하는 방식이나 말하면서 상대방을 쳐다보며 웃는 모습이 좋았다. 전체적인 스타일도 그렇고, 입고 있는 트위드 소재의 외투도 썩 잘 어울렸다. 윌리엄은 내 셔츠와 바지, 닥터 마틴 신발을 보더니 빙그레 웃음을 지었다.

"올리비아, 올리비아 맞지? 우리 아직 성에서는 마주친 적이 없지."

"오늘 아침에 아빠랑 갔었어."

"아버지와 다녀갔다고? 못 만나서 아쉽다. 아버지도 예술가시니?"

"뭐라고?"

"걱정하지 마. 성에서 지내는 사람 중에 널 보고 이상하다고 할 사람은 없어. 네 옷차림새가 독특하긴 하지만 난 좋아. 마음에 들어. 정말이야."

설마 놀리는 건가 싶어 윌리엄의 얼굴을 빤히 쳐다보았다. 윌리엄의 눈빛은 상냥하고 진지했다. 진심 어린 표정이었다. 약간 이상하긴 했지만 예의 있게 말하려고 노력하는 중이었다. 할머니의 표현을 빌리자면, 선의에서 나온 행동이었다. 살짝 이해하기 힘든 측면도 있었지만 불쾌한 것과는 거리가 멀었다. 못된 셈과는 차원이 다르다.

스탠이 나뭇가지를 물어 오자 윌리엄이 받아서 바닷가 쪽으로 멀리 던졌다. 나뭇가지에서 눈을 떼지 못하던 스탠이 금세 모래밭을 가로지른다.

"아버님도 예술을 하시니?"

"아니, 우리 아빠는 더럼대학에서 학생들을 가르치셔."

"그렇구나! 올리버 로지 경도 같은 일을 하셔. 저명한 물리학자신데, 버밍엄대학의 교수님이야. 마침 성에 계시는데 두 분이 만나시면 좋겠다."

어느새 모래를 잔뜩 뒤집어쓴 채 돌아온 스탠이 물고 있던 나뭇가지를 윌리엄의 발아래에 내려놓았다. 윌리엄은 스탠을 위해 나뭇가지를 다시 한 번 멀리 던져 주었고, 덕분에 우리는 계속해서 나란히 걸을 수 있었다.

"던지는 데 소질이 있네."

"그랬으면 좋겠어. 지난해에 내가 크리켓팀 주장이었거든. 건강이 나빠지기 전에 말이야."

"어디가 안 좋았는데?"

윌리엄은 빙그레 웃으며 대답했다.

"궁금한 걸 바로 물어보는 걸 보니 꽤 단도직입적인 성격이구나. 그렇지? 내 병은 디프테리아였어. 알겠지만, 최악이지."

나는 디프테리아에 대해 전혀 아는 바가 없었지만 윌리엄은 내가 안다고 생각하는 것 같았다. 디프테리아가 정확히 어떤 병이냐고 묻고 싶었지만 무례해 보일까 봐 더는 묻지 않았다.

"힘들었겠다."

"나는 운이 좋았지. 어쨌든 회복을 했으니까."

스탠이 나뭇가지를 물고 헐떡이면서 돌아왔다. 윌리엄은 한 번 더 나뭇가지를 멀리 던졌다.

"합병증으로 심장에 문제가 생기거나 말라리아에 걸린 사람들은 결국 세상을 떠나기도 하거든. 나는 건강해서 다행이었지. 합병증도 오래 가지 않았어. 린디스판 섬 덕분이야. 주치의가, 신선한 공기를 마시면서 요양하는 편이 좋겠다고 해서 여기로 오게 된 거야. 썩 효과가 있었지. 게다가 아주 아름다운 곳이기도 하고. 올리비아, 너는? 이 섬에 어떻게 온 거야?"

"아빠가 여름 동안 이곳에 집을 빌려 지내신대서. 일 때문에."

윌리엄이 엄마에 관해서는 묻지 않으면 좋겠다고 생각했는데 다행히 그런 질문은 없었다. 어느새 갈림길에 접어들었는데 문득 머릿속에 떠오르는 일이 있었다.

"윌리엄, 오늘 아침에 성에 갔을 때 내가 분명히 첼로 연주를 들었거든. 그런데 나 말고는 들은 사람이 아무도 없다는 거야. 넌 성에 묵고 있잖아. 혹시 들은 적 없니?"

"있지. 난 자주 들어."

"그럴 줄 알았어! 아빠한테 말해야겠다. 내가 환청을 들었다고 생각하시는 것 같아."

윌리엄은 굉장히 놀란 눈치였다.

"마담 수지아를 모르셔?"

"아니, 아빠도 알아. 그런데 내 생각에는 진짜로 연주하는 것 같았거든."

갑자기 들려오는 개 짖는 소리에 돌아보니 스탠이 그물에 걸린 채 버둥거리고 있었다. 어부가 햇빛에 말리려고 펼쳐 놓은 어망 같았다.

"스탠!"

컹컹대는 소리에 점점 마음이 다급해졌다. 스탠이 다치거나, 그물을 찢어 놓기 전에 무슨 수든 써야 했다.

◇ ◇ ◇

"윌리엄, 미안!"

뒤돌아 외쳤지만, 윌리엄은 언제 갔는지 보이지 않았다.

13

✕✕✕✕✕

스탠에게는 집으로 돌아가는 길도 나갈 때만큼 신나는 시간이었다. 정원에 뛰어든 우리를 보고 블랙버드 한 마리가 깜짝 놀라 파드닥 날아올랐다.

"왔구나. 별일 없었고?"

스탠을 데리고 주방 안으로 들어서는 참이었다. 흰색과 파란색 줄무늬 앞치마를 입은 아빠가 피자 도우를 반죽하고 있었다. 식사 준비가 끝난 깔끔한 원목 식탁 위에는 컵과 포크, 나이프가 가지런하게 놓여 있었다. 물을 가득 채운 물병과 채소가 듬뿍 담긴 샐러드 볼, 샐러드에 뿌릴 드레싱은 물론이고 하나부터 열까지 엄마가 차려 줄 때보다 제대로 된 식탁이었다. 일단 엄마는 시간부터 잘 맞추지 못했다. 저녁때가 다 되어도 식탁은 늘 어지러웠다. 각종 서류, 책, 펜, 조경 설계도 따위로 어수선했다. 급히 치우는 사람은 언제나 나였다. 식탁의 잡동사니들이 갈 데라곤 의자나 바닥밖에 없어서 식사가 끝나면 도로 식탁에 올라오는 것이 너무 싫었다.

"별일 없었어요."

"꽤 오래 있었구나. 멀리까지 갔었어?"

"사실 그렇진 않았어요. 성에서 묵는다는 그 아이를 만났어요. 스탠이 달려들어서 넘어졌는데도 괜찮다고 했어요. 아주 상냥하더라고요."

"저런, 스탠! 그럼 못써."

스탠은 전혀 아랑곳하지 않았다. 간식이라도 기다리는지 한자리에서 계속 꼬리를 흔들어댔다. 그 모습을 보고 아빠는 쯧쯧 혀를 찼고, 나는 개껌을 내밀었다. 스탠은 껌을 물고 바구니 안으로 들어가더니 잠시 후 몸을 웅크린 채로 꾸벅꾸벅 졸기 시작했다.

"피자는 한 십오 분 정도 더 있어야 할 것 같은데."

"그럼 전 방에 올라가 있을게요."

"그래라. 피자 다 되면 부를 테니."

휴대폰을 확인했지만 새로 온 문자 메시지는 없었다. 문자 말고 다른 것은 아예 확인하고 싶지도 않았다. 특히 에이든에 관한 온갖 이야기가 올라왔던 단체 채팅방은 손톱만큼도 궁금하지 않았다. 엄마가 체포된 사실을 알면 아이들이 뭐라고 떠들어댈까? 무릇 소문이란 순식간에 퍼져 나간다. 아마 지금쯤이면 클로에도 알고 있을지 모른다. 그 집 식구들은 어떻게 나올까? 화난 사람들이 지금보다 더 많아지면 도저히 감당할 수 없을 것 같다. 그런 생각만으로도 배 속이 꼬이는 기분이었다. 스케치북을 꺼내 창밖 풍경을 그려 보려고 애썼지만 머릿속이 너무 복잡했다. 도화지는 여전히 백지였다.

"피자 다 됐다!"

아래층으로 내려가 자리에 앉았는데도 아빠는 윌리엄에 관해 더 묻지 않았다. 만약 이 자리에 엄마가 있었다면 분명 호들갑을 떨며 내게 질문 공세를 퍼부었을 것이다. 에이든과 암벽 등반을 같이한다고 말하지 않은 것도 그런 이유 때문이었다. 하기야 이제는 그런 얘기를 꺼낼 필요도 없게 되었지만. 에이든과 암벽 등반을 하는 날은 앞으로 더는 없을 테니까 말이다.

아빠의 신경은 온통 점심 식사에 쏠려 있었다. 덕분에 대답하기 싫은 질문은 피해 갈 수 있었다. 은근히 대답을 강요하는 침묵은 엄마의 주특기였다. 아빠는 피자를 나눠 두 조각씩 접시에 담았다. 다 쓴 피자 트레이와 칼을 싱크대로 나르고 마지막으로 앞치마까지 벗은 후 식탁으로 돌아왔다.

"올리비아, 내 입으로 말하기는 좀 그렇다만, 오늘 피자가 아주 맛있게 된 것 같아."

한 입 베어 물자마자 입안에서 피자 맛이 폭발했다. 적정 온도에서 적당히 녹아내린 치즈에 향이 진한 토마토소스가 듬뿍 배어 있었다.

"아빠, 정말 맛있어요."

아빠는 정말로 기뻐하는 것 같았다. 나도 기분이 좋았다. 아빠가 만든 피자를 딸인 내가 좋아한다는 사실이 아빠에게는 무척 중요해 보였다. 그러자 갑자기 내게도 중요한 문제로 다가왔다. 아빠가 만든 피자가 정말로 맛있었기 때문에 우리 두 사람에게는 커다란 행복이나 마찬가지였다.

내가 아빠를 행복하게 하다니…… 생각보다 어렵지 않군.

어느 순간 발치에 스탠이 자리를 잡고 앉았는데, 내 무릎 위에 머리를 올리고는 애원의 눈빛을 보냈다.

"식탁에서 먹을 거 주면 안 된다."

아빠의 말을 알아들었는지 스탠은 한숨을 푹 쉬더니 식탁 아래로 기어 들어가 납작 엎드렸다.

샐러드를 먹기 전에 조그만 그릇에 담긴 드레싱을 뿌렸다. 아빠가 직접 만든 드레싱이었다. 조니 아저씨도 아빠처럼 직접 드레싱을 만들었다. 엄마가 샐러드크림(영국에서 즐겨 먹는 샐러드드레싱의 일종으로, 마요네즈와 비슷하지만 그보다 시고 달짝지근하다) 마니아여서, 어렸을 적에는 외할머니가 상으로 샐러드크림을 주셨을 정도라고 한다. 엄마는 집에서 외할머니, 외할아버지 이야기를 거의 하지 않는다. 집안 상황이 별로 안 좋았다고만 할 뿐, 나중에 언센가 때기 되면 말해 주겠다고 했지만, 아직 엄마가 말한 때는 오지 않았다. 나는 외할머니, 외할아버지를 단 한 번도 만나 본 적이 없다. 살아계시는지조차 모른다. 우리 가족은 엄마, 할머니, 할아버지, 아빠, 그리고 스탠이 전부다.

사실 아빠보다 먼저 엄마를 알게 된 사람은 할아버지, 할머니였다. 어느 날 교회 청소년부에 나타난 엄마는 고작 열여섯의 나이로 가출한 소녀였다고 한다. 오갈 데가 없어 청소년 쉼터에서 지내고 있었다. 할머니 말에 따르면 엄마는 다양한 분야에 관심이 많고 자기 주관과 생각이 뚜렷한 십 대였다. 할머니, 할아버지 두 분다 한눈에 엄마를 좋아하게 되었는데 좋아하지 않을 수가 없었다고 한다. 그 뒤로 수줍음이 많고 진중한 성격의 아빠가 교회 청소년부에서 엄마를 만나게 되었고 할머니, 할아버지와 마찬가지로 엄마를 처음 만난 날부터 좋아하게 되었다고 한다.

"아빠. 아빠하고 엄마하고 혹시…… 그러니까 혹시…… 아빠는 엄마하고…… 혹시 엄마랑 아빠랑 다시 합칠 수도 있어요? 시간이 많이 지나긴 했지만요."

내가 말끝을 흐리자 아빠는 고개를 저었다.

"올리비아, 왜 지금 그런 걸 묻니?"

아빠는 상냥하게 물었다.

"모르겠어요. 제 기억에는…… 아빠가 엄마를…… 엄마를 보고 굉장히 멋진 사람이라고 했던 것 같아요."

"그래. 올리비아, 엄마는 굉장히 멋진 사람이야. 맞아. 아름답고 현명할 뿐 아니라 개성이 넘치지. 아빠는 엄마를 정말로 사랑했단다. 사실 그 마음은 지금도 변함이 없어. 다만 서로에게 맞지 않을 뿐이지. 그 사실을 엄마가 아빠보다 먼저 깨달았단다. 그래서 아빠와 결혼하고 싶지 않다고 했어. 물론 아빠는 크게 상심했지. 여러

가지 생각들로 머릿속이 뒤죽박죽이었어. 특히 네가 있어서 더 그 랬지. 올리비아, 아빠도 네 곁에 있고 싶은 마음이 간절했어. 그리 고 그런 생각들이 모조리 뒤섞여 버린 것 같아. 그렇지만 이제는 아니야. 벌써 오랫동안 아니었어. 몇 년이나."

"할머니는 아빠가 여전히 엄마를 잊지 못했다고 생각하세요. 그 래서 아빠가 슬퍼한다고요."

아빠는 한숨을 쉬며 머리카락을 뒤로 쓸어 넘겼다. 언뜻 학창시 절 사진 속 아빠의 모습이 보였다.

"그건 할머니가 잘못 생각하시는 거야. 아빠가 슬픈 이유는 네 가 자라는 모습을 지켜보지 못했기 때문이야. 아빠로서 네 곁에 있어 주지 못해서. 아빠 생각에는……."

아빠는 내 쪽을 바라보고는 얼굴을 찌푸렸다. 어떻게 말하면 좋을지 고민하는 것 같았다. 잠시 후 어렵게 입을 떼고 빠르게 설 명하기 시작했다.

"네 할아버지와 할머니는…… 두 분 모두 잘해 주려고 하셨던 일이지만, 돌이켜보면 아빠가 그렇게 네 인생에서 떠밀려 나와선 안 되는 거였어. 그때 내 나이는 고작 열일곱이었단다. 아빠 역할은 나보다 할아버지가 더 잘 아실 것 같았시. 물론 할이버지도 같은 생각이셨고. 네가 태어났을 때 널 돌볼 사람이 이미 세 명이나 있 다는 생각이 들었어. 네 엄마, 할머니, 그리고 할아버지까지. 그리 고 그 세 사람 모두 내가 멀리 떠나기를 바라는 것 같았어. 아주 멀 리 떠나기를 바라는 사람들 같았지."

아빠는 정말 슬픈 얼굴로 되풀이했다. 나는 마음이 쓰라려 듣기만 했다. 그리고 머리를 쓸어 넘기는 아빠를 가만히 바라보았다. 아빠는 분명히 가슴이 무척 아팠을 것이다. 아빠가 이렇게 속마음을 털어놓기는 처음이었다.

"내가 네 아빠가 되기를 바라는 사람은 아무도 없었어. 나 혼자뿐이었지. 세 사람 모두 내가 네 아빠가 아니라 큰오빠가 돼 주길 바랐어. 널 안아 주고, 재미있게 놀아 주는 사람. 딱 거기까지였지. 내가 네 인생에 관해 어떤 결정을 내리기를 아무도 바라지 않았어. 아빠가 널 책임지는 것도 바라지 않았지. 물론 이해는 하지. 할머니, 할아버지는 아빠가 너무 어리다고 생각하셨고, 엄마는 아빠와 함께하기를 바라지 않았으니까. 그렇지만 그때 내가 좀 더 단호하게 무엇을 원하는지, 어떤 일을 해야 하는지 강하게 주장했더라면 좋았을 거야. 나 스스로 깨닫고, 내 입장을 지켰다면 말이지."

"그래요. 어쨌든 제 곁을 지킨 사람은 엄마였어요. 누구처럼 멀리 떠나지 않고요."

내가 너무 비수를 꽂았나 싶었지만 꼭 말해야 했다. 그게 사실이니까. 내 말에 아빠는 움찔했다.

"그래. 올리비아, 미안하다. 네 엄마는…… 네 엄마는 네 엄마야. 누구도 캐즈한테 어떤 사람이 되라고 할 수 없지. 그렇지만 아빠는 엄마만큼 강하지 못했어. 그만큼 확신하지 못했어. 미안하다. 나도 후회하고 있어."

전혀 예상치 못한 일이었다. 나는, 아빠가 가끔 내 얼굴이나 보러 오면서 자신의 삶을 살아가는 것에 만족한다고 생각했다. 내게 있어 아빠보다 더 아빠 같은 존재는 할아버지였다. 부활절 방학 뒤에 문제가 생겼을 때도 마찬가지였다. 카넷에 가입하는 문제를 두고 내가 상의한 사람도 아빠가 아니라 할아버지였다. 그 문제로 엄마와 논쟁을 벌인 사람도 할아버지였다. 아빠는 우리 학교에서 무슨 일이 일어났는지 알기나 했을까? 내가 한 번도 말한 적 없는 에이든과 에이든의 부모님, 신문, 인터넷에 올라오는 뉴스거리들, 그리고 그 때문에 벌어진 최악의 상황들까지.

어쩌면 지금이 아빠한테 털어놓을 적기인지도 모른다. 아빠도 방금 전에 말하지 않았는가. 내 곁에 좀 더 오래 머물렀으면 좋았을 거라고, 진짜 내 아빠로 내 옆에 있었으면 좋았을 거라고. 좀 전까지 아빠한테서 얼핏 학창시절의 모습이 보인다고 해 놓고 이렇게 말하면 이상하게 들리겠지만, 지금 여기 린다스판 섬에서 만난 아빠는 좀 더 우리 아빠 같았다. 사제관을 벗어난 아빠는 전보다 어른 같아서 그런 아빠한테 조언을 구하면 안심이 될 것 같았다.

"아빠, 있잖아요. 부활절 방학 뒤로 학교에 가는 게 좀 힘들어요. 다들 서로 싸우기만 하고……."

"그렇다고 지금 내가 하고 있는 일이 싫다는 건 아니야, 올리비아."

아빠와 내가 동시에 말했다.

"아, 미안하다. 뭐라고 했니?"

"아니에요. 아빠 먼저 말씀하세요."

나는 갑자기 아빠와 함께 있다는 사실이 너무 좋았다. 내가 정말로 아빠한테 중요한 존재였으며 그 사실은 여전히 변함없다는 것과 엄마도 할아버지도 할머니도 없이 우리 둘이서만 이야기를 나누면서 많은 것을 공유한다는 점이 좋았다. 아빠한테 에이든과 있었던 일을 털어놓기만 하면 도대체 왜 일이 이렇게 되었는지, 앞으로 어떻게 하면 좋을지에 대한 조언을 들을 수 있을 것 같았다. 아빠만 도와준다면 상황을 제대로 이해할 수 있을 것 같았다. 아빠 같은 역사학자는 과거를 살피고 서로 다른 의견과 사실을 종합해 최대한 진실을 파악하려고 노력하는 사람이다. 아빠가 날 도와줄 수 있을 것이다. 에이든을 도와줄 수 있을 것이다. 무엇보다 아빠의 직업이 그랬다. 아빠 같은 역사학자는……

아빠가 말했다.

"아빠는 그냥 지금 내 일을 사랑하고 더럼 생활에 어느 정도 만족하고 있다고 말하려고 했어. 그리고…… 그렇잖아도 네게 어떤 식으로 말해야 할지 고민 중이었는데, 마침 네가 먼저 엄마와 합치는 문제를 꺼냈으니까 얘기하마……. 올리비아, 전부터 말하려고 했는데, 아빠는 지금 만나는 사람이 있어. 앨리스라고, 앨리스는 아빠하고 같은 대학에서 강의를 하고 있어. 처음 알게 된 건 미국에서였는데, 지금은 앨리스도 더럼대학에서 일하고 있어. 전공은 예술사고. 그리고 또…… 좋은 사람이야. 올리비아, 아빠는 앨리스와 결혼하고 싶어. 조만간 네가 앨리스와 한번 만났으면 좋겠구나."

그 순간, 무슨 말을 해야 할지 막막했다. 이제 막 아빠하고 가까워졌다고 느꼈는데, 내가 아빠한테 중요한 존재였다고 느낀 순간에 또다시 밀려나다니. 아빠가 진짜로 함께하고 싶은 사람은 내가 아니라 앨리스였다. 아빠를 좀 더 알아 가기 시작했다고, 잃어버린 시간을 메워갈 수 있다고, 서로에 대해 더 많이 알게 돼서 꼬일 대로 꼬인 학교생활을 의논하려고 했는데, 지금 아빠가 관심을 쏟는 사람은 내가 아니었다. 내가 모르는 사람, 앨리스라는 사람이었다. 아빠가 나를 위해 쓸 수 있는 시간은 없을지도 모른다. 아빠가 날 위해서, 내가 처한 복잡한 상황을 해결하기 위해 쓸 수 있는 시간은 결코 없을 것이다. 내가 어떤 생각을 하는지, 내게 관심을 갖고 온전하게 내 편이 돼 줄 사람이 아무도 없다고 생각하니 마음이 아려 왔다.

"아빠, 나가서 산책 좀 하고 올게요. 생각할 시간이 필요해요."

한시라도 빨리 자리를 벗어나고 싶었다. 나는 단지 고민거리를 아빠한테 얘기하고 싶었을 뿐이지, 전혀 새로운 고민을 얻고 싶었던 게 아니었다.

아빠와 앨리스 아줌마가 결혼하면 내게 새로운 엄마가 생기는 건가.

아무것도 모르는 스탠이 바구니를 뛰쳐나와 꼬리를 흔들어댔다. 나는 그런 스탠을 그대로 지나쳐 현관으로 달려갔다. 신발을 신는데 자기도 데려가 달라고 살갑게 구는 스탠을 밀쳐 냈다. 현관문을 열자 아빠가 말했다.

"올리비아! 잠깐만!"

"올리비아, 미안하다. 이렇게 갑자기 터뜨리면 안 되는 거였는데. 앉아서 얘기 좀 하자. 아까 아빠한테 하려고 했던 얘기, 무슨 말을 하려고 했는지 들어나 보자."

하지만 나는 아빠와 스탠을 뒤로 한 채 문을 닫으며 말했다.

"아빠, 미안해요. 지금은 혼자 있고 싶어요."

14

밖으로 나와서 대문까지 성큼성큼 걸어 내려갔다. 삼삼오오 무리지어 날던 참새들이 깜짝 놀랐는지 후드득 흩어진다. 나는 있는 힘껏 대문을 열어젖히고 쾅 소리가 나도록 대문을 닫았다.

바닷가나 성 쪽으로는 가고 싶지 않았다. 뭔가 색다른 걸 해 보고 싶었다. 쉽인 호텔과 린디스판 수도원의 기록실 앞 골목을 지나 내셔널 트러스트 기념품 매장과 상점들이 있는 쪽으로 발길을 돌렸다.

사람들이 거의 없을 줄 알았는데 걸으면서 보니 영업 중인 상점들마다 사람들로 꽤 북적이고 있었다. 윌리엄을 만났을 때보다는 많아 보였다. 어떤 가게에서는 꼬마 아이 하나가 초콜릿 과자를 사 달라며 울고불고 떼를 쓰는 중이었다. 또 다른 상점 쇼윈도 앞에서

켈트 양식의 액세서리들을 구경하고 있는 관광객 한 무리가 눈에 들어왔다. 오늘 성에서 마주친 가족이었다. 엄마, 아빠, 딸 모두 아이스크림을 하나씩 손에 들고 먹는데, 딸은 아까보다 기분이 훨씬 좋아 보였다. 어느 카페에나 사람들이 북적였고, 개를 데려온 사람들은 밖에서 일행을 기다렸다. 어디나 조금씩은 붐비는 저녁이었다. 아무도 없는 곳으로 가고 싶었던 나는 정처 없이 터덜터덜 걸었다. 걷다 보니 막다른 길에 다다랐고 오른쪽으로 돌아 작은 정원을 지나친 후에도 쉬지 않고 계속 걸어갔다.

어느새 바닷물이 빠져 있었다. 몇몇 사람들이 썰물에 모습을 드러낸 모래밭을 걷고 있었다. 바다 중간에 솟아오른 섬으로 향하고 있었다. 언젠가 아빠가 얘기한 적이 있는 성 쿠트베르토 섬이었다. 그 섬에 혹시 윌리엄이 있지는 않을까 궁금했지만 아직 누군가와 이야기할 기분은 아니었다. 그렇다고 집으로 돌아가 아빠와 마주하고 싶은 기분도 아니었다. 아빠의 여자 친구 이야기에 그렇게 유치하게 반응하다니. 그런 상황에서 아빠를 두고 나왔다는 사실도 속상했지만 한편으로는 엄마 얼굴이 떠올라 속상했다. 에이든을 생각해도 속이 상했고, 카뎃으로 인해 벌어진 사건들만 떠올리면 끔찍한 기분이 들었다. 하나부터 열까지 다 속상한 일투성이였다. 정말이지 울고 싶었다. 집으로, 아니 어쩔 수 없이 잠깐 와 있는 곳으로 돌아갈까 생각해 봤지만 아직 마음의 준비가 덜 된 상태였다. 문득 눈앞에 성 마리아 교회 표지판이 보였다. 지금 나한테는 조용히 앉아 생각을 정리할 곳이 필요했다. 관광객들은 기념품점에서 쇼핑을 하거나 성과 수도원을 구경하느라 바빠 보였다. 바닷가에서 새들을 배경으로 사진도 찍어야 하고. 그 가운데 BBC에서 나왔는지 방송국 카메라를 든 사람들이 바닷가에서 관광객들을 인터뷰하고 있었다. 그러니까 교회 안에는 아무도 없다는 뜻이었다.

◇ ◇ ◇

문을 열고 교회 안으로 들어섰다. 마침 예배 시간이었는지, 할아버지가 특히 좋아하시는 〈예루살렘〉이 울려 퍼졌다.

아득한 옛날 그 발길이
잉글랜드의 푸르른 산등성이를 거니셨는가?
거룩하신 주의 어린양이
잉글랜드의 기쁨에 찬 들판에 보이셨는가?

그런데 진짜 예배기 아니었다. 방송사에서 다큐멘터리를 찍고 있는 게 틀림없었다. 오른쪽에 앉아 있는 사람들 모두가 에드워드 시대(영국 왕조에서 에드워드 7세의 재위 시기를 말하며 제일차세계대전 발발 시점인 1914년까지를 뜻할 때가 많다.) 옷을 입고 앉아 있었다. 정말 당황스러웠다.

촬영 중이라고 안내문이라도 걸었어야지.

다행히 예배에 참석한 신자를 연기하는 배우들이 모두 내 쪽으로 등을 돌리고 있어서 아무도 눈치채지 못한 것 같았다. 여자들은 에드워드풍의 화려한 깃털 모자를 썼고, 남자들은 세련된 예복 차림으로 앞만 주시하고 있었다. 모두 오르간 반주에 맞춰 찬송가 부르기에 열중하고 있었다.

그 성스러운 얼굴이
구름 감긴 우리 언덕 향해 빛나셨는가?
이 땅 위에 예루살렘이
검은 사탄의 맷돌 사이에 세워졌는가?

성가대 사이로 윌리엄이 보였다. 성가대원 역할인지 노래를 부르고 있다. 늘 입던 외투가 이곳에서는 조금도 튀어 보이지 않는다. 윌리엄은 우렁찬 목소리로 가사 한 마디 한 마디에 진심을 담아 노래를 부르는 중이었다.

불타는 금빛 나의 활을 가져다오.
염원이 담긴 나의 활을 가져다오.
나의 창을 가져다오, 아, 구름이 펼쳐지는구나!
불타는 나의 전차를 가져다오!

부디, 감독이나 스태프가 갑자기 내 앞을 가로막으며 성난 목소리로 '컷!' 하는 일이 없기를 바라며 뒤쪽으로 걸어갔다. 어쩌면 무사히 빠져나갈 수 있을 것 같았다. 찬송가가 막바지에 다다랐을 때 문을 열었다.

영혼의 싸움을 결코 끝내지 않으리.
손에 쥔 나의 검도 잠들지 않으리.
우리가 예루살렘을 세울 때까지,
잉글랜드의 푸르고 즐거운 이 땅에.

문이 닫히자 찬송가도 더는 들리지 않았다. 바닷가 여기저기를 배회하는 새들 소리뿐이었다. 수평선을 향해 날아가던 갈매기 몇 마리가 끼룩거리는 동안, 합창하듯 지저귀는 참새 떼와 휘익 하고 휘파람을 불듯 우는 검은새의 소리가 뒤섞여 들렸다. 이제 그만 집으로 돌아갈 때였다. 깨끗한 바람을 맞으며 십여 분을 걸었더니 머리가 다시 맑아지는 기분이 들었다. 찬송가 덕분이었다. 찬송가를 들으며 할아버지와 사제관 그리고 아빠 생각을 할 수 있었다. 할아버지의 세계에서 성장한 아빠 얼굴이 떠올랐다. 아마 아빠는 할아버지가 골라 준 찬송가를 들으며 노래 가사를 곱씹으며 자랐을 것이다. 문득 열일곱 청소년이던 아빠의 마음을 알 것도 같았다. 성직자의 온순한 아들이자 임신한 여자 친구를 둔 소년은 올바르게 행동하기 위해 무던히 애를 썼을 것이다. 분명 아빠는 엄마나 할아버지와는 다른 사람이다. 두 사람에게는 무엇이 옳은지, 올바른 행동의 기준이 명확했지만 아빠는 그렇지 않았다. 온순하고 감성

적이며, 약간은 소심한 측면도 있던 아빠는 그때도 날 사랑했고 지금도 여전히 날 사랑해 준다. 그런 아빠에게 근사한 사람이 나타났다면, 아빠가 행복해서는 안 될 이유가 있을까?

나는 주머니를 뒤적였다. 아빠한테 받은 20파운드짜리 지폐가 그대로 있었다. 나이 제한 때문에 린디스판 특산품인 벌꿀 술은 못 사겠지만 상관없었다. 아빠는 퍼지 카라멜도 좋아하니까. 나는 그 길로 필그림스 퍼지 카페로 가서 커피와 크림 퍼지를 샀다. 개들이 먹을 수 있는 퍼지는 없어서 스탠에게는 사과의 선물을 주는 대신 산책을 한 번 더 시켜 주기로 마음먹었다.

이번 주말이 지나면 최소한 건강해진 몸으로 돌아갈 수 있겠구나!

어느덧 집이 보였다. 현관문을 열자 스탠이 꼬리를 치며 반갑게 달려들었다. 마구 핥아대는 걸 보니 스탠은 조금도 상처받지 않은 듯했다. 내가 개들을 좋아하는 이유가 바로 이런 점 때문이다. 스탠은 언제나 너그럽다.

그런데 주방에 있어야 할 아빠가 보이지 않았다. 목소리만 들리는 걸 보니 주방 옆 거실에서 누군가와 전화 통화를 하는 것 같았다.

"앨리스, 내가 다 망쳐 버린 것 같아."

아빠의 말에 나는 문 앞에서 멈칫거렸다. 등을 돌린 채 서 있는 아빠가 보였다. 아빠의 눈을 피해 얼른 문 옆으로 몸을 숨겼다.

다른 사람 말을 엿듣는 행동은 나쁘지만 어차피 내 이야기이고,

앨리스 아줌마는 나중에 아빠와 결혼하면 새엄마가 될지도 모르니까.

"올리비아한테 너무 갑작스럽게 얘기를 꺼내서 부담스러웠을 거야. 내가 어처구니없는 짓을 했지. 평생을 아무 말 않다가 갑자기 이제 와서…… 나도 지금 답답해서 미치겠어."

아빠는 잠시 묵묵히 있다가 대화를 이어 갔다.

"그래, 앨리스, 나도 그랬으면 좋겠어. 며칠 전에 당신하고 얘기하면서 내 생각도 정리가 됐지. 그래서 올리비아한테 알려 주고 싶었어. 아빠는 널 버린 게 아니었다고. 내가 자기를 얼마나 사랑하는지, 정말로 얼마나 사랑하는지 말해 주고, 이제라도 아빠가 되고 싶다고 말하려고 했는데, 그런데 내가 쓸데없는 얘기를 떠들어 대서 망친 거야. 지금쯤 올리비아는 당장 아빠한테서 도망치고 싶다고 생각할걸."

아빠의 목소리는 절망적이었다.

"아빠."

돌아선 아빠는 눈이 휘둥그레졌다.

"앨리스, 이만 끊어야겠어. 나중에 다시 걸게. 고마워."

아빠는 허둥지둥 전화를 끊었다.

아빠와 나는 가만히 서서 서로를 마주 보았다. 나는 거실 쪽 문에, 아빠는 반대편 문에 서 있었다.

나는 쇼핑백을 들어 보이며 말했다.

"아빠 드리려고 퍼지 좀 사 왔어요."

"올리비아. 아빠가 다 망쳐서 미안하다. 그냥 널 사랑한다는 말을 하고 싶었는데. 아빠가 사랑하는 거, 알지?"

"네. 알아요. 저도 아빠 사랑해요. 그리고 아빠가 앨리스 아줌마 만나시는 거 저도 좋아요. 정말로요. 좋은 분을 만나셨다니 기쁘기도 하고요. 아빤 그럴 자격이 충분해요. 그냥 너무 갑작스러워서 놀랐을 뿐이에요."

아빠는 쑥스러운 듯 양팔을 조금 벌렸고, 나는 달려가서 아빠를 꼭 안아 주었다.

아주 좋았다.

"피자 만찬을 망쳐서 죄송해요."

"다시 데워 주마. 네가 먹겠다면."

"먹을래요. 아까 먹어 보니 정말 맛있었거든요."

다시 식탁에 자리를 잡고 앉아 아빠가 피자를 데우는 모습을 지켜보았다. 스탠이 다가와 내 발 위에 엎드렸다.

다시 한 번 점심을 차린 아빠가 짐짓 과장된 목소리로 외쳤다.

"짜잔!"

아빠가 차려 준 피자를 한입 베어 물고 나니 내가 얼마나 배가 고팠는지 그제야 깨달았다. 피자는 막 구웠을 때처럼 맛있었다. 치즈는 부드럽게 녹아내렸고 바삭한 도우는 고소했다. 창밖에서는 갈매기 한 마리가 하늘을 가르며 날아갔다. 아빠도 나도 말이 없었다. 아무런 말이 필요 없는 기분이었다. 아빠와 나 사이를 메워야 할 틈도, 어색한 침묵도 없었다. 내 발등에 머리를 올리고 있던 스탠이 기분 좋게 한숨을 내쉬었다. 아빠가 커피를 내리는 동안 나는 접시와 컵을 정리해 식기세척기에 넣었다.

"아침에 일요일판 신문을 사 왔지. 네가 사 온 퍼지랑 커피 들고 거실로 가서 바깥세상이 어떻게 돌아가는지 좀 봐야겠다."

"전 잡지 볼래요."

나는 여전히 에이든 얘기를 꺼내지 못했고, 앨리스 아줌마 얘기도 더 듣고 싶었지만 지금은 아니었다. 모든 것이 갑자기 다 좋아진 지금은 아니었다. 마음을 어지럽히는 문제들은 잠시 떼어 놔도 괜찮다. 원래 있던 자리에 놔두면 된다. 복잡할 것 없고 행복한 순간을 나는 잠시라도 누리고 싶었다.

아빠와 나, 스탠은 자리에서 일어나 거실로 갔다. 아빠와 내가 퍼지를 먹으며 각각 신문, 잡지를 읽는 동안 스탠은 기지개를 쭉 한 번 켜고는 금세 잠이 들었다. 토끼 사냥 꿈이라도 꾸는지 앞발을 자꾸 들썩거렸다.

15

◇◇◇◇◇

그렇지만 나는 편히 있지 못했다. 어쩌면 처음부터 될 일이 아니었는지도 모른다. 어쩌면 나는 너무 어려운 문제에 부딪히면 거리를 두는 게 안 되는 사람인지도 모른다. 어쩌면 결국 아빠한테 다 말하는 게 맞을지도 모른다.

'정부, 지하철역 폭파 테러 음모 저지, 테러 용의자 현재 도주 중.'

신문에는 피를 뒤집어쓴 채 울부짖는 사람들의 사진이 함께 실려 있었다. 생전 처음 들어 본 나라에서 일어난 폭발 테러였는데, 이번 사건의 용의자와 관련된 사진이었다. 신문에 난 사진을 보고 있으니 갑자기 우울해졌다. 전쟁이 끔찍하다는 점에서는 에이든과 엄마의 의견에 동감하지만, 그렇다고 할아버지나 다른 군인들이 전쟁을 옹호하는 것은 아니라고 생각한다. 전쟁은 늘 일어나는 일이고, 그것을 대비하는 차원에서 훈련받은 군대가 반드시 있어야 한다는 것인데, 나는 그 주장 또한 일리가 있다고 생각한다.

문제는, 모두가 자기 생각을 확신한 나머지 상대방의 생각을 경청할 자세가 되어 있지 않다는 점이다. 세상 속에서도, 우리 집에서도, 학교에서도.

◇ ◇ ◇

에이든을 밀친 일로 셉과 타일러는 방과 후 학교에 남는 벌칙을 받았다. 그다음 주에는 특별 조회가 있었는데, 그 시간에 군복을 입고 연단에 선 할아버지가 그렇게 멋져 보일 수가 없었다. 정말 자랑스러웠다.

교장 선생님이 할아버지를 소개했다.

"여러분, 기쁜 마음으로 앤드류 하비 소령님을 소개합니다. 하비 소령님이 오늘 이 자리에서 아프가니스탄 전쟁에서 체험한 일들을 들려주시겠답니다."

나는 지난주에 에이든에게 일어난 일을 그 누구에게도 말하지 않았다. 할아버지는 물론이고 엄마에게도 전혀 말하지 않았다. 에이든이 친구들로부터 괴롭힘을 당한다는 말을 꺼내는 순간 어떤 일이 벌어질지 불을 보듯 뻔했기 때문이다. 엄마와 할아버지 모두 뭐가 문제인지, 누가 그랬는지, 선생님들은 알고 있는지, 어떻게 조치했는지 하나하나 캐물을 게 뻔했다. 그러다 보면 자연스레 학교에서 일어난 일들을 말할 수밖에 없어서 결국 우리 학교에 카뎃이 생긴다는 소식이 알려지게 되는 건 시간 문제였다. 그렇게 되면 말릴 새도 없이 엄마가 학교 측에 항의할 게 뻔했고, 카뎃 가입은 보나마나 물 건너갈 게 뻔했다. 이 일이 할아버지한테 알려지는 것은 상관없었지만, 에이든이 카뎃에 부정적이고 또, 엄마와 함께 평화주의자 집회에 나갔다는 사실은 할아버지가 모르게 하고 싶었다. 왜인지는 나도 잘 모르겠다. 돌이켜보면 할아버지가 에이든을 나쁘게 생각하지 않았으면 하는 바람이 있었던 것 같다. 다른 아이들이 에이든을 나쁘게 생각하든 말든 신경 쓰지 않았지만, 에이든이 할아버지한테까지 그런 평가를 받을 이유는 없었다.

할아버지의 강연이 시작되었다.

"오늘 이 자리에서 여러분에게 내 천직이라고 생각하는 두 가지와 그것들이 서로 어떤 방식으로 조화를 이루는지 전할 수 있게 되어 무척 기쁩니다. 나는 영국 국교회의 사제이자 군인입니다."

생각해 보니 나도 여태껏 할아버지가 하는 일들에 관한 설명을 들어 본 적이 없는 것 같았다. 물론 할아버지가 성직자이자 군인이라는 사실은 잘 알고 있다. 할아버지는 전몰장병 추도 예배 때, 군복을 갖춰 입고 찾아와서 헌화하는 군인들과 인사를 나누신다. 그렇지만 그 두 개의 일이 할아버지의 삶 속에서 어떻게 조화를 이루는지는 깊이 생각해 보지 못했다.

할아버지의 강연은 아주 재미있었다. 할머니는, 군복을 입은 할아버지가 아주 멋져 보인다고 하셨는데, 그게 무슨 말인지 알 것 같았다. 할아버지는 흥미로운 사진 여러 장을 보여 주셨고, 군부대 주둔 지역에서 주민들과 친해진 사연과 수술실에 들어가 아픈 부상병을 위해 기도해 주신 일화도 들려주셨다. 또한 집중포화 속 건물에 갇혔던 경험을 통해 죽음에 직면하는 경험이 어떻게 신념을 보다 굳건하게 만들었는지도 이야기해 주었다. 내 옆자리에 앉은 놀라는 터지는 눈물을 꾹 참느라 눈을 깜빡거렸고, 그 모습을 본 나는 놀라의 손을 꽉 잡아 주었다. 그러자 놀라는 미소를 지으며 아무렇지 않은 듯 다시 강연에 귀를 기울였다. 할아버지의 이야기는 협동심과 이타심, 동료 군인의 용기와 충성심에서 많은 것을 배웠다는 내용으로 이어졌다. 그리고 마지막으로 우리 학교에 카뎃이 들어오게 된 것을 무척 기쁘게 생각하며, 힘이 닿는 한 끝까지 도울 것을 약속하면서 강연을 마무리했다.

강당을 빠져나오는 길에 클로에가 말했다.

"너희 할아버지 최고시다."

나는 할아버지가 무척 자랑스러웠다. 친구들이 보내는 감탄의 눈빛이 느껴졌다.

놀라가 말했다.

"정말 빨리 시작하고 싶다. 그런데 올리비아, 너 엄마한테 카뎃 가입 허락받았어? 이번 주까지는 가입 신청서 내야 해. 카뎃에서도 단복이랑 다른 필요한 것들을 주문해야 하잖아."

놀라의 말에 아이디어가 번쩍 떠올랐다. 놀라와 클로에를 먼저 보낸 다음 할아버지를 찾았다. 학교를 떠나시기 전에 찾아야 했다. 할아버지는 교장 선생님과 대화를 나누고 있었다. 선생님 얼굴에는 웃음꽃이 피어나고 있었다.

"할아버지, 여기 카뎃 가입 신청서에 서명 좀 해 주실래요? 마감이 얼마 안 남았는데 혹시라도 늦을까 봐요."

나는 할아버지를 찾아온 용건을 빠르게 쏟아내면서 리 소령님이 오신 날부터 가방 맨 밑에 넣고 다닌 신청서를 꺼냈다.

교장 선생님이 감탄했다.

"감동적이구나! 올리비아, 이렇게 가족의 전통이 이어지다니! 할아버지랑 같이 사진 찍어 줄까?"

당황스러웠지만 신청서에 서명을 받는 것이 최우선이었다. 할아버지 옆에서 포즈를 취하고 사진을 찍었다. 그런 다음 할아버지가 서명하신 가입 신청서를 곧바로 카뎃 사무실에 제출했다. 기한 안에 신청서를 내고 나니 비로소 마음이 놓이는 기분이었다. 당연히 집에 가서 이실직고해야 했지만. 다행히 9월은 한참 멀었다. 당장은 시간이 있었다.

그때는 시간이 있다고 생각했다. 교장 선생님이 할아버지와 찍은 사진, 할아버지의 특별 강연 포스팅, 그리고 이 모든 것들을 내가 카뎃에 가입한 당일 학교 홈페이지에 올릴 줄 몰랐기 때문이다. 포스팅 제목은 '가족의 전통을 따라 카뎃에 입단한 학생'이었다. 뒤늦게 사실을 알게 된 엄마는 크게 분노했다. 학교에 분노했고,

할아버지에게 분노했고, 내게 분노했다.

이튿날 아침에 엄마는 이렇게 분통을 터뜨렸다.

"에이든 부모님이, 엄마가 학교 홈페이지에 들어가 봐야 할 것 같다고 전화하셨더라. 올리비아! 어떻게 이런 일을 저지를 수 있지? 왜 엄마한테 말 안 했어? 학교가 그런 식으로 내 딸을 세뇌하다니. 도대체 가입 신청은 무슨 생각으로 받아 준 거라니? 엄마는 신청서를 본 적도 없는데."

나는 차분하고 단호한 어조로 대답했다.

"할아버지한테 부탁드렸어요."

"뭘 어떻게 했다고? 너 정말!"

"엄마가 허락하지 않을 걸 알고 있었거든요. 전 정말로 하고 싶어요. 재미있을 거예요. 게다가 잘할 수 있고요. 전 그냥 다른 아이들처럼 정상적인 삶을 살고 싶어요."

"학생이 군대에 들어가는 게 정상이니? 사람 죽이는 법을 훈련받는 게 정상이냐고?"

나는 일부러 엄마와 눈을 마주치지 않았다. 뭐든 극단적으로 몰고 가는 엄마에게 말려들어서는 안 된다.

"말도 안 돼요. 엄마는 지금 상황을 과장하고 있어요. 군대가 아니라 그냥 카뎃이에요. 카뎃 가입은 입대하는 거랑 아무 상관없잖아요. 지금은 카뎃 활동을 하고 있어도 군대에 안 가는 학생들이 대부분이고요. 혹시라도 제가 진짜로 입대한다고 쳐도 그게 사람을 죽이겠다는 뜻은 아니죠. 엄마는 늘 이런 식이이에요. 그러니까 아예 처음부터 말을 안 한 거예요. 엄마는 엄마가 보고 싶은 것만 보잖아요."

엄마가 말했다.

"할아버지는 안 그렇다, 이거지? 너무 실망이다. 너한테도, 할아버지한테도. 일단 엄마가 지금은 출근해야 하니까 이따 밤에 다시 얘기하자."

하지만 밤에도 상황은 나아지지 않았다. 반복되는 대화와 싸움에 상황은 더 나빠지기만 했다. 게다가 교장 선생님이 그 사진을 신문사에 보내는 바람에 문제가 더 커지고 말았다. 지역 사회에 별다른 일이 없었는지, 며칠 뒤 〈가제트〉 일면에 사진이 대문짝만하게 실렸다.

가장 먼저 클로에가 열광했다. 신문 일면의 복사본을 책상에 내려놓으며 말했다.

"올리비아! 너 이제 우리 학교 유명 인사야!"

놀라도 거들었다.

"너 이거 액자에 넣어서 보관해야겠다."

리야가 말했다.

"예쁘게 잘 나왔네."

친구들의 칭찬 릴레이에 내 기분도 한껏 들떴다. 그때 셉을 찾아온 어떤 여학생이 에이든을 보며 수군거리는 모습이 눈에 띄었다. 우리와 같은 학교 12학년인 셉의 사촌 누나였다. 셉이 뭐라고 맞장구를 치는지 낄낄거리며 이야기를 나누었다. 어쨌든 기분 좋은 웃음은 아니었다.

여학생이 사라지자 셉은 에이든이 앉아 있는 책상 앞으로 다가 갔다. 에이든은 개러스, 아비쉑과 카드 게임을 하는 중이었다.

"그런데 말이야, 퀘이커 소년, 사촌 누나가 그러는데 너희 엄마 랑 아빠가 인터넷에서 우리 학교에 카뎃 들어오는 거 반대 청원 시 작했다더라?"

에이든이 대답했다.

"응. 정확히 말하면 카뎃이 우리 학교에 들어오는 걸 반대하는 게 아니고 카뎃이란 단체가 학교 안에 들어오는 걸 반대하는 거 야."

"왜?"

옆에서 듣고 있던 클로에가 끼어들었다. 그리고 너무 크게 묻는 바람에 아이들이 에이든의 주변으로 모여들기 시작했다.

"우리 부모님은 육군 카뎃이 학교와 연계되면 안 된다고 생각하 셔. 그게 다야. 학교에 카뎃 지부가 생기면 그런 활동이 교과목의 하나처럼 느껴지잖아. 수학이나 다른 과목처럼 말이지. 그러다 보 면 너무 정상적으로 보일 거고."

셉이 대꾸했다.

"하! 그럼 그게 정상이지 비정상이냐? 너희 부모님이 이쪽 지역 에 사신 지 얼마나 됐지? 여긴 말이야, 군부대 지역이야. 여기 사는 사람들 거의 대부분이 군부대와 관련 있다고. 다시 말해 비겁한 겁쟁이를 위한 곳이 아니란 말이지."

에이든이 벌떡 자리에서 일어섰다.

"우리 부모님은 비겁한 겁쟁이가 아니야."

"너희 부모님은 우리의 적들과 싸우고 싶어 하지 않잖아. 난 그런 사람들을 겁쟁이라고 불러."

클로에가 또 끼어들었다.

"에이든, 네가 부모님께 올리비아랑 올리비아의 할아버지 좀 가만 놔두라고 말씀드려 봐."

갑자기 속이 매슥거렸다. 이해할 수 없었다. 도대체 이번 일이 우리와 무슨 연관이 있다는 건지.

나는 간신히 대답했다.

"클로에, 난 괜찮아. 아무렇지도 않아."

에이든이 잔뜩 찌푸린 얼굴로 쳐다보았다.

돌아보면 그때 내가 좀 더 잘 처신할 수도 있었다. 누가 봐도 확실하게 에이든의 편을 들 수도 있었지만, 문제는 내가 양쪽의 입장을 모두 이해할 수 있다고 생각한 것이다. 그게 문제였다. 내가 평화주의자의 입장을 대변한다면, 아마 아이들은 내가 평화주의를 잘 안다는 이유 하나만으로 나를 배척할 것 같았다. 그리고 적어도 카뎃에 대해서는 내 의견도 할아버지와 같았다. 나는 아이들이 그 사실을 알아주기를 바랐다. 내 생각은 엄마, 에이든의 부모님, 심지어 에이든의 생각과도 달랐다. 그렇다고 엄마나 에이든과 전혀 다른 생각을 갖고 있다고 말하고 싶지도 않았다. 두 사람이 나를 어떻게 여길지 생각하고 싶지 않았다. 게다가 그냥 청원일 뿐이지 않는가. 그동안 엄마랑 같이 산 덕분에 나는 청원의 의미를 아주 잘 알고 있었다. 청원은 변화를 원하는 사람들이 자신들이 바라는 내용이 쓰인 어딘가에 이름을 쓴 다음 그것이 공개되는 것을 겁내지 않는다는 의미, 그뿐이었다. 하지만 이번 청원은 내가 바라는 변화가 아니었다. 즉, 나의 싸움이 아니란 말이다.

리야가 말했다.

"클로에, 에이든 부모님은 올리비아를 나무라시는 게 아니야. 단지 학교에 군대와 연관된 단체가 들어와선 안 된다고 말씀하시는 것뿐이야. 학교에 적합하지 않다는 의견이지. 청원에도 그 내용밖에 없어. 그리고 카뎃 활동은 학교 밖에서도 얼마든지 할 수 있어. 카뎃을 아예 하지 말라는 게 아니라고."

내가 해야 했던 이야기를 리야가 대신하고 있었다. 부끄러웠다. 리야는 아이들을 이해시키고 있었다. 리야는 아마 지금까지 살아오면서 이런 논쟁에 시달린 적이 거의 없을 것이다. 나는 이제껏 끊임없이 그런 문제에 시달려 왔기에 내게 학교는 단순한 학교가 아니라 한숨 돌릴 수 있는 휴식처나 마찬가지였다. 최소한 지금까지는 그랬다.

셉이 에이든 앞으로 나서며 말했다.

"그게 왜 문제가 되는데? 아무도 퀘이커 소년한테 카뎃에 가입하라고 강요하지 않았어. 아무튼 누구는 혼자 암벽 등반 하고 있으면 되겠네. 우리가 카뎃에 가 있는 동안에 말이야."

에이든 옆에 있던 개러스와 아비쉑이 자리에서 일어나 셉과 마주 섰다. 한쪽에서는 타일러와 해리가 굳은 표정으로 두 사람을 지켜보고 있었다. 교실 분위기는 순식간에 살얼음판으로 변했다. 나는 혹시라도 타일러와 해리가 끼어들면서 일이 커질까 봐 무서웠다. 다행히 그때 아미스 선생님이 출석을 부르러 교실로 들어왔고, 모두 말없이 제자리에 가서 앉았다. 교실은 이내 조용해졌다. 이상할 만큼. 그 순간 요동치는 것은 내 심장뿐이었다. 마치 고장 난 듯 쉬지 않고 쿵쾅거렸다.

16

◇◇◇◇◇

그날의 아슬아슬한 상황을 떠올린 것만으로도 속이 매슥거렸다. 다행히 아빠는 내가 갑자기 조용해진 것을 눈치채지 못한 것 같았다. 아마도 쉬고 있어서 그렇다고 생각했을지 모른다. 하지만 나는 그날의 기억들 때문에 지금 당장은 편히 쉴 수 없었다. 얼마나 생각에 잠겼을까. 한참 후 자리에서 일어났고, 아빠에게 스탠을 데리고 산책을 다녀오겠다고 말했다.

"또? 너 정말 괜찮은 거야?"

나는 말없이 고개를 끄덕였다. 그리고 아빠가 너무 자세히 묻기 전에 스탠과 함께 집을 나섰다. 당장 대답하기 어려울 만큼 머릿속이 너무 복잡했다.

거리에 사람이 없어서 다행이었다. 기분이 이렇게 우울할 때는 관광객들의 행복한 얼굴을 보고 싶지 않았다. 내가 이렇게 슬픈 표정을 하고 있는 이유를 궁금하게 하고 싶지도 않았다. 스탠과 함께 바닷가로 향했다. 학교에서 일어난 복잡한 문제들이 끈질기게 달라붙어 머릿속에서 사라지지 않았다. 갑자기 스탠이 컹컹 짖어대는 소리가 귓속을 파고들었다. 나는 어느새 린디스판의 현실로 돌아왔고 스탠의 목줄이 팽팽해지는 것을 느꼈다. 스탠이 윌리엄을 발견한 것이다. 하는 수 없이 스탠이 이끄는 대로 윌리엄에게 다가갔다. 윌리엄은 혼자서 해변에 서서 물수제비를 뜨고 있고 있었다.

"안녕, 너 물수제비 되게 잘 뜬다."

나는 윌리엄의 등 뒤로 다가섰다. 갑작스러운 내 목소리에 윌리엄이 놀랐는지 펄쩍 뛰었다.

"미안. 놀라게 할 생각은 아니었는데."

이미 윌리엄에게 달려든 스탠이 반갑다고 열심히 꼬리를 쳐대는 중이었다. 웃음을 터뜨린 윌리엄은 스탠의 귀를 쓰다듬어 주었다.

한적한 바닷가에는 우리 둘뿐이었다. 꼬리 치며 달려드는 아이리시 세터를 보고 놀랄 사람은 없어 보였다. 나는 스탠의 목을 조이고 있던 줄을 풀어 주었다. 한결 자유로워진 스탠이 꼬리를 흔들며 달려 나갔다. 풀이 무성한 둑길을 마음껏 달리며 땅바닥에 코를 박은 채 킁킁거렸다. 그 길을 지나간 사람들과 혹시나 있었을 개들의 자취를 찾는 모양이었다.

"오늘 교회에서 하는 거 봤어. 다들 그렇게 차려입고 있으니까 재미있더라. 어떤 프로그램이야? 다큐멘터리라도 촬영한 거야?"

내 말의 어디가 문제였는지, 윌리엄이 굉장히 상처받은 얼굴로 대답했다.

"교회를 그런 식으로는 말하지 말아 줘. 성을 찾아온 예술가들한테 들은 걸로 충분하니까. 내가 여기 나와 있는 것도 그런 이유 때문이야. 더는 그런 얘기 듣고 싶지 않아."

최악이다. 나는 왜 내가 좋아하는 사람들을 화나게 할까? 처음에는 에이든과 리야, 그리고 이제는 윌리엄까지.

"미안해. 비아냥거린 건 아니야. 의상이 정말 마음에 들어서 얘기한다는 게 그만. 게다가 〈예루살렘〉은 우리 할아버지가 가장 좋아하시는 찬송가야. 할아버지는 성공회 사제시거든. 나는 예배에 꼬박꼬박 나가지 않지만, 그렇다고 성실하게 교회에 나가는 사람들을 비웃거나 하지는 않아. 윌리엄, 정말이지 너 기분 나쁘라고 한 말이 아니야."

윌리엄은 납작한 돌멩이 하나를 집어서 수면을 향해 힘껏 던졌다. 돌멩이는 정확히 수면 위에서 네 번을 튕긴 후 사라졌다. 나도 돌 하나를 주워 물수제비를 떴다. 내가 던진 것도 네 번 만에 사라졌다.

"이런 걸 어디서 배웠어?"

윌리엄이 한 번 더 물수제비를 떴다. 이번에도 네 번이다.

"우리 할아버지."

나는 신중하게 돌멩이를 고른 다음, 바다를 향해 힘껏 던졌다.

"우아, 이번에는 다섯 번이다!"

나는 의기양양해져 환호성을 질렀다.

"나만큼 물수제비를 잘 뜨는 여자애는 처음 보는데."

"네가 여자를 잘 모르는 거지."

윌리엄은 썩 괜찮은 아이였지만, 솔직히 가끔은 여자라고 얕보는 느낌이 들 때가 있었다. 내 말에 윌리엄이 웃음을 터뜨렸다. 다행이었다. 상처받은 얼굴은 이제 보이지 않았다.

"와! 저기 마도요야!"

마도요를 보게 되다니. 기분이 좋았다. 멀리 떨어진 모래밭에 길고 구부러진 부리를 한 마도요 한 마리가 홀로 서 있었다. 마도요 같은 새는 시내나 정원에서는 결코 볼 수 없다. 아마도 이곳이 마도요에게는 집이나 마찬가지일 텐데 스탠이 그냥 둘 리 없었다. 아니나 다를까, 마도요를 발견한 스탠이 바닷가를 가로질러 달려들고 있었다. 스탠의 기세에 눌린 마도요가 울음소리와 함께 힘껏 하늘로 날아올랐다.

"마도요 소리를 듣게 되다니. 좋다. 갈매기 우는 소리는 집에서도 들리거든. 바닷가 근처도 아닌데 말이지. 마도요 소리는 처음이야. 섬에 들어올 때는 도요새도 봤는데 언젠가 물떼새도 보고 싶어. 물론 내가 가장 보고 싶은 건 바다표범이지만!"

"바다표범? 성 쿠트베르토 섬 근처에 몇 마리 있는 걸 봤어."

"할머니가 그러셨는데, 바다표범을 만나면 노래를 불러 줘야 한대."

"무슨 노래?"

"잘 모르겠어. 일단 바다 노래면 되지 않을까? 〈스카이의 뱃노래〉 같은 거?"

윌리엄은 또 한 번 싱긋 웃더니 물수제비를 떴다.

"좋았어. 이번에는 다섯 번이야!"

내가 정정해 주었다.

"아니, 네 번이네요!"

윌리엄은 다른 돌멩이를 주워 던졌다.

"인정할게. 그렇지만 이번만큼은 다섯 번이야."

윌리엄은 만족스러운 표정을 지었다.

"나는 이만 가 볼게."

"같이 가도 될까?"

"그럼. 너만 좋다면 가는 길에 제킬 부인의 정원도 보여 줄게. 거기 가서 그림을 그릴까 해."

마지막에 윌리엄은 부끄러운 듯 말했다.

"좋아! 고마워. 오늘 아침에 아빠랑 정원에 가 보기로 했는데 깜빡했지 뭐야. 나도 그림 그리는 거 좋아해."

윌리엄과 함께 성으로 올라가기 위해 스탠을 불렀다. 셋이 함께 걸어가는데 맞은편에서 작은 여자아이 두 명이 우리 쪽을 향해 달려왔다.

"윌리엄! 와서 우리랑 같이 놀아 줘!"

나이가 좀 더 많아 보이는 여자아이가 말했다. 한 일곱 살쯤 되었을까, 아주 긴 머리를 한 아이는 에드워드 시대풍의 드레스를 입고 있었다. 드레스가 조금 지저분했다. 에이든과 함께 성가대원으로 출연한 단역 배우인 듯했다. 촬영 때 입었던 옷을 갈아입지 않고 해변에서 놀았던 모양이다.

윌리엄이 반갑게 웃었다.

"도라! 보다시피 지금은 친구와 함께 있어서 말이야. 이쪽은 올리비아. 우린 정원에 가는 길이야."

윌리엄은 나를 가리키며 소개했다.

작은 여자아이가 재미있어 죽겠다는 듯 까르르 웃으며 윌리엄의 손을 잡았다.

"우리도 가도 돼? 제발, 응 응?"

"글쎄. 올리비아한테 먼저 물어보고. 가서 그림을 그리려고 했거든. 네시, 그런데 내가 보기에는 네가 조용히 있지 못할 것 같은데. 방해하면 안 되거든."

네시는 토라진 얼굴로 외쳤다.

"그렇지만 윌리엄이 가르쳐 준 대로 제발이라고 했잖아!"

"올리비아, 어떻게 생각해? 따라오라고 해도 될까?"

윌리엄이 나를 보며 물었다. 나는 아이들에게 다정한 윌리엄이 마음에 들었다. 그런데 갑자기 스탠이 앞으로 나가는 바람에 목줄이 빠져 버렸다. 꼬리를 흔들며 달려드는 스탠을 보고 아이들은 비명을 질렀다.

"미안해!"

뒤늦게 스탠을 잡으려고 뛰어갔지만 윌리엄이 먼저 스탠을 붙들었다. 그리고 상냥한 어조로 무서워하는 아이들을 달랬다.

"무서워하지 마. 착한 녀석이야. 와서 쓰다듬어 봐."

용기를 낸 아이들이 가까이 가서 조심스럽게 스탠을 쓰다듬었다. 스탠은 한껏 신이 나서 벌렁 드러누워 버렸다. 네 다리를 위로 올리고 아이들의 손길이 배에 닿을 때마다 고갯짓을 했다.

도라가 물었다.

"애는 어디에서 왔어?"

네시도 한마디 거들었다.

"윌리엄, 윌리엄네 개야?"

"아니, 이 녀석은 올리비아가 기르는 개야. 나랑 같이 그림 그릴 친구."

무슨 이유인지 윌리엄의 말에 도라가 굉장히 토라진 얼굴을 했다. 벌떡 일어서더니 윌리엄만 빤히 쳐다봤다. 나는 아예 없는 사람으로 여기는 것 같았다.

"윌리엄, 지금 굉장히 무례한 거야! 우리랑 그림 그리기 싫으면 싫다고 말하면 되지! 그렇잖아도 지금은 하고 싶어도 같이 못 해. 윌리엄도 이제부턴 내 팽이 갖고 놀지 마. 난 로버트 찾으러 갈 테야."

화가 난 도라는 네시의 손을 잡고 쿵쿵거리며 가 버렸다.

내가 물었다.

"왜 저러는 거야?"

윌리엄이 얼굴을 찡그리며 대답했다.

"나도 모르겠어. 올리비아, 아무튼 미안해. 도라는 나중에 내가 잘 타이를게."

우리는 들판을 가로질러 담으로 둘러싸인 작은 정원에 도착했다. 문득 이곳에 엄마가 없다는 사실이 새삼스럽게 느껴졌다. 엄마는 세상을 구하는 일만큼이나 정원에 애정을 쏟아 왔다.

"정원이 정말로 근사하다. 우리 엄마가 봤다면 정말 좋아했을 텐데."

"너희 어머니? 어머니가 와 계신 줄 몰랐어. 네가 아버지 이야기만 해서 혹시 네가 어머니를 일찍 여읜 게 아닐까 했어."

엄마를 일찍 여의었다고? 오랜만에 듣는 표현이었다.

잠깐, 내가 엄마를 여의다니…… 우리 엄마가 돌아가신 줄 알았다고?

"아니, 우리 엄만 잘 계셔. 사실 우리 엄마는 지금…… 어, 그러니까……."

차마 말이 나오지 않았다.

"여기 오실 수 없었어."

"좋은 생각이 났어! 잠시만 기다려 줘. 물감하고 붓이 성에 다 있어. 물통까지. 여기서 어머니께 선물할 그림을 그리면 어떨까?"

"고마워! 정말 빌려 써도 돼? 너무 미안한데."

"금방 올게! 안쪽으로 들어가서 앉아 있어. 스케치북도 가져올 게. 몇 분이면 돼."

나는 정원 입구의 덧문을 열고 안으로 들어갔다. 이런 야생의 섬에서 자라기에는 너무 연약해 보이는 꽃들이 눈에 들어왔다. 바 닷바람을 막아 주는 담이 있어 그런지 정원 안은 고요했다. 꽃들 에게는 작은 은신처였다. 콧속을 간질이는 꽃향기가 강렬하고도 달콤했다. 그윽한 향기에 취할 것 같았다. 벤치에 앉아서 성을 올 려다보았다. 발치에는 스탠이 엎드려 있고 귓가에는 종달새 지저 귀는 소리가 들려왔다. 따사로운 햇살이 얼굴을 비추었다. 잠시 눈 을 감고 평화로운 기운을 느끼던 순간이었다.

갑자기 한 발의 총소리와 함께 날카로운 비명소리가 들려왔다.

17

◇◇◇◇◇

왼쪽에서 난 소리였다. 스탠을 데리고 황급히 정원에서 빠져나왔다. 성에서 달려 나오는 윌리엄이 보였다. 윌리엄이 향하는 곳에는 내 또래로 보이는 남자아이가 쓰러져 있었다. 풀밭에 누워 있는데 주변에는 피가 흥건했다. 아까 마주친 소녀 네시가 남자아이 옆에 무릎을 꿇고 앉아 흐느끼고 있었다. 드레스가 온통 시뻘건 핏빛이었다. 도라는 긴 총의 총부리를 아래로 늘어뜨린 채 연신 비명을 지르고 있었다. 윌리엄은 도라에게서 총을 빼앗아 무릎에 대고 총신을 부러뜨린 다음 땅에 내려놓았다. 그리고 나를 뒤로하고 남자아이를 살폈다.

도라가 덜덜 떨면서 설명을 했다.

"그냥 들고 있으려고만 했어. 잠깐 들고만 있겠다고 했는데, 로버트가 나한테 안 주려고 했어."

윌리엄은 나와 네시를 향해 외쳤다.

"가서 누구 좀 불러 와! 지혈하고 있을 테니까."

윌리엄은 입고 있던 외투를 벗었다. 그런 다음 안에 입고 있던 긴팔 셔츠를 찢어서 붕대를 만들었다. 침착하고 빠른 행동이었다. 네시와 스탠을 데리고 성으로 올라가는데 이번에도 에드워드 시대 의상을 갖춰 입은 키 큰 남자가 내려왔다. 우리 쪽을 향해 허겁지겁 비탈을 내려오고 있었다.

네시가 울먹이며 말했다.

"교수님! 도라가 로버트를 쐈어요!"

교수님으로 불린 남자는 우리를 지나쳐 윌리엄에게로 갔다. 윌리엄이 재빨리 지혈을 해서 로버트의 팔에는 어느새 붕대가 단단히 감겨 있었다.

"윌리엄, 잘했어. 훌륭한 처치야. 자, 로버트, 괜찮을 거야. 오늘은 자네 동생이 자넬 완전히 보내진 못한 것 같군. 자, 힘을 내. 우리가 성에 데려갈 테니."

교수님이 로비트를 일으켜 세우고 윌리엄이 그 옆에서 부축했다. 일행은 모두 성으로 향했고, 이제는 진정이 된 도라와 네시가 어깨동무를 한 채 그 뒤를 쫓았다.

나는 뭘 해야 할지 몰랐다. 토할 것 같은 기분으로 멍하니 서 있을 뿐이었다. 굳이 돕겠다고 끼어들고 싶지 않았다. 나 없이 잘들 알아서 할 것 같았다. 이제 그만 집으로 가는 게 나을 것 같았다.

"스탠, 가자."

내가 앞장서 걷고, 스탠이 뒤에서 따라왔다.

◇ ◇ ◇

집에 도착했다. 아빠는 주방에 있었다.

"올리비아! 다행이다. 걱정했잖니!"

"총소리가 여기까지 들렸어요? 다행히 그 남자애는 괜찮을 거 같아요. 사람들이 성으로 데려갔어요."

아빠가 되물었다.

"총소리라니?"

"꼬마가 실수로 자기 오빠를 쐈어요. 토끼 사냥을 하고 있던 오빠한테서 총을 빼앗으려다가 발사됐나 봐요. 어쨌든 제가 전에 말했던 윌리엄 있죠? 윌리엄이 상처를 지혈했어요. 성에서 나온 아저씨가 아이를 데려갔고요."

"무슨 그런 일이! 올리비아, 너도 굉장히 놀랐겠다."

갑작스레 몸이 떨리기 시작했다.

아빠가 말했다.

"우선 앉자. 달달한 걸 좀 따뜻하게 해서 내와야겠다. 충격이 이제야 나타나나 보다."

나는 아빠 손에 이끌려 거실로 갔다. 내가 소파에 눕자 아빠는 따뜻한 담요를 덮어 주었다. 그런 다음 주방에 가서 핫 초콜릿을 만들어 왔다. 핫 초콜릿을 마시려고 하는데 손이 떨렸다. 결국 아빠의 도움으로 겨우 마실 수 있었다. 아빠는 내 옆에 앉아서 내가 진정될 때까지 꼭 안아 주었다. 기진맥진했지만 아빠한테 기댄 채로 아빠의 온기를 뺨으로 느꼈다. 점차 기분이 나아지기 시작했다.

아빠가 말했다.

"내일 아빠하고 안위크에 다녀올까? 바터북스(영국의 중고 서점. 읽던 책을 가져오면 다른 책과 교환해 갈 수 있다.)에 부탁해 둔 에드워드 시대 잡지 좀 찾아오고 싶은데. 그렇지, 아예 내일 하루는 쉬는 것도 좋겠다. 성에도 가고 정원에도 가 보자. 휴대폰이 있으니 엄마 소식도 계속 확인할 수 있어. 물론 너만 좋다면 말이야. 싫다면 당연히……."

아빠는 내가 좋다고 하기를 정말로 바라고 있었다. 누군가에게 진정으로 필요한 사람이 되는 것은 정말 기분 좋은 일이지만, 아까 다친 아이가 무사한지 알기 전까지는 뭘 해도 즐거울 수 없었다.

"재미있을 것 같아요. 그런데 가기 전에 성에 전화해도 돼요? 윌리엄이랑 통화 좀 하고요. 총에 맞은 아이가 괜찮은지 확인하고 싶어요."

"물론이지. 아직 응급 헬기 소리가 안 들리는 게 이상하긴 하다만. 총알이 스친 정도의 부상이면 좋겠구나."

"윌리엄이 응급처치를 아주 잘 하더라고요. 저도 알아요. 지혈하는 거 지난주 카뎃 시간에 배웠거든요."

불쑥 튀어나온 내 말에 아빠는 굉장히 놀란 눈치였다.

"카뎃이라니? 육군 카뎃 말이니?"

165

나도 모르게 비밀을 발설한 셈이었다.

"네. 아직 정식으로 시작한 건 아니지만, 곧 저희 학교에 들어올 거예요. 저랑 친구들은 체육 선생님한테 시범 과정을 듣고 있어요. 선생님은 육군 예비대 소속이거든요."

"학교에 카뎃이 들어온다고? 네 엄마가 가만히 있지 않을 일인데."

"뭐……."

아빠는 나를 내려다보았다.

"올리비아, 엄마가 아시는 거지?"

나는 한숨을 쉬었다.

"네. 알고 계세요."

아빠는 여전히 찌푸린 얼굴이었다.

"분명 신청서 같은 게 있었을 텐데? 보호자가 서명해야 했을 거고? 설마 네 엄마가 서명했을 리는 없는데!"

"보호자 서명란이 있었어요. 엄마는 안 하셨지만 일단 서명을 받긴 했어요. 단지…… 엄마한테 안 받은 거예요."

아빠는 한숨을 쉬었다.

"이럴 수가. 우리 가족은 대체 왜 나한테는 아무 말도 안 하는 거지? 어떻게 된 일인지 알겠다. 할아버지가 서명하셨구나?"

나는 고개를 끄덕였다.

"이것 때문에 할아버지하고 엄마가 크게 싸웠다는 거지? 전에 할머니가 전화로 말씀하신 적이 있어."

나는 또 고개를 끄덕였다.

"할머니는 이번 일이 할아버지 잘못이라고 생각하시는 것 같아. 엄마 잘못이 아니라고 하셨어. 두 사람이 싸우는 이유야 한두 가지가 아니지만, 이번에는 네가 관련된 일이라고 하시더라. 게다가 넌 할아버지 편이라고. 그래서 네가 사제관으로 돌아왔다고 하셨어. 아빠는 좀 더 자세히 알고 싶었지만 할머니가 더 말씀하고 싶어 하지 않으셨어. 나한테는 그냥 걱정할 거 없다고만 하셨지. 다 지나갈 거라고. 할머니는 할아버지를 당분간 멀리 떨어뜨려 놓을 거라고 하셨어. 네가 집으로 돌아가서 엄마와 얘기할 수 있도록."

두 분이 그렇게 갑작스레 여행을 떠난 이유가 이것 때문이었다. 사실 나는 할머니가 이 싸움을 탐탁지 않아 한다는 것을 이미 알고 있었다.

"할머니가 그렇게 숨기시게 놔두면 안 되는 거였는데. 좀 더 자세히 자초지종을 말해 달라고 했어야 해. 아빠가 학생일 때 할아버지하고 카뎃 문제로 크게 다퉜던 적이 있었는데 아마 그때 일이 생각나서 할머니가 더 그러신 것 같아. 게다가 그 일로 내가 속상해할 거라고 생각하셨을 테고. 그렇지만 네 아빠는 나야. 할머니는 말씀하셨어야 해."

아빠는 여전히 나를 꽉 안고 있었다. 아주 좋은 느낌이었다. 안심이 됐다. 나도 모르게 이야기가 쏟아져 나왔다.

"아빠, 문제는 바로 이거예요. 엄마하고 할아버지는 서로의 이야기를 듣지 않는다는 점이요. 제가 카뎃에 가입해서 엄마는 저한테 엄청 화가 났어요. 그리고 아시잖아요. 할아버지가 군대를 사랑하시는 거요. 전에 아프가니스탄에 파병 가셨을 때 다시는 못 돌아올 수도 있다고 생각하셨대요. 군대에서 할아버지 사진도 찍어 갔대요. 다른 군인들 사진도요. 전사하면 신문에 실을 사진이 필요해서요. 그러니까 할아버지는 돌아가실 수도 있다는 걸 알면서도 가신 거예요. 할아버지 신념이니까요. 군인의 신념이요. 할머니도 굉장히 용감하신 거죠. 남편이 다칠 수 있다는 걸 알면서도 기꺼이 보내셨으니까. 사실 더 나쁜 일이 생길 수도 있었죠. 아예 못 돌아오실 수도 있었잖아요."

아빠가 속삭이는 목소리로 대답했다.

"아빠도 안다."

"제가 카뎃에 가입하려는 걸 아시고 할아버지는 무척 기뻐하셨어요. 전 그냥 재미있어 보여서 그런 건데요."

전혀 생각지도 않았는데 나도 모르게 울먹이고 있었다. 나는 눈물 젖은 뺨을 팔뚝으로 쓱쓱 아무렇게나 닦았다. 그리고 떨리는 목소리를 애써 억눌렀다.

아빠가 물었다.

"카뎃의 어떤 점이 재미있을 것 같았을까?"

나는 아빠의 질문 방식이 좋다. 정말로 내 생각에 대해 알고 싶어 하고, 내가 뭐라고 대답하든 실망하거나 언짢아하지 않을 것이란 느낌을 주기 때문이다. 엄마나 할아버지가 질문할 때와는 확실히 다르다.

"카뎃에서 하는 것들은 다 제가 잘하는 것들이거든요. 포터 선생님도 그러셨어요. 제가 카뎃을 정말 좋아할 거라고. 제 성격이 침착하고 운동도 잘하는데다가 동작이 날쌔고 손재주도 좋대요. 카뎃에 들어가면 정말 잘할 것 같다고요. 할아버지가 주신 카뎃 안내 책자도 읽어 봤어요. 아빠가 좋아하실 내용도 있어요. 내셔널 트러스트 창립자 중 한 사람이 여성인데, 카뎃에 굉장히 호감이 있었대요. 그래서 카뎃과 내셔널 트러스트가 협력해서 형편이 어려운 아이들에게 배움의 기회를 준대요. 카뎃에 들어가면 진짜 재미난 것들을 배울 거예요. 응급처치, 나침반으로 방향 찾기, 암벽 등반, 캠핑 등등이요. 참, 행진도 있어요. 행진이 군인들을 빨리 이동시키기 위한 훈련이란 걸 이번에 처음 알았어요. 엄마는 이해하지 못하겠지만, 한번 해 보니까 발이 제대로 맞아갈 때 성취감 같은 게 느껴졌어요. 댄스 스텝 같았어요."

나는 말을 마치고 아빠를 쳐다보았다.

"무슨 말인지 알겠다. 그런데 아빠는 카뎃을 싫어했어. 해야 할 일을 모두 지시받는 느낌이었거든. 할 일은 너무 많은데 그 일에 괜히 생각할 시간은 없었지. 이 활동이 끝나면 다른 활동이 시작되고. 할아버지가 많이 실망하셨지만 결국 탈퇴하고 말았단다. 평화주의자가 될 정도는 아니었지만 카뎃 활동을 좋아할 수 없었거든. 원체 총을 싫어하기도 하고. 사실 아빠는 그런 활동적인 일을 즐기는 타입도 아니란다. 그렇지만 네가 얼마나 좋아하는지는 잘 알겠다."

나는 깊이 한숨을 내쉬며 말했다.

"문제는요, 학교에 카뎃 지부가 들어오기로 한 다음부터 뭔가 자꾸 나쁘게 꼬여 간다는 거예요."

나는 잠시 멈추었다가 말을 이었다

"정말로 나쁘게요. 학교에 카뎃이 들어오는 걸 싫어하는 아이들도 있지만, 반대로 취소될까 봐 조바심 내는 아이들도 있어요. 그런데 그 아이들이 그 문제로 싸우고 있어요. 최악이에요."

아빠가 물었다.

"엄마 말고도 반대파가 있어?"

"에이든하고 걔네 부모님뿐인 것 같지만요. 가족이 다 퀘이커교 신자래요. 학교 같은 곳에 카뎃이 들어오지 않기를 바라죠."

"흠. 이해가 가는구나. 퀘이커교도라니."

아빠는 내가 화났다고 생각했는지 나를 꼭 안아 주며 말했다.

"올리비아, 내키지 않으면 다음에 얘기해도 돼. 그렇잖아도 지금 복잡한 일이 많잖아. 우선 저녁부터 먹자."

내심 아빠가 다른 얘기를 꺼내서 다행이라고 생각했지만, 한편으로는 이야기가 끊긴 것이 반갑지만은 않았다. 내 이야기는 이제 막 시작되었는데. 아이들이 에이든에게 얼마나 지독하게 굴었는지 아빠에게 빠짐없이 털어놓고 싶었다. 아니, 얘기해야만 했다. 집에서 멀리 떨어진 이곳으로 온 것은 다행이었지만 언제까지고 여기에 있을 수도 없고, 다음 주면 학교로 돌아가야 하니까, 그 전에 어떻게든 결론을 내려야 했다. 이 모든 문제의 결론을 나 혼자의 힘으로는 낼 수는 없었다. 상황은 점점 심각해졌고, 이제는 나도 내 입장을 밝혀야 했다. 언제까지 물러서 있을 수는 없다. 양쪽의 입장을 모두 이해할 수 있다고 해도 결국에는 내 목소리를 내고 그에 맞는 행동을 해야 했다.

다만 지금은 내가 어떻게 해야 할지 전혀 모를 뿐.

18

◇◇◇◇◇

저녁 식사로 아빠는 크림소스 버섯 리조또를, 나는 답례의 의미에서 디저트로 초콜릿 바나나를 만들었다.

아빠가 감탄사를 연발했다.

"환상적으로 맛있구나! 올리비아, 네가 요리를 하는 줄은 몰랐는걸. 그런 점은 날 닮았는지도 모르겠다."

아빠는 굉장히 기뻐했다. 나도 기뻤다. 사실은 바나나를 오븐에 구웠을 뿐인데.

"스탠이랑 산책 다녀올게요. 윌리엄이 나와 있나 보려고요. 로버트가 괜찮은지도 물어보고요."

"그러렴, 아빠는 그동안 일 좀 해야겠다. 언제 돌아올지나 알려주고 가렴."

집을 나서자마자 곧바로 성으로 올라갔다. 윌리엄은 보이지 않았다. 성 안으로 들어가기 위해 투숙객용 출입문을 찾았지만 전혀 보이지 않았다. 모두 닫혀 있는 것 같았다.

◇ ◇ ◇

하는 수 없이 되돌아가야 했다. 성을 내려와 스탠을 데리고 상점가를 지났다. 성 쿠트베르토 섬으로 가는 길이었다. 어쩌면 섬에서 윌리엄이 그림을 그리고 있을지도 모른다는 생각이 들었다. 섬으로 건너가는데 바닷물을 머금은 모래 위를 걷는 촉감이 좋았다. 노을빛에 반짝이는 모래밭이 평소에는 수면 아래 잠겨 있다고 생각하니 기분이 조금 묘했다.

짐작한 대로 윌리엄은 성 쿠트베르토 섬 바위에 앉아 있었다.

"쿠트베르토 성인은 평화와 안식을 찾아서 이곳으로 건너오셨다고 해."

윌리엄이 근엄하게 웃으며 말하는 모습에 저절로 웃음이 나왔다.

"오기가 그렇게 힘들지는 않잖아. 이렇게 바닷물이 빠졌을 때는 더욱. 오늘 아침에도 이곳으로 가는 사람들을 많이 봤는걸."

윌리엄이 대답했다.

"그래? 흠, 지금은 다 가 버려서 다행이군."

윌리엄은 나를 향해 또 한 번 빙그레 웃음을 지었다. 내가 이곳에 있어서 기분이 좋은 것 같았다.

뭐든 좋다. 나도 윌리엄과 함께 있어서 좋으니까.

"좀 어때? 내 말은, 총에 맞은 아이가 어떠냐고?"

"상처는 소독했어. 무난히 회복할 거래."

"그때 너 되게 잘 대처하더라."

윌리엄은 얼굴을 찡그렸다.

"고마워. 하지만 즐거운 일은 아니었어. 응급처치는 당연히 학교 카뎃 과정에서 배웠지만, 총상을 직접 본 건 처음이야."

"나도 처음 봤어."

윌리엄의 학교 카뎃에 관해 물어보려는데 윌리엄이 다른 이야기를 꺼냈다. 생각해 보니 카뎃 이야기는 안 하는 편이 좋을 듯했다.

윌리엄이 말했다.

"그 얘기는 그만하자. 바닷물이 들어오려면 한참 남았어. 너도 그림 그릴래? 어머니께 드릴 그림을 그려야 하잖아. 여기 도화지랑 물감."

"응. 나도 그릴래."

나는 윌리엄과 나란히 앉아 해안선으로 길게 뻗은 바다를 그렸다. 부드러운 바람에 물결이 찰랑거리긴 했지만 바다는 잔잔한 편이었다. 나는 찬찬히 바다를 뜯어보았다. 바다는 내가 상상한 모습과 달랐다. 파도의 물결은 일직선이 아니었고 물보라는 훨씬 많이 일었다. 나는 무언가를 들여다보는 것이 좋았다. 진심으로 보다보면 실제 모습은 언제나 상상 속의 이미지와 다른 것을 발견할 수 있었다.

윌리엄이 물감 상자를 내주었는데, 나무 상자 안에는 물을 담는 작은 유리병이 있었다. 골동품처럼 보였는데, 정말 멋졌다. 내가 윌리엄을 그리기 시작하자 윌리엄이 눈치를 채고 멋쩍게 웃었다. 에이든을 그릴 때도 그랬는데 시작은 어색했지만 나는 이내 그림을 그리고 있는 윌리엄의 특징을 찾는 데 집중했다. 먼저 전체적인 윤곽과 앉은 자세를 관찰했다. 윌리엄은 얼굴을 살짝 찌푸리더니 고개를 들어 나를 확인하고는 미소를 지었다. 그런 모습이 에이든과 많이 닮아서 슬프다. 너무너무 슬프다. 모든 게 다. 나는 더 참지 못하고 불쑥 말을 꺼냈다.

"우리 엄마는 평화주의자야. 얼마 전에 시위하던 중에 기물손괴죄 혐의로 체포됐어."

두 눈에 뜨거운 눈물이 맺혔다. 분노의 눈물이었다.

"올리비아, 유감이다."

윌리엄이 손수건을 내밀었다. 반듯하게 접힌 흰색 면 손수건이었다. 이런 걸 들고 다니는 남자아이는 처음이었다. 눈물을 닦고 손수건을 돌려주려는데, 윌리엄이 손짓을 했다. 그냥 가지라는 의미 같아 손수건을 주머니에 넣었다.

"고마워. 그냥…… 엄마한테 너무 화가 나서. 체포를 당하다니. 원래는 엄마랑 방학을 함께 보내기로 했었어. 그런데 갑자기 이곳에 오게 됐지. 집에 혼자 있으면 안 된다고. 그게 내가 여기 아빠 집에 머무르고 있는 이유야."

한숨이 나왔다.

"엄마 때문에 화나 죽겠어. 엄마의 행동이 맞는지 틀린지도 모르겠지만, 엄마한테 무슨 일이 생기는 건 아닐까 걱정스러워. 적어도 엄마가 하려는 일이 옳은 일이라는 건 아니까."

나를 이해하려는 윌리엄의 눈빛에 또 한 번 눈물이 쏟아질 것 같았다.

"올리비아, 정말 어려운 문제야. 나도 얼마 전에야 같은 문제를 고민하기 시작했어. 그래서 참고할 만한 책들을 찾아보고 있고. 이곳 도서관에도 몇 권 있더라. 덕분에 내가 미처 몰랐던 부분을 생각해 볼 수 있었고. 우선, 우리 아버지는 평화주의자들을 몹시 싫어하셔. 신문도 평화주의자에 관한 적대적인 기사를 너무 많이 싣고 있지. 우리 고모들 중 한 분은 징집을 거부하는 사람들에게 흰색 깃털을 뿌리기도 하셨어."

"하얀색 깃털을?"

"그래. 하얀색이야. 알잖아, 하얀색은 비겁한 겁쟁이라는 의미인 걸."

"난 하얀색이 평화의 상징인 줄 알았어. 비겁함의 상징이 아니라. 흰색 비둘기가 그렇잖아. 우리 엄마는 그래서 하얀 양귀비꽃을 나눠 주시는걸."

"하얀색 깃털이 비겁함의 상징이 된 이유를 직설적으로 말하자면 그 깃털이 닭털이기 때문일 거야. 그러니까…… 암탉의 여러 부위 중에서도…… 아무튼 가장 좋은 부위는 아닌 곳에서."

"응? 무슨 뜻이야?"

"품위 없이 굴고 싶지는 않은데…… 그러니까 말이지…… 달걀이 나오는 부위를 말하는 거야."

윌리엄의 얼굴이 조금 붉어졌다.

너무 슬픈 상황인데도 그 모습에 웃음이 나왔다. 정말 이상한 데가 있는 아이다!

"그나저나 나는 하얀색 양귀비꽃 이야기는 처음 들었어."

윌리엄은 암탉이나 깃털 이야기에서 다른 화제로 넘어가고 싶은 게 분명하다.

"올리비아, 어머니께서는 자신을 지키기 위해 아무것도 하지 않기를 바라는 거냐는 질문에는 뭐라고 대답하셔?"

"우리 할아버지도 늘 그렇게 말씀하시지. 하지만 우리 엄마는 일부 정치가나 언론이 사람들을 일부러 부추기고 있다고 생각해. 적으로부터 우리를 방어해야 하니 전쟁에 나가야 한다면서 말이지. 하지만 실제로 그런 문제들은 국가 간의 협의로도 해결할 수 있대. 각 나라마다 외교관이 있는 것도 그런 이유라는 거야. 상대방의 생각을 듣고 합의를 하기 위해서인데 국가가 그들을 제대로 활용하지 않는다는 거지. 전쟁으로 이익을 얻는 사람은 무기상들뿐이라고 하셔. 그런 사람들이 몇몇, 전쟁에 우호적인 정치가나 언론사 사주의 친구라는 점도 깊이 생각해 봐야 한다고. 그래서 신문 기사를 곧이곧대로 믿으면 안 된다고 하셔. 기사가 언제나 사실만을 말하는 건 아니니까. 평화의 시대에도 프로파간다(특정한 사상적 노선이나 파당적 의도에 따라서 대중의 사회적 태도에 영향을 주려는 일이나 활동)는 존재한다는 거야. 결국 모든 전쟁이 협상과 교섭 과정으로 끝난다면, 모두를 죽이는 게 먼저가 아니라 협상을 먼저 해야 해. 그리고 우리 모두의 안녕을 위해 반드시 합의점을 찾아야 하는 거지."

엄마의 신념을 차근차근 설명하고 나니 기분이 좋아졌다. 엄마의 주장은 터무니없지 않고, 내가 봐도 아주 타당했다.

"너희 아버지는? 아버지는 어떻게 생각하시는데?"

"음, 약간 짜증을 내시기는 했는데……."

"짜증을 내셨다고!"

윌리엄이 따라 말하더니 웃는다.

"그거 참 정제된 표현인데. 만약에 어머니가 체포되신다면…… 우리 아버지는 대체 어떻게 생각하실지!"

"아빠는 엄마가 좋은 사람이라고 했어. 엄마를 자랑스럽게 생각한다고. 솔직히 말하면 윌리엄, 나도 그래. 우리 엄마가 자랑스러워."

불현듯 깨달았다. 나는 엄마가 부끄러운 게 아니라 자랑스럽다고 생각해 왔음을. 엄마는 누군가를 괴롭히지도 않았고, 못된 말을 내뱉지도 않았고, 사람들 사이를 엉망으로 망치지도 않았다. 하지만 셉은 그렇지 않았다. 나는 엄마의 말과 행동을 전적으로 지지해 오진 않았지만 최소한 엄마가 옳은 일을 하고 있다는 사실은 잘 알고 있다. 에이든도 마찬가지다. 그리고 에이든이 힘들어하는 것처럼 엄마 또한 힘들어하고 있다.

"내가 엄마의 신념에 전적으로 동의하는지는 나도 모르겠어. 그렇지만 우리 엄마가 아주 용감하다고 생각해. 지금 하는 일에 대한 믿음이 있어. 전쟁에 휘말린 민간인들을 생각해야 한다고, 전쟁에서 가장 고통받는 쪽은 언제나 민간인들이라고."

"올리비아, 네 마음을 상하게 하고 싶지는 않지만 그 말은 진실이 아닐 거야. 어쩌면 너희 어머니는 전장의 현실을 모르고 계신지도 몰라."

"난 그렇게 생각하지 않아. 우리 엄마는 공부를 많이 했어."

"그렇지만 최전선에 나가 보신 적이 있어? 우리 사촌 형이 최전선에 있었는데…… 형이 휴가 나왔을 때 만난 적이 있거든. 너도 그 눈을 봤어야 해. 형 말로는 그곳이 지옥 같댔어."

엄마는 현재 민간인이 전장의 최전선에 있다고 말했다. 민간인들이 포격 대상이 되기 때문이다. 그렇지만 윌리엄의 말도 알 것 같았다. 분명 전장은 군인들에게 더 가혹할 것이기 때문이다.

"사촌 형은 지금 어디 계셔?"

"전사했어."

끔찍했다.

"윌리엄, 미안해."

"그게 바로 내가 열여덟 살이 되면 전쟁에 나가야 하는 이유야. 다음 주면 나도 열여덟 살이야. 카뎃 훈련은 이미 마쳤고 준비는 끝났어. 오늘 교회에서 모두 함께 〈예루살렘〉을 부른 게 큰 힘이 되었어. 이제 병도 완전히 다 나았고, 신이 말씀하시길 조국을 위해 내 삶을 바치라고 하셨어."

"윌리엄, 그런 이유라면 왜 꼭 군인이 되겠다는 건지 모르겠어. 나라를 위한 삶에는 군인의 길 말고도 다양한 삶이 있잖아. 화가가 되어 나라를 위할 수도 있고. 그것 말고도 다른 길이 많아."

"정말 그렇게 생각해? 그게 비겁한 길이라고 생각하지 않는 거야?"

"당연하지! 나라를 위해 삶을 바치라는 게 어쩌면 네 재능을 살리라는 뜻은 아닐까? 넌 그림을 정말 잘 그리잖아."

"일리 있는 말이야……. 무어헤드 본 같은 종군 화가도 있으니까."

윌리엄은 잠시 생각에 잠기더니 이내 한숨을 쉬었다.

"뭐 어쨌든, 이제 내 손을 떠난 일이야. 정부에서 18세부터 41세까지의 남성 모두가 전쟁에 나가야 한다고 했으니까. 기혼이든 미혼이든."

"뭐? 그럴 리가! 언제부터 그렇게 됐어? 우리 학교에서는 그런 얘기가 전혀 없었는데."

"올리비아, 네 기분을 상하게 할 생각은 아니었어. 너희 학교 선생님이나 가족이 네게 숨겼나 봐. 여성이 받아들이기는 힘든 일이니까. 너희 아버지도 곧 참전하실 거야. 이런 말을 전하게 돼 유감이다."

나는 침착해지기 위해 애쓰며 말했다.

"아니, 잘못 알고 있는 건 너야. 윌리엄, 확실해. 네가 잘못 알고 있는 거야."

우리 아빠가 전쟁터에? 너무 터무니없는 소리다. 어떻게 아빠가 강제로 전쟁터에 나간다는 걸까?

"아빠한테 물어볼 거야. 그리고 다 터무니없는 소문이라는 걸 증명할게. 어디서 그런 소리를 들었는지 모르겠지만, 모두 다 거짓말이야. 정말 확실해."

윌리엄은 주머니에서 체인이 달린 동그란 은색 시계를 꺼내 들여다보았다.

"올리비아, 난 이제 가 봐야 할 거 같아. 그렇지만 고마워. 나한테 네 어머니 이야기를 해 준 것도 고맙고, 평화주의에 관해 의견을 나눠 준 것도 고마워. 화가 역시 조국을 위한 삶을 살 수 있다는 의견도 고맙고. 그동안 거듭 생각해 왔지만 누군가에게 직접 말해 보기는 처음이었어. 부모님과는 할 수 없는 얘기거든."

"너무 성급하게 결정하지 마. 〈예루살렘〉 가사 말이야, 윌리엄 블레이크가 쓴 시라는 거 알고 있어? 그 노래의 가사가 방금 말한 그런 내용은 아니라고 생각해. 엄마는 늘 그 가사가 정신적인 싸움을 말한다고 했어. 사상의 싸움이라는 거야. 전쟁터에 나가서 하는 싸움이 아니라."

"네 생각을 더 들어보면 좋겠다. 넌 뭔가 특별해서 네 얘기를 좀 더 듣고 싶어. 내일 오후에 다시 만나서 같이 그림 그릴까? 내일은 언제 물이 빠지는지 잘 모르겠다. 제킬 정원에서 만나서 같이 내려오면 어때?"

"좋아."

윌리엄이 미술 용품을 챙기는 동안 기다렸다가 우리는 함께 바닷가로 돌아갔다. 노을이 지기 시작하자 구름이 장밋빛으로 물들었다. 아름다웠다. 알록달록 검은머리물새들이 보이는데 빨간색 긴 부리로 모래밭을 헤집느라 여전히 분주하게 움직였다. 그 사이 바닷물은 훨씬 가까이 와 있다. 금방이라도 밀려들 것 같았다.

바닷가에 늘어서 있던 물새들이 스탠에게 쫓기자 성난 울음소리를 내면서 공중으로 날아올랐다. 나는 그만하라고 스탠을 불렀다. 그러자 그 소리에 스탠이 마지못해 달려왔다.

"재버워키, 그만 좀 뛰어다녀!"

그러자 스탠에게 한 말을 듣고 윌리엄이 웃으며 내게 물었다.

"너도 〈재버워키〉(영국의 동화 작가 루이스 캐럴이 쓴 《거울 나라의 앨리스》에 나오는 난센스 시)를 아는구나? 나도 어렸을 때 어머니가 읽어 주시곤 했는데."

"우리 엄마도."

나는 스탠에게 목줄을 채운 후 윌리엄과 함께 갈림길까지 걸었다.

◇ ◇ ◇

"올리비아!"

어디선가 아빠가 날 부르는 소리가 들렸다. 맞은편에서 우리를 향해 달려오고 있었다.

스탠이 컹컹 짖으며 아빠에게로 달려갔다.

"우리 아빠야."

아빠를 소개하며 돌아보는데 옆에 아무도 없었다. 윌리엄은 어느새 말도 없이 가 버렸다.

19

◇◇◇◇◇

"걱정했잖아."

아빠가 주저주저 입을 열었다. 내가 괜히 유난스럽다며 화라도 낼까 봐 걱정했는지 머뭇거리다 말을 이어 갔다.

"금방 어두워질 텐데 나간 지가 한참이라. 내일 일 때문에 네가 걱정하는 걸 모르지도 않고. 한번 나와 봤어. 네가 괜찮은지 확인 하려고. 아빠가 성에 가서 찾아봤는데 다 닫힌 것 같던걸? 거긴 괜 찮은 건가?"

아빠가 내 걱정을 하는 것 같아 기분이 좋았다. 날 찾으러 온 것 도 좋았다. 아빠를 보는데 빙그레 웃음이 나왔다.

"괜찮아요. 저도 괜찮고요. 성 근처에서 윌리엄을 만났어요. 스 탠이랑 셋이서 성 쿠트베르토 섬에 가서 그림 그렸어요."

나는 등 뒤에 있는 섬을 가리켰다. 밀물이 들어와서 섬은 완전히 고립되어 있었다. 시간에 맞춰 나온 게 다행이었다. 저녁 해가 빠르게 저물고 있었다.

함께 집으로 돌아가는 길에 아빠가 물었다.

"윌리엄은 몇 살이니?"

"다음 주에 만으로 열여덟 살이 된대요."

"흠, 생각보다 나이가 많네."

아빠는 조금 걱정스럽다는 듯 대답했다. 새삼 윌리엄이 대학생이 될 나이라는 것을 깨달았다. 평소에는 그 나이 대의 남자와 얘기할 일이 거의 없었다.

"아빠가 윌리엄을 한번 봤으면 좋겠는데. 무슨 말인지 알지?"

"네, 그런데 솔직히 말해서 아빠가 윌리엄을 만나면 오히려 아무 걱정 안 할걸요. 윌리엄은 제가 이제까지 봤던 그 나이대의 남자애들과는 완전히 다르거든요. 윌리엄은 그보다 훨씬…… 훨씬 어린 것 같아요."

문득 윌리엄이 하얀 깃털의 유래를 설명하며 얼굴을 붉히던 모습이 떠올랐다. 웃음이 나올 것 같았다.

"내일 제킬 정원에서 만나서 함께 그림을 그리러 가기로 했어요. 같이 가셔도 돼요."

"총에 맞은 아이는 좀 어때?"

"괜찮은 거 같아요. 윌리엄이 의사한테 들었는데 무난히 회복할 거래요."

우리는 집으로 돌아와서 함께 티브이를 봤다. 정치 풍자를 다루는 퀴즈 프로그램이었다. 내가 프로그램에 나오는 거의 모든 정치 풍자를 이해하는 것을 보고 아빠는 감탄해마지 않았다.

"뭐, 엄마랑 같이 살면 이런 걸 모를 수가 없죠."

사실이었다. 엄마 덕분에 나는 또래들에 비해 정치에 대해 훨씬 잘 알게 되었다. 물론 에이든은 예외다. 아빠가 나를 보며 감탄하는 모습을 보고 있으니 기분이 좋았다. 평소 나는 정치에 대해 아는 티를 잘 내지 않는다. 특히 학교에서는 더 그런 편인데, 집 안에서 너무 다양한 일들이 벌어지고 있어 학교에까지 가서 그런 논쟁에 말려들기 싫었기 때문이다. 언젠가 그런 논쟁이 지금처럼 큰 문제로 치닫는 것으로 끝나지 않게 되면, 그런 내 모습을 숨기지 않아도 될 터였다.

그런데 엄마 소리에 갑자기 가슴이 뻐근해졌다.

엄마, 제발 엄마가 무사히 풀려나기만을 바라고 또 바란다.

"올리비아, 내일이면 더 잘 알게 될 거야."

아빠가 눈을 맞추며 가만히 내 손을 잡아 주었다.

◇ ◇ ◇

이튿날 아침, 나는 아홉 시 반에 일어났다. 또 늦잠을 잤다. 할머니 말대로라면 바닷가 공기 때문이고, 어쩌면 새로운 소식을 듣고 싶지 않아서일지도 모른다.

아래층으로 내려갔다. 스탠이 먼저 나를 보더니 기지개를 켜고 꼬리를 흔들어댔다. 그런 다음 쓰다듬어 달라고 바닥에 벌렁 드러눕는다.

"축축하잖아! 게다가 이 짭짤한 냄새! 너, 벌써 아빠랑 산책 다녀왔구나. 이따가 나랑도 가야 해. 윌리엄 만나러. 너도 좋지?"

적어도 나한테는 좋은 일이었다. 새로운 친구를 사귀는 것은 좋은 일이다. 특히나 기존 친구들과 복잡한 문제가 생겼을 때라면 더 그렇다.

아빠는 거실에서 통화 중이었다.

"아뇨, 아직 못 읽었습니다. 섬에는 신문이 늦게 배달되거든요. 인터넷으로 보죠. 잠깐만 기다리세요."

아빠는 휴대폰을 탁자에 내려놓고 심각한 표정으로 노트북 화면에 집중했다. 그리고 다시 휴대폰을 들면서 나를 발견하고는 미소를 지었다. 아빠는 입술만 움직여 내게 말을 했다.

'조니 아저씨 전화.'

가슴이 쿵쿵 뛰었다.

"네, 삼깐만요……. 아니요, 아니요. 안 보이는데…… 잠시만, 네, 여기 있네요. 대체 이런 사진은 어디서 난 거죠? 솜 이성힌 사람처럼 보이는데요."

나는 아빠의 어깨너머로 신문 기사를 들여다보았다. 엄마가 참여한 시위에 대한 기사가 짧게 실려 있었다. 아빠가 찾느라 오래 걸릴 만큼 짧아서 다행이었다. 클로에나 그 가족들 눈에 띄지 않을 수도 있다. 기사 하단에는 엄마의 사진과 함께 시위 참가자 두 명의 사진이 작게 실려 있었다. 함께 체포된 사람들이었다. 사진 속 엄마는 여름용 긴 원피스 차림으로 한 아름 꽃을 안고 있었다.

내 눈에는 엄마가 이상한 사람처럼 보이지 않았다. 엄마는 아름다운 히피 같았다. 얼굴 가득 꽃을 그려 넣고 길게 늘어뜨린 머리를 꽃으로 장식한 모습이었다. 지난해 엄마가 동네 공원에서 기획한 여름 캠프 때의 사진이었다. 전혀 정치적이거나 심각해 보이지 않았다. 게다가 위험한 사람과는 거리가 멀어 보였다. 정말 다행이다. 엄마 사진 옆에서 밝게 웃고 있는 분은 연세가 많은 메리 수녀님이었다. 그다음 사진은 우리 집에서 나도 만난 적이 있는 버나드 아저씨였다. 자신이 사용한 컵을 늘 씻어 놓아서, 내가 좋아하는 아저씨였다.

아빠한테 물었다.

"다 집으로 돌려보낸대요?"

아빠는 나를 향해 미소를 지어 보였다. 걱정하지 마라는 의미 같았다. 하지만 아빠는 여전히 아저씨와 통화 중이었다.

"제 생각에는 더 오래 걸릴 것 같지 않은데요. 그리고 혹시 다른 신문에도 기사가 났습니까?"

전화기 너머로 아저씨의 목소리가 언뜻언뜻 들리기는 했지만 알아들을 수는 없었다.

"흠, 그러니까, 수녀님께 초점이 가는 걸 기대하는 거군요. 워낙 연세도 많고 명망도 높으시다는 점이 유리할 겁니다. 다 좋습니다.

예, 그러죠."

아빠는 전화기를 내게 넘기고 주방으로 들어갔다. 스탠이 기대감에 부풀어 그 뒤를 따랐다.

조니 아저씨가 말했다.

"여보세요, 올리비아? 잘 지내지?"

"엄마는요? 엄마는 괜찮아요?"

조니 아저씨의 목소리는 지쳐 있었다.

"괜찮으셔. 오늘 아침에 법정에 서긴 했지만. 제일 좋은 일은 엄마가 오늘 안에 보석으로 풀려나는 거야. 올리비아, 엄마가 너한테 굉장히 미안해하고 있단다. 널 힘들게 해서 미안하대."

"전 잘 있어요. 솔직히 말하면, 되게 좋아요. 아니 제 말뜻은요, 엄마가 감옥에 있는 건 싫지만, 지금 상황은 이해한다는 뜻이에요. 그리고 아빠랑 함께 있어서 좋아요. 잘 있다고 엄마한테 전해 주세요. 또, 엄마를 아주 많이 사랑한다고요. 얼른 만나고 싶다고요. 그게 어쩌면 내일이 될지도 모르잖아요."

그런데 문득 린디스판 섬에 좀 더 머무르고 싶다는 생각이 들었다. 무엇보다 이곳이 아주 좋았고, 엄마를 다시 만나기 전까지 생각을 정리할 필요가 있었다. 엄마의 행동을 어떻게 받아들일지도 결정해야 했다. 그리고 에이든의 일도…… 어느 편에 설지 확실히 해야 했다. 에이든을 편들지 않은 게 이미 다른 아이들의 편을 든 것이나 마찬가지라고 해도. 그게 내가 의도한 바든, 아니든.

조니 아저씨는 놀라면서도 기쁜 것 같았다.

"올리비아, 의젓하게 있어 줘서 고맙다. 엄마하고 다른 분들이 풀려나는 대로 소식 전할게."

전화를 끊자 아빠가 거실로 돌아오며 물었다.

"저기, 올리비아, 그럼 여기 있는 게 괜찮다는 거지? 미안, 엿들 으려던 건 아니었는데…… 올리비아, 네가 그렇다니 정말 기뻐. 네가 있어서 아빠도 얼마나 좋은지 모르겠다."

"아빠, 진심이에요. 저도 여기 있는 게 좋아요."

아빠는 정말로 행복해 보였다.

우리는 다시 주방으로 갔다. 나는 토스터에 식빵을 넣고, 아빠는 주전자에 찻물을 받았다. 둘 다 말이 없었지만 불편하지 않았다. 그때 갑자기 잊고 있던 일이 떠올랐다.

"아빠, 제가 성에서 만난 아이 있잖아요. 윌리엄. 근데 그 애가 전쟁에 나가겠대요."

버터 바른 토스트를 식탁으로 가져오며 내가 말했다. 스탠이 내 발치에 와서 엎드렸다.

"윌리엄은 자기한테 선택권이 없는 줄 알아요. 꼭 가야 한대요. 싫든 좋든 상관없이. 만 18세부터 41세까지의 남자는 전쟁에 나 가는 게 의무라고 자기도 열여덟 살이 되면 꼭 가야 한다고 믿고 있어요. 게다가 아빠도 전선으로 가야 하고요. 아니죠?"

"그럼, 아니지."

아빠한테 확답을 받고 나니 마음이 좀 놓였다.

아빠는 뜨거운 차가 담긴 머그컵을 내 앞에 내려놓았다.

"그런데 그것참 이상하네. 어디서 그런 소릴 들었지? 영국이 다시 징병제로 돌아가야 한다고 주장하는 일부 정치인이 있긴 해. 만 17세부터 21세까지의 남성이 18개월 동안 의무 복무하게 하자고. 그렇지만 징병제는 1960년대 초에 이미 끝났어."

"저도 얘기했어요. 사실이 아니라고."

아빠는 생각에 잠긴 얼굴로 고개를 끄덕였다.

"터무니없는 소문은 늘 돌지. 자극적인 제목을 뽑아야 사람들이 클릭도 하고 신문도 사 볼 테니까. 윌리엄을 만나면 걱정하지 말라고 얘기해 주렴. 아니다. 나중에 아빠가 직접 말해 주는 게 좋을지도 모르겠다."

우리는 안위크에 있는 바터북스에 가서 아빠가 주문한 책을 가져오기로 했다. 나는 출발 전에 스탠이 마실 물을 준비해 주고 강아지 간식용 공에 사료를 숨겨 두었다.

바터북스는 이제까지 가 본 서점 가운데 가장 환상적인 곳이었다. 빅토리아시대의 철도 역사를 개조한 이곳은 천장이 아주 높고 곳곳에 유리창이 있었다. 역 대합실과 집기들이 잘 보존되어 있어 예전 모습을 구경하는 재미가 쏠쏠했다. 서점 안으로 들어가면 책장 위에 설치된 장난감 철도를 따라 지그마한 모형 열차가 쉬지 않고 빙빙 돌았다. 철로가 놓여 있던 내부는 굉장히 넓어서 소파와 벽난로, 책장들이 가득했다. 그 사이사이에는 먹고 마시면서 쉴 수 있는 자리들이 있어 책 한 권 읽지 않고 구경만 할 수도 있었다. 이곳에서 몇 날 며칠, 아니 몇 달, 몇 년은 충분히 보낼 수 있을 것 같았다. 서점 안은 책을 교환하거나 사러 온 사람들로 붐볐다. 혼자 온 사람도 더러 있고 여럿이 함께 온 사람들도 있었다. 모두 하나같이 부지런히 책장을 넘기거나 책장 사이를 누볐다. 찾던 책을 발견하고 서로에게 말없이 가리키는가 하면, 그렇게 찾은 책을 횡재라도 한 듯 가슴에 꼭 끌어안고 계산대로 걸어갔다.

아빠는 얼굴이 아주 환해졌다. 먼지 쌓인 책들로 가득한 상자가 아빠에게는 보물 상자나 마찬가지였다. 계산대에 있던 부인의 말에 따르면 얼마 전 경매에서 사들인 물건 중에 1900년대 초의 잡지와 사진들이 있어서 아빠가 먼저 살펴볼 수 있도록 빼둔 것이었다.

"정말 최고네요!"

아빠는 감탄을 금치 못하며 상자를 통째로 사 버렸다.

나는 소설 몇 권과 〈청춘의 증언〉이라는 영화 디브이디를 골랐다. 원작 소설이 아주 훌륭해서 언젠가 영화로도 보고 싶다던 할머니의 말씀이 떠올랐기 때문이다. 아빠도 내가 고른 영화를 보고는 집에 가서 같이 보자고 했다. 동명의 원작 소설이 굉장히 유명한 작품이며 배경이 제일차세계대전이라고 것도 알려 주었다. 내가 고른 소설과 디브이디는 아빠가 계산해서 내 용돈으로는 엄마, 할머니, 할아버지의 선물을 사기로 했다. 조만간 집으로 돌아갈 테니 지금이 아니면 마땅한 기회가 또 없을 것 같았다. 서점에서는 책과 함께 포스터, 엽서 등도 팔았는데 액자를 구입해 넣을 요량으로 엽서 몇 장을 골랐다.

갑작스레 비가 쏟아지기 시작했다. 따뜻한 서점 카페에서 점심을 먹는데 발치 쪽에 내려놓은 상자를 간절한 눈빛으로 내려다보던 아빠가 말했다.

"올리비아, 좀 더 일찍 집에 가면 네 기분이 많이 안 좋을까? 안위크 성은 전부터 보여 주고 싶긴 했는데. 〈해리포터〉 촬영지인 데다가 정원을 굉장히 잘 가꿔 놨거든. 정말 보여 주고 싶었는데…… 지금은 비까지 너무 많이 오는 데다가 또……."

나는 빙그레 웃으며 대답했다.

"아빠, 괜찮아요. 아빠야말로 그 상자 속 책들을 얼른 보셔야 할 거 같아요. 저도 그렇고요."

"정말이니?"

아빠는 몹시 안도하는 표정이었다. 우리는 서둘러 점심 식사를 마쳤다.

"네. 스탠도 기다릴 거고요. 안위크 성이랑 정원은 다음에 가요. 저도 가 보고 싶어요. 아니면 이번 여름에 또 오죠, 뭐."

그때 아빠의 휴대폰이 울렸다.

"여보세요, 조니 씨? 예? 뭐라고요?"

나는 속이 매슥거리기 시작했다. 아빠가 심각한 표정으로 물었다.

"그럼 이제 대체 어떻게 되는 겁니까?"

20

◇◇◇◇

"아빠, 무슨 일이에요?"

아빠는 휴대폰과 메모지, 펜을 도로 넣은 후 나를 바라보았다.

"법원이 보석 신청을 기각했다는구나. 보석금을 얼마를 내든 엄마를 풀어 주지 않겠다는 거야."

놀랍기도 했지만 한편으로는 화가 났다.

"이유가 뭔데요? 엄마는 위험인물이 아니잖아요. 보석 기각은 그런 사람들한테만 해당하는 거랬어요. 철조망에 작은 구멍 하나 내는 건 전혀 위험한 일이 아니라고요."

"올리비아, 아빠도 알아. 그런데 안타깝지만 미심쩍은 일일수록 위험하다고 생각하는 사람들이 있어. 정부 일에 반대하는 행위가 적을 돕는다고 생각하는 사람들도 있고. 그런데 엄밀한 의미에서 엄마의 경우 그런 이유는 아니라고 봐야지. 엄마는 단순히 미심쩍은 일을 한 게 아니라 군의 재산을 파손했으니까. 아빠가 보기에는 보석이 기각된 이유는 다른 문제 같아. 엄마 일행이 다시는 그런 행동을 하지 않겠다는 서약을 거부했기 때문인 것 같아."

"네? 왜 거부해요?"

아빠는 한숨을 쉬었다.

"너도 엄마를 알잖니. 재판부의 권고를 받아들이지 않았겠지. 법원이 엄마랑 메리 수녀님한테 다시는 군대 재산을 파손하지 않겠다는 서약을 하라고 했나 봐. 메리 수녀님은 정부가 독재 국가에 계속해서 무기를 대주는 한 양심상 그런 약속은 못 하겠다고 했대. 엄마는 물론이고 함께 체포된 다른 사람도 수녀님 말씀에 동의했다지. 아빠가 아는 엄마라면 당연히 그랬을 거야. 판사들은 그런 태도가 탐탁지 않았을 거고. 그래서 다음 재판을 기다리게 된거야. 그나마 다행인 건 다음 재판이 다음 주에 열린대."

아빠의 설명을 듣고 나자 엄마를 포함한 모두에게 화가 뻗쳤다.

도대체 왜 다들 꼬인 인생을 풀 생각이 없는 걸까? 왜 그렇게 매번 자신들의 신념을 만천하에 알려야 할까? 이미 행동으로 보여주었는데 왜 만족하지 못하는 걸까? 대체 엄마는 집으로 돌아오고 싶은 생각이 있기나 한 걸까? 딸 생각을 하긴 하는 걸까?

나는 상처받은 동시에 화가 났지만, 한편으로는 겁이 나기도 했다. 나 또한 군부대 철조망에 구멍 내는 일에는 동의할 수 없었지만, 다시는 그러지 않겠다고 약속할 수 없는 엄마 또한 지긋지긋했다. 그리고 판사가 실제로 그런 일로 사람을 감옥에 보낼 수 있다고 생각한다는 점에서 겁이 났다. 엄마와 그 일행이 저지른 일에 비하면 터무니없이 무거운 처벌 같았다. 그분들이 말하고 싶었던 것은 철조망에 구멍을 내는 행위 자체에 있던 게 아니었는데, 판사의 눈에는 그런 것들이 전혀 안 보였을까? 사람들이 한번쯤 다른 생각을 하게 만들고, 우리 주변에서 실제로 벌어지고 있는 일들에 대해 다시 한 번 생각해보게끔 하는 게 뭐가 그리 위험하다는 걸까? 엄마가 말하고 싶었던 것은 단지 그뿐이었다. 어쨌든 철조망을 훼손한 것은 잘못된 행동이었지만, 엄마가 누군가를 해친 것도 아니잖은가. 우리 엄마는 폭탄을 던지는 사람이 아니다.

집으로 돌아가는 길에 최악의 날씨를 만났다. 세찬 빗줄기가 쏟아질 듯 내렸다. 운전석 앞 유리창은 와이퍼가 지나가기 무섭게 다시 빗줄기로 뒤덮였다. 와이퍼 소리 때문에 대화를 할 수 없을 지경이었지만, 아빠나 나나 대화할 기분은 아니었다. 내게 아무 걱정하지 말라고 했지만, 아빠는 분명 걱정하는 얼굴을 하고 있었다. 내가 앉은 조수석 앞창도 쏟아지는 빗줄기에 가려 아무것도 보이지 않았다. 와이퍼가 좌우로 움직이며 생긴 아치형 틈새로 홀리아일랜드 표지판이 가까스로 보였다. 내가 몸을 내밀면 차가 좀 더 빨리 가기라도 할 것처럼 어느새 나는 앞으로 바짝 당겨 앉아 있었다. 가까스로 빠져나온 우리 차가 둑길로 들어서자 길 양쪽으로 사나운 파도가 넘실거렸다. 머리 위 회색 하늘 위로 용감하다고 해야 할지, 바보 같다고 해야 할지 모를 바닷새들이 보였다. 새들은 바람에 맞서 고군분투하고 있었다. 이제 곧 견고한 집 안에서 무사히 있을 수 있다고 생각하니 기뻤다. 아빠가 빌린 집에는 잠시 거주하는 사람들을 위한 안내서가 있었다. 그 책에 따르면 그 집은 18세기 군인들의 주둔지로 쓰였다. 나는 상상이 갔다. 아빠와 나 역시 자연이 인간을 상대로 벌인 전쟁 속에서 안전한 피난처를 찾아가야 하는 상황 같았다.

무사히 집에 도착한 우리를 보고 스탠이 감격해 날뛰었고, 나는 그런 스탠을 꼭 안아 주었다. 마음이 놓였다.

스탠에게 속삭였다.

"엄마가 감옥에 일주일 더 있게 됐어. 그래서 방학이 끝날 때까지 난 여기 있을 거야. 엄마 때문에 슬프기도 하지만 화가 나기도 해. 그럼에도 불구하고 이곳에 좀 더 있게 되어서 기쁘기도 하고. 어쨌거나 지금은 나만의 공간이 필요한 때거든. 생각해야 할 게 많단다."

그러자 스탠은 배를 쓰다듬어 달라는 듯 바닥에 벌렁 드러누워 버렸다. 매정한 녀석 같으니라고. 아니면 '네가 할 수 있는 일은 없잖아. 그냥 현재를 살아.' 그런 의미인가. 그것도 아니면 난 모르겠으니 그저 배나 긁어 달란 것일지도 모른다. 아무든 뭐가 됐든, 진실이 무엇이든 스탠이 내 옆에 있어 다행이었다.

아빠가 찻물을 주전자에 받으며 말했다.

"조니 씨가 엄마한테 편지 보낼 주소 알려 주더라. 오늘 보내면 금요일까지는 도착할 거야. 엄마가 운이 없었어. 냉정한 판사를 만나다니. 다시는 그런 행동을 하지 않겠다는 서약을 하라니, 그 얘기만 안 들었어도 좋았을 텐데."

"약속을 왜 못 해요? 그냥 다시는 안 하겠다고 하면 될걸요. 엄마는 너무 생각이 없어요."

내 말에 아빠가 대답했다.

"냉정하게 말하면, 네 말이 백퍼센트 진실은 아니야. 엄마와 동료들은 자신들의 행동이 잘못되었다고 말하는 것 자체가 거짓이라고 생각했을 거야. 하지 말아야 했다고 말하면서 속으로는 다른 생각을 하는 거니까. 그리고 지금 그 결과를 감당하는 거고."

나는 못되게 대꾸했다.

"그 결과를 감당하고 있는 건 우리죠."

"올리비아, 린디스판 섬에서 아빠와 함께 지내는 게 감옥에 갇혀 있는 거랑 같다는 뜻은 아니겠지?"

아빠가 부드러운 목소리로 말했다. 나는 좀 부끄러웠다.

"말했듯이 엄마가 운이 없었어. 다른 판사였다면 다른 방식으로 처리했을 텐데."

나는 내키지 않았지만 대답했다.

"그건 별로 공정하지 않은 것 같아요. 판사가 누구인가에 따라 결과가 달라지면 안 되는 거잖아요."

아빠가 말했다.

"역사 속에서 많은 사람이 그렇게 말했지."

"그래도 저는 엄마 때문에 여전히 짜증이 나요."

"올리비아. 우리 둘 다 엄마가 때로는 굉장히…… 완고하다는 걸 알잖니. 그렇지만 엄마만 약속을 안 한 게 아니잖아. 다른 사람들도 그런 약속은 하지 않았어. 넌 정말 엄마가 혼자 침묵을 지키면서 다른 사람들에게 모든 책임을 떠넘기길 바라는 거야?"

나는 고개를 저었다. 그리고 아빠의 말에 마음이 불편해졌다. 한마디도 하지 않고 모든 비난이 에이든에게 쏟아지도록 내버려두었던 내 모습이 떠올랐다. 물론 지금과는 조금 다른 상황이었고, 에이든을 위해 나서는 사람이 왜 꼭 나여야만 했을까 싶지만. 에이든과 나는 생각부터 다른 사람이다.

찌푸린 내 표정을 보고 아빠가 말했다.

"올리비아, 조니 아저씨가 그러는데 엄마가 지금 굉장히 속상해하신다는구나. 겁나기도 하고 한편으론 네가 이런 일을 겪게 해서 죄책감을 많이 느끼신대. 아빠 생각에도 이번 방학에 엄마가 일처리를 잘한 건 아니지만, 아빠도 처음에는 엄마 때문에 짜증이 나긴 했지만 말이다. 아빠는, 네가 엄마를 용서하려고 노력해야 한다고 생각해. 진심으로. 그리고 지금 엄마에게 필요한 건 관심과 애정이야. 아빠는 엄마한테 편지를 쓸 거야. 아무것도 걱정하지 말라고, 너랑 내가 여기서 굉장히 사이좋게 잘 지내고 있다고 할 거야. 그럼 엄마 마음이 좀 더 편해질 거야. 너도 편지 쓸래?"

나는 고개를 끄덕였다. 밖에는 아직도 비가 내리고 있었다. 윌리엄도 약속을 지키기는 어려울 것 같았다. 그림을 그리러 나가는 대신 집에서 엄마한테 편지를 쓰는 게 나을 것 같았다. 엄마 일을 생각하면 여전히 짜증이 났지만, 그래도 엄마가 상심한 채 풀죽어 있는 모습은 상상하기 싫었다. 아빠는 내게 린디스판 성 기념엽서와 우표를 넘겨주었다. 나는 쓸 말이 없다는 게 너무 티 나지 않도록 최대한 글씨를 큼지막하게 썼다. 엄마가 한 일 때문에 아직 화가 풀리지 않았다는 얘기는 조금 못된 것 같기는 했지만 그래도 화가 나지 않았다고 쓸 수는 없었다. 윌리엄에 이어 아빠와 대화하고 난 뒤로 내가 생각보다 엄마를 더 많이 이해하고 있다는 사실을 깨닫기는 했지만.

엄마,

제 걱정은 하지 마세요. 잘 지내고 있으니까요. 엄마가 빨리 풀려나면 좋겠어요. 그리고 엄마가 왜 그랬는지 생각해 보고 있어요. 하지만 여전히 카뎃 문제는 엄마 생각에 동의할 수 없어요. 엄마가 시위하면서 군부대 철조망에 구멍을 낸 일도 솔직히 저는 잘 모르겠어요. 그냥 다시는 안 하겠다고 약속했으면 좋았을 것 같고요. 그래도, 엄마가 왜 그러는지 조금은 알 것 같아요. 그리고 보석 신청이 기각되어서 굉장히 속상해요.

사랑해요.

올리비아 드림

엽서 주소란에 아빠가 알려 준 감옥 주소를 썼다. 감옥 주소 앞에 엄마 이름을 쓰다니, 기분이 아주 묘했다. 게다가 죄수 번호까지. 엄마가 더는 내가 아는 사람이 아닌 것 같았다. 끔찍했다. 내가 아는 바로는 엄마가 감옥에 있는 친구는 아무도 없었다.

편지를 다 쓴 아빠는 봉투 겉면에 우표를 붙였다.

"제가 나가서 편지 부치고 올게요. 우편물 수거해 가기 전에요."

"글쎄, 우체국이 아직 안 끝났을 수도 있고. 잘 모르겠는데."

"그럼, 우체통에 넣어야겠네요. 스탠 산책도 시키고요."

"그래, 비 맞지 않게 조심하고. 다녀오면 아빠가 핫 초콜릿 만들어 줄게. 책 상자 같이 열어 보자. 그리고 이따 밤에는 낮에 사 온 디브이디 같이 볼까?"

밖으로 나온 스탠은 언제나 그렇듯이 아주 신이 났다. 비는 아랑곳하지 않았다. 나는 쏟아지는 비를 피해 실눈을 하고 고개를 푹 숙인 채 근처 우체통으로 향했다. 스탠이 옆에서 종종걸음으로 따라왔다. 우체통에 엽서와 편지를 넣으면서 문득 엽서를 좀 더 길게 썼더라면 좋았을걸 하고 후회했다.

좀 더 다정하게 썼으면 좋았을걸.

나는 우체통에 대고 속삭였다.

"엄마, 다 잘될 거예요. 사랑해요."

◇ ◇ ◇

뺨에 따뜻한 기운이 느껴져 고개를 들어 보니 비 갠 하늘이 파랬다. 눈부신 파란색이었다. 비를 뿌리던 먹구름이 온데간데없이 사라지고 어느새 땅도 말라 있었다. 뭔가 굉장히 이상한 일이 벌어지고 있는 느낌이 들었다.

"스탠, 뭔가 잘못된 거지?"

스탠은 그저 컹컹 짖으며 꼬리를 살랑살랑 흔들어댔다.

집까지 걸어가도 얼마 안 걸리는 거리였지만, 왠지 그만큼 걸어가도 집이 나오지 않을 것 같았다. 나는 스탠이 이끄는 대로, 말 그대로 날아가듯 걸어갔다. 한산한 길 위를 전에 봤던 엑스트라 배우 몇 명이 걸어가는 중이었다. 하늘을 가리키며 어리둥절한 표정을 짓는 사람은 아무도 없었다. 어디선가 새들의 울음소리가 들려왔다. 정원 문을 열고 스탠과 함께 집 안으로 뛰어 들어갔다.

◇ ◇ ◇

"빨리 왔네."

아빠가 말했다

"사실 바로 되돌아왔어도 놀라지 않았을 거야. 돌아오길 잘 했어. 와서 젖은 재킷이나 벗으렴. 핫 초콜릿 한 잔 만들어 줄게."

"밖에 비 안 와요."

아빠가 너털웃음을 터뜨렸다.

"올리비아! 그건 아닐 텐데!"

아빠는 창문 밖을 가리켰다. 세찬 바람에 실려 온 빗방울이 창문을 때리고 있었다. 빗소리가 거셌다. 쏟아지는 빗줄기에 가려진 창문 너머 하늘은 아침 내내 그랬듯 짙은 회색빛이었다. 정원 길도

흠뻑 젖어 있었다.

부르르, 젖은 몸이 떨렸다. 아빠 말이 맞았다. 내가 입은 재킷은 젖어 있었다. 스탠도 젖어 있었다. 주방 안은 비 맞은 개에게서 나는 냄새가 진동을 했다. 바깥에서 비가 퍼붓는 중이었다. 왜 나는 파란 하늘을 봤다고 생각했을까? 길은 왜 다 말라 있었던 거지?

아빠가 물었다.

"올리비아, 괜찮니? 얼굴이 너무 창백한걸. 올라가서 좀 누울래?"

나는 가만히 고개를 끄덕였다. 말로 설명할 수 없는 기묘한 느낌이었다.

아빠가 가져다 준 핫 초콜릿과 버터를 잔뜩 발라 구운 티케이크 (건조 과일을 넣어 작고 동그랗게 만든 빵으로 영국에서는 주로 차에 곁들여 먹는다.)를 먹고 나서 잠이 들었다. 한참 후 잠에서 깨어나 마음까지 따뜻하게 해 주는 냄새를 맡았다. 아빠가 스튜를 끓이고 있었다. 아래층으로 내려가자 주방은 푸근한 허브 향으로 가득했다. 창문을 때리는 빗줄기는 여전했다.

서짐에서 가져온 상자가 열려 있었다. 탁자 위에 노랗게 빛바랜 종이와 오래된 책들이 널려 있었다.

"미안! 도저히 못 참겠더라. 먼저 열어 버렸어! 그나저나 아주 잘 자던데, 바로 저녁 먹을 수 있겠어? 저녁은 식판에 담아서 먹을까? 아까 사 온 디브이디 보면서? 비 때문에 옴짝달싹 못 하게 돼서."

우리는 거실에 자리 잡고 앉아 영화를 보았다. 여주인공은 남동생과 약혼자가 모두 제일차세계대전에 징집되는 아픔을 맛본다. 그리고 영화 마지막에는 주인공도 간호사가 되어 전쟁터로 떠나는, 가슴이 미어질 만큼 슬픈 이야기였다. 군인들이 다치고 죽는 것도 슬펐고, 또 그 가족과 친구들이 마음 아파하는 것도 너무 슬펐다. 영화를 보고 나니 그런 일이 누군가에게 진짜로 벌어진 일이라는 게 새삼 와 닿았다. 사람들은 어렸다. 양쪽 진영 모두 사람들이 있었고, 그들 각자에게는 가족을 사랑하는 사람들이 있었다. 그 시대에 산다는 건 정말로 끔찍했을 것 같다.

영화가 끝나고 아빠한테 말했다.

"아빠, 우리가 저때 안 살아서 다행이에요. 아빠가 전쟁에 안 나가도 되고요."

아빠가 대답했다.

"나도 다행이라고 생각한다."

우리는 접시를 들고 주방으로 돌아왔다. 아빠는 식기세척기에 접시를 넣었고 나도 옆에서 도왔다.

"그럼, 아까 가져온 상자에 뭐가 있는지 구경할래?"

아빠가 자신의 보물 상자를 나와 공유하고 싶어 하다니, 기분이 좋았다. 아빠는 누렇게 바랜 신문을 가리켰다. 2실링짜리 〈더 웨스턴 프론트〉라는 신문이었다.

"이게 아빠한테는 진짜 물건이야. 에드워드 허드슨이 발행한 신문이거든. 그 왜, 린디스판 성 소유주 말이야."

나는 신문을 집어 들었다. 지면마다 제일차세계대전을 그린 삽화가 가득 실려 있었다. 무어헤드 본이라는 사람이 그린 그림이었다.

"그럼 전쟁터에 화가도 보냈던 거예요?"

"그렇지. 아주 중요했어. 지금으로 보면 종군 사진작가인 셈이지. 전쟁의 참상을 보여 주고, 그걸 본 사람들이 적을 향해 더 분노하고 함께 싸우기를 갈망하게 하는 거지."

내가 물었다.

"그림을 보고 사람들이 평화주의자가 되고 싶어하지는 않았어요?"

"그런 경우도 있었겠지. 그렇지만 이런 종류의 간행물 이미지는 대개 신중하게 고른 게 실렸거든. 사람들의 감정을 자극해서 전쟁을 지지하도록. 그만큼 이미지에는 강력한 힘이 있어. 이 시기를 배경으로 참호의 참상이 드러나도록 그림을 그릴 수도 있었겠지. 시그프리드 서순이나 윌프레드 오웬의 시처럼 전쟁을 미화하지 않은 시들도 있고. 그렇지만 군인들의 고충은 대중에게 잘 각인되지 못했어. 적군의 악의 아니면 시민들을 지키기 위한 참전의 중요성 같은 것들만 강조됐거든."

삽화는 모두 흥미로웠지만, 갑자기 견딜 수 없이 힘들어졌다. 머릿속이 전쟁과 슬픔으로 가득했다. 내가 바꿀 수 있는 일은 아무것도 없었다. 하지만 〈청춘의 증언〉에서 본 베라 브리튼이나 엄마, 그리고 에이든 같은 사람들은 나처럼 생각하지 않을 것이다. 바꿀 수 있다고 말할 것이다. 그들에게는 확신이 있었다. 왜 내게는 없을까?

나는 아빠한테 말했다.

"전 자러 가야 할 것 같아요. 안녕히 주무세요. 저녁 맛있게 먹었어요."

"그래."

전단지에 반쯤 정신이 팔려 있던 아빠가 하던 일을 멈추고 나를 안아 주었다.

내가 말했다.

"오늘 재미있었어요, 아빠. 고마워요. 엄마 일은 그렇게 됐지만요."

아빠가 대답했다.

"동감이야. 그리고 올리비아, 알지? 걱정스러운 일인 건 맞지만, 다 잘될 거야. 잘 자라."

하지만 그날 밤, 무척 지쳐 있던 나는 아늑하고 포근한 침대 위에 누워 있었지만 좀처럼 잠들 수가 없었다. 학교에서의 일과 감옥에서 힘들어하고 있을 엄마와 엄마의 동료들 얼굴이 떠올랐다.

감옥에 갇힌 느낌은 어떤 느낌일까? 다음 주 재판은 어떻게 될까? 사람들은 뭐라고 할까? 학교에 가면 친구들 반응은 어떨까?

갑자기 무기력한 기분이 들었다. 내가 할 수 있는 일도, 아무 방법도 없었다. 엄마 일은 물론이고 학교에서 에이든을 둘러싸고 벌어지는 일들까지. 하지만 만약 그에 대한 해결책이 있었다고 해도, 그걸 행동으로 옮길 용기가 내게 있었을까?

21

◇◇◇◇◇

에이든 부모님의 청원을 빌미로 싸움이 벌어진 다음 날이었다. 미술 시간에 초상화를 마무리하는 날이었다. 에이든은 거의 말이 없었다. 나는 무슨 말이든 하고 싶었지만 뭐라고 해야 할지 몰랐다. 내가 엄마를 따라 시위에 나가지 않은 것을 정당화할 필요는 없었다. 설령 에이든이 부모님을 따라 시위에 참석했다 해도. 그렇지만 한편으로는 시위에 나가지 않은 이유를 설명하고 싶기도 했다. 엄마와 함께 살면서 나만의 생각과 감정을 기지기가 얼마나 힘든지 털어놓고 싶었다. 나는 무언가에 휩쓸리기 너무 쉬운 나이였고 정말로 내가 생각하고 느끼는 바가 무엇인지 고민하고 정리할 시간과 공간이 필요했다.

왜 사람들은 어느 편인지 확실히 정하기를 바라는 걸까? 자신과 생각이 다른 사람을 왜 그렇게 비열하게 대하는 걸까? 침묵하고 고민하면서 양편의 생각을 모두 이해하려는 게 뭐가 그리 문제일까?

그리고 무엇보다 에이든이 나와 말하고 싶지 않은 것 같았다. 내 쪽은 거의 쳐다보지도 않았다. 그림 그릴 때만 흘깃 보는 정도였다. 말을 걸거나 장난을 치기 위해서가 아니라 내가 초상화 모델이기 때문이었다. 더는 친구 사이가 될 수 없었다. 나는 그 사실이 슬펐지만 에이든에게 내 마음을 설명하기는 너무 어려웠다.

그날은 암벽 등반이 없는 날이어서 최소한 체육 시간에는 에이든과 짝할 필요가 없었다. 육상 종목을 하는 날이었다. 나는 달리기를 택했다. 혼자 할 수 있어 다행이었다. 트랙을 돌면서 엄마한테 할 말을 정리했다. 내 인생을 좌지우지하는 것도, 이래라저래라 하는 것도 그만하라고 말할 생각이었다. 카뎃 가입의 결정권은 엄마가 아니라 내게 있다, 나 스스로 결정하도록 내게 맡겨야 하고, 엄마의 생각을 강요할 수는 없다고.

마음을 정하고 나니 홀가분했다. 창던지기를 선택한 리야에게 가서 잠깐 얘기하고 싶었다.

리야가 창을 주우러 가며 말했다.

"올리비아, 에이든이 괜찮을지 모르겠어. 아까 복도에서 타일러하고 해리가 닭(영어로 닭은 겁쟁이를 의미한다.) 울음소리 내는 거 봤어? 일부러 들으라고 하는 거야. 내 생각에는 셉이 애들을 부추기는 것 같아."

"최악이야. 셉은 진짜 재수 없어. 싸움을 붙이고 문제 일으키는 걸 즐기는 거야. 하지만 그렇다고 해도 우리가 뭘 할 수 있겠어?"

"에이든 혼자만 그렇게 생각하는 게 아니라는 걸 보여 주면 돼. 그럼 셉도 꼬리를 내릴 거야. 못 이길 싸움은 좋아하지 않으니까. 셉은 그냥 누군가를 괴롭히는 거야. 우리 생각을 분명하게 밝혀야 해."

나는 한숨을 쉬었다. 왜 결국은 되돌아가는 걸까?

리야가 나를 쳐다봤다.

"그런데, 너희 엄마는 네가 카뎃에 가입해도 괜찮다고 하셔? 안 그러실 거라고 생각했는데."

왜 언제나 엄마의 의견이 내 의견이 되는 걸까? 아니면 할아버지의 의견이 내 의견이 되거나.

내가 대답했다.

"응, 전혀 괜찮지 않으셔. 그래서 속임수를 썼어."

리야가 물었다.

"어떻게?"

"보호자 허락이 있어야 하는 거 알지? 엄마한테는 학교에 카뎃이 들어온다는 얘기는 하지노 않있어."

"올리비아! 그럼 엄마는 전혀 모르시는 거야? 엄청 화내실 텐데. 양귀비 일로 화내신 거 생각해 봐!"

"벌써 학교 홈페이지 보고 다 아셨어. 진짜로 화나셨고."

"그런데 교장 선생님은 왜 네가 카뎃에 들어갔다고 하신 거지?

너희 엄마는 절대로 허락 안 하실 텐데."

"할아버지한테 부탁했어. 할아버지가 사인해서 냈거든. 엄마가 그것도 아셨고."

리야는 고개를 저었다.

"올리비아! 오늘 밤 부디 무사하기를."

그 뒤로는 별일 없이 하루가 지났다. 그런데 수업을 마치고 집에 가기 위해 리야와 함께 사물함으로 걸어가고 있을 때였다. 어디선가 고함 소리가 들렸다. 복도에 아이들이 몰려 있었다.

리야가 아이들 뒤편에 서 있는 클로에와 놀라에게 물었다.

"무슨 일이야?"

놀라가 대답했다.

"에이든이 셉이랑 싸우고 있어!"

우리는 아이들 사이를 비집고 들어갔다. 복도 바닥이 온통 하얀색 깃털투성이였다. 베갯속이라도 터졌나 싶었는데 분명 베개 싸움은 아니었다. 에이든과 셉은 서로에게 주먹질을 하고 있었다. 이미 승부는 에이든 쪽으로 기운 듯했다. 셉은 시뻘건 얼굴로 숨을 헐떡이고 있었고, 에이든은 그보다 훨씬 상태가 좋아 보였다. 하지만 에이든은 이제껏 본 적이 없을 만큼 화난 얼굴을 하고 있었다. 무서웠다. 이 아이가 내가 알던 그 정중하고 쾌활한 에이든이라니. 그랬던 에이든이 싸움을 하다니, 뭔가 아주 많이 잘못되어 간다는 뜻이었다.

그때 교실에서 개빈 선생님이 나왔다.

"거기 너희들! 뭐하는 거지? 당장 떨어져!"

두 사람은 서로에게서 떨어져 뒤로 물러섰다. 선생님이 아이들 사이를 비집고 들어왔다. 그리고 그 틈을 이용해 셉이 비겁하게 에이든을 한 대 치려고 했다.

"이게 다 무슨 난리야? 뭐하는 거지?"

"선생님, 둘이 싸웠어요."

조가 약간 들뜬 목소리로 일렀다.

선생님이 먼저 물어봤으면서 이렇게 대답했다.

"선생님도 눈이 있어. 누가 먼저 시작했지?"

이번에는 타일러가 나섰다.

"에이든이요. 사물함을 열었는데 하얀 깃털이 쏟아지니까 셉을 보더니 먼저 쳤어요."

선생님은 에이든을 보며 물었다.

"사실이니?"

에이든은 고개를 끄덕이며 코밑을 훔쳤다. 코피가 흐르고 있었다. 이럴 때 에이든에게 건네줄 티슈를 갖고 있다면 얼마나 좋을까 생각했다. 솔직히 말하면 당장이라도 에이든을 데리고 학교를 나오고 싶었다. 모든 게 점점 더 나쁘게 흘러가고 있었다. 에이든의 표정은 이제 분노를 넘어 절망에 가까웠다. 그런 에이든이 정말로 안타까웠다.

"전 아무 짓도 안 했어요."

셉이 말했다. 셉도 코피를 흘리고 있었다.

아비쉑이 나섰다.

"선생님, 그렇지 않아요. 셉이 에이든을 하루 종일 따라다니면서 부모님을 겁쟁이라고 했어요. 복도에서도 그랬고, 축구 할 때는 에이든한테 계속 반칙을 하면서 시비를 걸었고요."

선생님은 말을 끊었다.

"이 깃털들은 다 뭐지? 아니, 굳이 말할 것 없어. 너희 둘 다 보기 싫으니까. 무슨 일인지는 잘 모르겠지만, 폭력으로는 절대로 문제를 해결할 수 없어. 그리고 특히 에이든 브룩클레스비, 너한테 좀 놀랐다. 둘 다 따라와, 교장 선생님께 가자."

선생님은 두 사람을 데리고 가다가 뒤돌아서 타일러와 아비쉑에게 말했다.

"너희 둘은 빗자루 가져다가 이 난장판 좀 정리하고."

구경하던 아이들이 하나씩 흩어지고 타일러는 슬그머니 자리를 떠났다. 나는 리야와 클로에, 놀라와 함께 개러스, 아비쉑과 남았다. 복도는 온통 하얀 깃털 천지였다.

클로에가 비품 창고로 가며 말했다.

"내가 가서 빗자루하고 쓰레받기 가져올게."

아비쉑이 깃털을 빤히 쳐다보며 말했다.

"무슨 생각으로 깃털을 넣어 놨는지 모르겠어."

개러스가 말했다.

"이건 불공평해. 타일러 자식, 아비쉑한테 다 맡기고 가버렸잖아. 그리고 에이든의 사물함에 깃털을 넣은 사람은 셉의 사촌 누나야. 자기 사물함이 안 열리는 척하면서 경비실에서 마스터키를 받아 왔어. 아까 클로에한테 그렇게 말하는 걸 들었어. 복도에서 기다리고 있다가 에이든이 사물함을 여니까 씩 웃더라. 개빈 선생님이 나오니까 곧바로 사라졌고."

우리는 돌아서서 클로에를 봤다. 클로에는 복도 맞은편에서 돌아오고 있었다.

놀라가 물었다.

"에이든 사물함에 깃털 넣은 게 셉의 사촌 누나라는 거 진짜야?"

클로에는 곤란한 표정을 지었다.

"아, 응. 난 그냥 장난인 줄 알았어."

개러스가 말했다.

"그것참 이상한 장난이네."

개러스는 허리를 굽혀 바닥에 떨어져 있던 종이쪽지를 주워 들었다. '비겁자와 비겁자 집안의 아들'이라고 쓰여 있었다.

개러스가 말했다.

"에이든이 뭔가를 읽더니 돌아서서 셉을 쳤어. 이게 그건가 봐."

내가 물었다.

"그럼 이 쪽지도 셉의 사촌 누나가 넣은 걸까?"

"모르지."

클로에는 모른다고 했지만 별로 믿기지 않았다.

아비쉭이 말했다.

"에이든이 누굴 때리는 건 처음 봐."

개러스가 말했다.

"시원한 한 방이었지."

놀라가 말했다.

"엄청 속상했을 거야. 그리고 개빈 선생님이 에이든을 콕 집어 말하다니 너무 했어. 에이든이 셉을 때린 게, 셉이 에이든을 때린 것보다 더 나쁘다는 것 같잖아."

클로에가 대꾸했다.

"뭐, 사실 그렇지. 셉이 먼저 때린 게 아니잖아. 그리고 에이든은 퀘이커교도니까 싸움 같은 건 아예 시작도 하지 말았어야지. 게다가 에이든네 부모님이 그 말도 안 되는 인터넷 청원을 시작하는 바람에 우리가 카뎃에 들어가지 못하는 거잖아. 그러니까 에이든도 똑같이 나쁜 거야."

리야가 말했다.

"클로에, 말도 안 되는 소리야."

클로에가 소리를 질렀다.

"나한테 그런 식으로 말하지 마! 그렇게 가르치려 드는 것도 그만둬! 내가 아는 건 에이든 브룩클레스비가 위선자라는 거야. 먼저 싸움을 걸고, 장난을 장난으로 받아들이질 못해."

리야가 대꾸했다.

"무슨 장난? 저 기분 나쁜 쪽지가 장난처럼 보여?"

클로에가 대답했다.

"쪽지는 난 모르겠어. 내가 보기에는, 그냥 사물함에 깃털이 있었고, 셉하고 걔 사촌 누나가 장난 좀 친 것뿐이야. 에이든 브룩클레스비는 자기가 되게 잘난 줄 알아. 걔가 셉을 때린 게 굉장히 악의적이었다고 생각해. 셉이 코피를 흘렸잖아."

"에이든도 마찬가지야."

내가 말했다. 화가 치밀어 올랐다.

"뭐? 올리비아, 넌 에이든한테 화를 내야 정상 아니니? 걔네 부모님이 너랑 너희 할아버지를 두고 하는 말이나 카뎃 반대 청원하는 거나 다 지독한 일 같아. 놀라, 게다가 군대 간 너희 오빠는 전사하기까지 했잖아. 넌 에이든네 부모님이 군대를 그런 식으로 나쁘게 말해도 괜찮아?"

리야가 대꾸했다.

"무슨 잠꼬대 같은 소릴 하고 있어! 학교에 카뎃이 들어오는 걸 반대하는 거랑 군대를 비난하는 건 전혀 다른 얘기야! 계속 그렇게 개인적인 일을 끌어들이지 마!"

"넌 나한테 너무 못되게 굴어."

클로에는 얼굴이 새빨개져서 금방이라도 울 것 같았다. 리야의 말은 틀리지 않았지만, 나는 클로에가 속상해하는 것도 보기 싫었다. 더 어떻게 해야 할지 알 수 없었다.

"나, 갈래."

잠시 뒤에 클로에는 정말 가 버렸다.

"쟤, 괜찮은지 가 보는 게 좋을 것 같아."

놀라가 클로에를 쫓아 달려갔다.

"치우는 거 도와줘서 고마워."

아비쉑이 나와 리야에게 말했다. 그리고 개러스와 함께 빗자루와 쓰레받기를 챙겨 자리를 떠났다.

리야는 두 사람이 흘리고 간 하얀색 깃털을 주웠다.

"깃털에 우리가 모르는 다른 의미가 있는 것 같아."

◇ ◇ ◇

그때 리야가 한 말이 맞았다. 윌리엄에게 하얀 깃털 이야기를 들은 덕분에 알게 되었다.

나는 그 싸움이 정말 싫었다. 어떤 아이들은 재미있고 신나는 일이라고 생각하는 것 같았지만, 나는 아니었다. 내가 가장 무섭다고 생각한 건, 생각이 다른 사람들이 서로를 얼마나 해치고 싶어 하는지 내 눈으로 똑똑히 확인했다는 점이다. 심지어 에이든까지 그렇게 될 수 있다니, 에이든이 그렇게까지 분노하는 모습은 처음이었다. 늘 침착하고, 선량하고, 친절하던 에이든이 온 힘을 다해 주먹을 날렸다. 물론 에이든에게는 화낼 권리조차 없다는 말이 아니다. 그저 에이든이 싸움을 잘한다는 사실이 충격적이었다. 에이든은 셉을 상대로 이기고 있었다. 에이든이 누군가를 다치게 하고 싶어 한다고는 생각해 보지 않았기에 누군가를 실제로 다치게 할 거라는 생각도 전혀 해 본 적이 없었다. 에이든의 그런 모습이 낯

설었다. 내가 봐 온 에이든이 아니었다. 학교 분위기가 그 정도로 나쁘게 치닫고 있다는 점 또한 최악이었다.

그리고 그날 저녁 집에서도 최악의 일이 벌어졌다.

"엄마를 감쪽같이 속이다니!"

엄마가 말했다.

"이런 일을 벌이다니 학교도 제정신이 아니야. 엄마가 생각하는 교육은 아이들이 질문을 던지도록 도와주는 거야. 그런데 학교에 카뎃 과정이 들어오면 어떻게 되겠니? 객관적으로 군사적 행동이 옳은 것일까, 아이들에게 묻는 일이 처음부터 불가능할 거야."

더는 듣고 있을 수 없었다.

"학교랑 우리 집이 뭐가 그렇게 다른데요? 엄마가 우리 집에 평화주의를 들여온 다음부터 저는 그게 좋은지 나쁜지 제 스스로 판단하는 게 불가능하잖아요! 하지만 저한테 카뎃에 강제로 가입하라고 떠미는 사람은 아무도 없다고요!"

엄마는 늘 그렇듯 다른 관점을, 그러니까 내 관점을 받아들이지 않았다.

"그럼 에이든 같은 아이들은 학교에서 어떻게 되는데? 카뎃에 가입하지 않겠다는 아이들은? 올리비아, 만약 네가 카뎃에 가입하고 싶지 않다고 하면 네 친구들이 어떻게 나올까? 이 지역 아이들은 당연히 카뎃에 가입하고 싶겠지. 이곳 사람들은 군대를 사랑하니까. 주민 대부분이 어떻게든 군대와 관련되어 있잖니. 바로 그게 동료 집단이 주는 압력이야. 엄마가 걱정하는 건 에이든처럼 카넷 가입을 거부하는 아이가 친구들 사이에서 분명히 이단아가 될 거라는 점이야. 게다가 엄마는 학교에 그런 단체가 있는 건 절대 반대야. 엄마는 에이든 부모님이 시작한 청원을 전적으로 지지하고 있어. 교장 선생님께 네 사진을 사적인 용도로 사용하지 말라고 말씀드릴 거야. 네가 카뎃에 들어가는 거 취소한다고 말씀드릴 거고."

내가 외쳤다.

"엄만 그럴 수 없어요!"

"그럴 수 있어 올리비아, 미안하지만 넌 카뎃에 안 들어가."

"아뇨, 전 분명히 들어가요. 그리고 엄마랑 같이 살아서 그런 거라면, 이 집을 나갈 거예요. 할아버지랑 살 거예요."

◇ ◇ ◇

학교에서 일어난 소동과 집에 와서 엄마와 벌인 말싸움, 무엇보다 감옥에 있는 엄마에 대한 짜증과 염려가 겹치자 기분이 한없이 가라앉았다. 잠이 오지 않았다. 책장에서 책을 꺼내 읽기 시작했다. 효과가 있었다. 《거울 나라의 앨리스》라는 소설이었다. 나는 '재버워키'가 나오는 대목에서 윌리엄을 떠올렸다. 최소한 윌리엄은 여전히 내 친구였다. 윌리엄을 만난 날이 떠올랐다. 바다, 바닷새, 윌리엄을 그리던 게 기억났다. 그리고 어느 순간 잠이 들었다.

나를 깨운 건 스탠이었다. 아래층에서 짖어대고 있었다. 휴대폰을 보니 새벽 세 시였다. 아빠의 방문이 열리는 소리를 기다렸지만 문은 열리지 않았다. 할머니는 늘 아빠가 잠귀가 어둡다고 했다.

아래층으로 내려갔더니 잔뜩 흥분한 스탠이 밖으로 나가자는 듯 현관문을 마구 긁어대고 있었다.

나는 스탠을 타일렀다.

"스탠, 나 못 가. 봐, 잠옷 차림이잖아. 어서 네 자리로 돌아가."

그렇지만 스탠은 문 앞에서 계속 뛰기만 했다.

"알았어, 알았어. 그럼 마당에 가서 오줌이라도 누고 와."

스탠을 달래면서 문을 열었는데, 채 말릴 새도 없이 스탠이 뛰어나가 버렸다. 고개를 들어보니 대문이 열려 있었다. 순식간에 벌어진 일이었다.

"스탠! 돌아와!"

말이 끝나기 무섭게 나는 벽에 걸린 현관 열쇠와 스탠의 목줄을 낚아챘다. 이어서 아빠의 레인코트를 걸치고 재빠르게 장화를 신은 다음 빗줄기가 쏟아지는 어둠 속으로 달려 나갔다.

큰길을 달리던 스탠은 갑자기 방향을 왼쪽으로 꺾었다. 성으로 가는 길이었다. 행여 스탠을 놓칠세라 나도 정신없이 뒤따라갔다. 얼마나 달렸을까. 드디어 스탠이 한곳에 멈춰 섰디. 스탠을 소리쳐 불렀다.

"스탠! 이리 와! 착하지! 이리 와!"

스탠이 꼬리를 흔들며 다가왔다. 컹컹 짖어댔다. 내가 목줄을 잡으려고 하자 다시 몸을 돌려 달아나더니 이번에는 바닷가로 달리던 도중 어둠 속으로 사라져 버렸다.

　고요하고 캄캄한 밤이었다. 칠흑같이 캄캄했다. 스탠이 대체 뭘 하는 걸까? 길에는 가로등도 하나 보이지 않았다. 손전등 생각이 간절했다. 길을 따라 뛰면서도 어디로 가고 있는지 알 수 없었다. 바닷소리가 들리고 얼굴 위로 차가운 빗방울이 느껴졌다. 캄캄한 벽 속으로 뛰어드는 느낌이었다.

　"스탠!"

◇　◇　◇

　그리고 갑자기 눈앞이 환해졌다. 나는 캄캄한 어둠을 그대로 통과한 듯 밝은 빛 한가운데에 서 있었다.

22

◇◇◇◇◇

하늘은 파랗고 태양은 눈부셨다. 따뜻했다. 정말 따뜻했다. 나는 아빠의 레인코트를 벗어 옆구리에 끼웠다. 잠옷 하나만 걸치기에도 부담스러운 날이었다.

'아, 이건 꿈이구나.'

어깨에 가방을 둘러멘 윌리엄이 보였다. 성으로 올라가는 중이었는데 점점 멀어지고 있었다. 스탠이 먼저 윌리엄을 따라잡았다. 윌리엄도 스탠을 발견하고 털을 쓰다듬어 주다가 잠시 후 뒤돌아서 내게로 다가왔다.

윌리엄이 빙그레 웃으며 인사를 건넸다.

"올리비아! 옷이 정말 예술인걸!"

나중에 윌리엄을 만나면 꿈 얘기를 해 줘야겠다고 마음먹었다.

자신이 얼마나 웃긴 얘기를 했는지도.

윌리엄은 이야기를 이어 갔다.

"바다를 그리러 나왔어. 성으로 막 돌아가던 참이었고. 같이 갈래?"

"좋아."

나는 윌리엄이 내미는 박하사탕을 받아 입속에 넣었다. 정말 굉장한 꿈이다. 달콤한 박하맛이 진짜 같았다.

함께 성으로 올라가는데 윌리엄이 감탄사를 내뱉었다.

"이 섬은 정말 아름다워. 이곳의 과거를 돌이켜 보면 여러 가지 생각을 하게 돼. 예전에는 바이킹도 있고 수도사도 있었지. 그분들이 바라보던 바닷새와 바다의 반짝임을 지금 내가 보고 있다고 생각하면 그렇게 근사할 수가 없어."

"나도 이곳에 있다는 수도원에 가 보고 싶었어."

"거기 유령이 산다던데."

"그럼 유령을 믿는 거야?"

"잘 모르겠어. 하지만 그런 사람이 많다는 건 알아."

어느새 성 앞에 도착했다. 얼마 전 총기 사고 때 달려 나왔던 교수님이 인자한 미소를 지으며 우리를 맞아 주었다. 교수님은 지난번과 똑같은 옷차림이었다. 그러고 보니 나만 잠옷 차림이었다. 꿈속이어서 참 다행이었다.

"윌리엄! 자네한테 우편물이 와 있네!"

"로지 교수님, 고맙습니다."

인사를 마친 윌리엄이 내 쪽을 돌아보며 설명해 주었다.

"지난번에 평화주의에 관한 대화를 나눴잖아. 그 뒤에 누이한테 편지를 썼거든."

교수님이 윌리엄에게 물었다.

"뭐라고? 우리가 그런 대화를 나눴던가?"

"아, 교수님, 죄송합니다. 여기, 제 친구한테 한 이야기였어요. 교수님께 소개하고 싶어서 함께 왔어요. 로지 교수님, 이쪽은 올리비아…… 아, 실례, 올리비아. 그러고 보니 여태 네 성을 모르고 있었네."

그런데 내가 뭐라고 대답하기도 전에 로지 교수님이 얼굴을 찌푸리며 물었다.

"윌리엄, 지금 자네 누구하고 얘기하나?"

윌리엄이 나를 가리켰다.

"누구라뇨, 올리비아죠."

"그렇지만 윌리엄. 이곳에는 우리 말고는 아무도 없는데."

놀란 내가 황급히 끼어들었다.

"저 여기 있거든요!"

아무리 꿈이라지만 묻한 건 못 참는다. 잠옷 차림이긴 해도 내가 분명히 함께 있는데 말이다. 어쨌든 내 꿈속인데.

윌리엄이 설명했다.

"교수님, 올리비아는 지금 여기 있습니다. 제 곁에요."

"유감이지만, 윌리엄. 지금 우리 옆에는 아무도 없네."

윌리엄이 내게 물었다.

"너 지금 여기 있는 거지? 그렇지?"

그러더니 손을 뻗어 내 손을 잡았다. 윌리엄의 손이 뜨겁다. 이 꿈속에서 윌리엄은 나만큼이나 진짜다.

"그럼, 당연하지. 나 여기 있어. 뭐가 어떻게 된 건지 모르겠어."

"윌리엄, 들어가세. 자넨 오랫동안 아팠어. 루티엔스 부인을 모셔 오라고 해야겠군. 네시! 도라!"

전에 만났던 여자아이 둘이 달려 나왔다.

"가서 루티엔스 부인 좀 모셔와야겠다! 얼른! 이쪽으로 모셔와 다오!"

교수님이 윌리엄의 어깨를 감싸며 안으로 이끌었다. 나와 스탠도 그 뒤를 따랐다.

"윌리엄이 아픈가요?"

교수님은 내 말을 못 들은 척하고 윌리엄을 향해 말했다.

"윌리엄, 개는 데리고 들어갈 수 없을 걸세."

내가 말했다.

"스탠만 두고 가긴 싫어."

윌리엄이 내 뜻을 전했다.

"올리비아가 스탠만 두고 갈 수는 없다고 합니다."

"올리비아가 스탠만 두고 갈 수는 없다고 한다고? 그래, 그럼 스탠도 들어가야지."

그러면서도 여전히 내게는 말을 걸지 않았다.

윌리엄에게 물었다.

"윌리엄, 지금 뭐가 어떻게 돌아가는 거야?"

"나도 모르겠어. 이해가 안 돼."

교수님이 나섰다.

"쉿, 윌리엄. 아무 걱정하지 말게."

우리는 성안으로 들어갔다. 색감이 조금 진할 뿐 풍향계의 그림은 꿈속에서도 그대로였다. 하지만 다른 부분은 현실과 많이 달랐다. 입구쪽 안내 데스크와 엽서를 팔던 공간이 없어졌고, 실내에는 진득한 스튜 냄새가 가득했다. 왼쪽에서 팬에 담긴 소스가 요란하게 끓어 넘치는 소리가 들려왔다. 주방에서 누군가 분주하게 움직이며 요리하는 모습이 보였다. 또, 누가 첼로를 연주하는지 어디선가 소리만 들렸다. 어느 모로 보나 관광지가 아닌 사람 사는 곳이었다.

잠시 후 바삐 뛰어오는 발소리가 들렸다. 네시와 도라였다. 아이들의 뒤를 따라오는 어떤 부인이 보였다. 긴 드레스 차림이었는데 프릴 달린 블라우스가 인상적이었다. 위로 틀어 올린 머리까지 전반적인 스타일이 일전에 교회에서 봤던 엑스트라 배우들과 매우 비슷했다.

부인이 말했다.

"윌리엄, 이리 와서 앉아 봐라. 꼬맹이들이 그러는데 몸이 안 좋다고."

"고맙습니다만 제 몸은 괜찮습니다. 그냥 모두에게 새로 사귄 친구 올리비아를 소개해 주려고 같이 온 것뿐이죠."

윌리엄이 말하는 동안 우리는 식당으로 안내를 받았다. 이미 식사 준비가 끝난 식탁이 눈에 들어왔다.

도라가 못마땅한 말투로 말했다.

"아, 또 올리비아래! 윌리엄은 있지도 않은 여자애랑 얘기하는 척한대요."

내가 말했다.

"너무 무례하잖아!"

결국 교수님이 나섰다.

"쉬잇. 나는 윌리엄이 진실을 말하고 있다고 생각합니다."

부인이 묻는다.

"진심…… 이세요?"

"네, 그렇습니다. 범상치 않은 일이죠. 영혼과 의사소통을 하려면 꼭 필요한 조건이 아무것도 충족되지 않았음에도 불구하고 지금 윌리엄은 올리비아라 불리는 어떤 영혼과 소통하는 것 같습니다."

윌리엄에게 물었다.

"지금 로지 교수님이 무슨 말씀하시는 거야?"

하지만 교수님은 아랑곳하지 않고 말을 이어 갔다.

"제 생각에는 이 개가 아주 중요한 것 같습니다. 어떤 매개체 역할을 하는 게 아닐까 싶어요. 윌리엄 말로는 이 개가 어떤 영혼과 함께 있다고 합니다."

"무슨 말씀이세요? 전 영혼이 아니라고요!"

꿈이 점점 무서워지고 있다. 나는 잠에서 깨기 위해 뺨을 꼬집었다.

"아얏!"

내 쪽으로 고개를 돌린 윌리엄 말고는 아무도 내 소리에 개의치 않았다.

교수님이 말했다.

"그 영혼에게 이 유리잔을 옮겨 보라고 하게."

나는 유리컵을 하나 들어 옆에다 내려놓았다.

모두가 헉하고 놀라움을 금치 못했다. 특히 네시와 도라는 비명을 질렀다. 도대체 무엇 때문에 이렇게까지 호들갑을 떠는지 모를 일이었다.

부인이 아이들에게 말했다.

"애들아, 너희는 방에 가 있으렴. 무서워할 건 하나도 없단다."

네시와 도라가 식당 문을 박차고 나갔다.

나는 그 모습을 보고 윌리엄에게 물었다.

"왜들 이래? 난 이런 거 싫어."

"나도 모르겠어. 성말 이해를 못 하겠이."

윌리엄은 갈피를 잡지 못하는 표정으로 식탁에 앉아 있었다. 그리고 나, 로지 교수님, 루티엔스 부인을 차례로 쳐다보았다.

교수님이 말했다.

"어렵지 않은 얘기야. 이 올리비아라는 영혼은 사후 세계에서 돌아온 걸세. 천공의 에테르를 통과해 자네와 이야기를 나누는 거야."

윌리엄이 나를 보고 물었다.

"올리비아, 그런 거 아니지? 너 사후 세계에서 온 거 아니지?"

나는 방금 꼬집은 뺨을 문지르며 대답했다.

"당연히 아니지! 난 천공의 에테르라는 게 무슨 소리인지도 전혀 몰라. 난 살아 있어. 아까 박하사탕도 받아서 먹었잖아. 네 옆에 앉아서 그림도 그렸고. 그럼 그건 다 뭐야?"

윌리엄이 다른 사람들에게 설명했다.

"올리비아는 우리와 마찬가지로 살아 있어요. 우리처럼 먹고 마시고 그림을 그린다고요."

그러자 교수님이 흥분한 목소리로 물었다.

"그 영혼이 먹고 마신다고 했나? 예를 들면 어떤 것을?"

"글쎄. 난 점심도 먹고 박하사탕도 먹고 아이스크림도 먹고, 아주 평범한 음식들을 먹는걸요. 교수님은 뭘 알고 싶으신 거죠?"

교수님은 여전히 윌리엄만 쳐다보며 대답을 기다렸다. 내 말이 정말로 안 들리든지 아니면 정말 무례한 성격이든지 아무튼 둘 중 하나인 게 분명했다.

윌리엄이 대신 대답했다.

"올리비아가 그냥 평범한 음식을 먹는다고 하는데요. 점심, 박하사탕, 아이스크림."

"음, 평범한 음식이라!"

교수님은 이제 거의 눈물을 흘릴 지경이었다.

"내 사실일 줄 알았지!"

교수님이 웃기 시작했고 어느새 눈에는 눈물이 가득 고였다.

"레이먼드도 자기가 좋아하는 음식을 먹고 있는 거야. 좋아하는 음료수를 마시고…… 내 아들이 시가를 태우고, 위스키를 마시는 거야."

교수님은 손수건을 꺼내 코를 풀더니 계속해서 질문을 이어 갔다.

"그리고 말해 보게. 거기 나무가 있나? 올리비아의 세상에도 집이 있고 꽃이 피는 건가? 우리 세상처럼?"

"당연하죠!"

이런 농담을 듣고 있자니 갈수록 거북해졌다.

"올리비아가 '당연하죠.'라고 말하는데요."

"그렇다면…… 혹시 레이먼드를 만났을까? 내가 직접 물어볼까? 아님 자네가 물어봐 주겠나?"

"혹시 레이먼드라는 사람 만난 적 있어?"

윌리엄은 반신반의하는 기색이었다.

"레이먼드? 아니. 죽은 사람 얘기하는 것 같은데. 맞아?"

윌리엄이 대답했다.

"응. 1915년에 전사했어. 작년에."

속이 매슥거리고 토할 것 같았다. 원래 꿈은 이상한 거라지만 뭔가 단단히 잘못된 것 같았다.

"그렇지만…… 올해는 1916년이 아니잖아."

"아니라니? 지금 1916년 7월이잖아."

교수님이 끼어들었다.

"올리비아가 뭐라고 하나? 혹시 내가 아들하고 이야기를 나눠 볼 수 있을까?"

모든 게 너무 이상했다. 내게 질문을 던지지만 나를 보지 못하는 사람들. 죽은 사람과의 대화. 지금이 1916년이라는 윌리엄.

만약 이게 꿈이라면 점점 악몽으로 변하고 있다. 어떻게 해야 잠에서 깨어날 수 있을까?

"나, 가야겠어. 윌리엄, 이 사람들 좀 무서워. 나중에 봐. 스탠, 가자."

나는 돌아서서 걷기 시작했다.

"올리비아가 레이먼드는 만난 적이 없고 지금 가야겠답니다. 그렇지만 다시 올 겁니다."

뒤에서 윌리엄의 목소리가 들렸다.

"훌륭해. 다음에는 준비를 잘하고 기다려야겠어."

루티엔스 부인이었다.

나는 아빠의 레인코트를 집어 들고 달렸다. 꿈속이라지만 자갈로 포장된 이 길은 내가 신은 장화와 어울리지 않았다. 스탠은 내 앞에서 달리고 있었다. 우리는 금세 성을 내려가 큰길로 접어들었다.

"올리비아, 잠에서 깨! 잠에서 깨어나라고!"

나는 눈물이 날 때까지 뺨을 꼬집으며 외쳤다.

어쩌다 깨어날 수도 없는 꿈에 갇힌 걸까?

배들이 정박해 있는 해안가에 닿을 즈음 앞서 달리던 스탠이 갑자기 보이지 않았다.

"스탠!"

나는 스탠을 불렀다. 그리고 스탠이 나를 끌어당긴다고 느낀 순간 갑자기 주위가 깜깜해졌다.

23

◇◇◇◇◇

나는 비가 쏟아지는 캄캄한 길 한가운데에 서 있었다. 바로 옆에서 스탠이 숨을 헐떡거렸다. 젖은 몸이 떨리기 시작했다. 보통은 꿈에서 이런 식으로 깨어나지 않는다. 차가운 길가에서 오들오들 떨면서가 아닌 따뜻한 침대에서 눈을 뜬다. 괜히 눈물이 났다. 나는 있는 힘껏 집을 향해 달리기 시작했다.

떨리는 손으로 열쇠를 꺼내 현관문을 열었다. 스탠과 함께 집 안으로 들어서며 아빠를 찾았다.

"아빠! 아빠! 아빠! 도와주세요!"

방문 열리는 소리가 들리고 까치집 머리를 한 잠옷 차림의 아빠가 아래층으로 뛰어내려왔다.

"올리비아! 왜 그러니?"

"모르겠어요. 무슨 일이 일어난 건지 모르겠어요. 침대에 누워 있었어요. 꿈을 꾸는 줄 알았는데 어느 순간 정신이 들어 보니 제가 길 위에 서 있었어요. 스탠이랑 같이요. 깜깜한 데서요."

아빠는 나를 꽉 안아 주었다.

"그건 몽유병 때문이야. 아빠도 심하게 스트레스를 받으면 그랬어. 네가 엄마 걱정을 너무 많이 해서 그래. 우선 젖은 옷부터 갈아입자. 침대에 가서 언 몸 좀 녹이고."

나는 티셔츠와 레깅스로 갈아입고 침대에 누웠다. 차갑게 식은 몸이 계속 떨렸다. 아빠가 따뜻한 우유를 가져다주었다.

"며칠 사이 힘든 일이 너무 많았어. 내일은 늦게까지 누워 있는 게 좋겠다. 푹 좀 쉴 수 있게."

나는 고개를 끄덕였다. 좋은 생각 같았다. 머릿속이 너무 뒤죽박죽이어서 뭐가 어떻게 돼 가는지 혼란스럽기만 했다. 나는 따뜻한 우유 한 잔을 비운 후 머리를 베개에 깊이 파묻은 채 그대로 잠이 들었다.

◇ ◇ ◇

아빠가 방문을 노크하는 소리에 잠에서 깼다.

"들어오세요!"

눈을 떴다. 지난밤 꿈은 마치 어제 일처럼 진짜 생생했다. 쉽게 잊힌 다른 꿈과 달리 머릿속에서 떠나지 않았다. 하지만 나는 그

꿈이 빨리 떠나기를 바랐다.

　쟁반을 든 아빠가 침대 머리맡에 앉았다. 쟁반에는 반숙 달걀과 달걀노른자에 찍어 먹을 수 있게 길게 자른 토스트가 머그잔과 함께 놓여 있었다. 내가 마실 잔에는 '평정심을 유지하고 하던 바를 계속하라.'(1939년 제이차세계대전 당시 영국 정부가 만든 세 개의 슬로건 가운데 하나.)는 문구가 쓰여 있었다. 아빠 잔에 쓰인 문구는 '쇼핑하라, 지쳐 쓰러질 때까지.'였다. 아빠에게 어울리는 문구는 아니었다. 물론 바터북스에 갈 때를 제외하고.

　나는 토스트 한 쪽을 집어서 달걀노른자를 찍었다.

　아빠가 물었다.

　"일어날래? 아님 좀 더 자도 좋고."

　"일어날래요."

　또다시 어지러운 생각들과 홀로 남겨지기는 싫었다. 어젯밤 꿈을 떠올리고 싶지도 않았고, 다시 잠들어 또 꿈을 꾸게 될까 봐 두려웠다.

　무엇보다도 성에 가서 윌리엄을 찾아봐야 했다. 현실 세상에서 윌리엄을 만나야 했다. 그래야 몽유병 상태에서 꾼 꿈이 머릿속에서 사라질 것 같았다. 윌리엄을 만나 꿈 얘기를 하는 것도 방법이겠지만 아직 그렇게까지 친숙한 사이가 아닌 만큼 윌리엄의 입장에서는 자신이 등장한 꿈 이야기가 조금 당황스러울 것 같았다.

　꿈에 왜 하필이면 에이든이나 엄마가 아닌 윌리엄이 나왔는지 나 또한 의아하긴 했다. 어쩌면 나 스스로에게 휴식을 주려는 것일 수도 있었다. 내 마음 깊은 곳에서부터 집과 관련된 꿈을 꺼렸는지도 모른다. 깨어 있는 매 순간 생각하기 때문이다.

나는 방에서 나가는 아빠를 지켜보았다. 무엇이든 상의하라고 한 아빠의 말은 진심이었겠지만, 아빠는 이미 너무 많은 걱정거리를 떠안고 있다. 설상가상 몽유병 때문에 한밤중에 돌아다니는 딸까지 생겼으니 말이다. 학교에서 있었던 지긋지긋한 일들은 그냥 내 마음속에만 담아 두는 게 나을 것 같았다.

◇ ◇ ◇

학교에서는 깃털 때문에 큰 싸움이 벌어지고, 집에 와서는 엄마와 크게 다툰 다음이었다. 상황은 빠른 속도로 나빠졌다. 나는 방에 가서 대충 짐을 챙긴 다음 현관으로 나갔다.

"나, 다시 사제관에 가서 살 거예요! 할머니, 할아버지한테 갈 거라고요!"

"마음대로 해!"

"다신 이 집에 안 돌아와!"

나는 크게 소리를 지른 다음 현관문을 쾅 닫고 나왔다. 한 시간 뒤에 할머니는 사제관 초인종을 누른 나를 보고 무척 놀라면서도 반가워하셨다. 그리고 평소처럼 꼭 안아 주셨다.

"우리 올리비아가 왔구나. 네 얼굴을 보니 너무나 반갑다마는, 이 늦은 저녁에 어떻게 여길 왔니?"

"할머니, 저 다시 여기 와서 살아도 돼요? 엄마랑 너무 안 맞아요. 더는 같이 못 살겠어요. 저는 학교 카뎃에 들어가고 싶은데 엄마는 절대로 허락 안 한대요. 집에는 매일같이 엄마 친구들이 놀러 와서 저는 숙제도 제대로 못 하고 있어요."

나는 평소 할머니가 중요하게 여기는 게 무엇인지 잘 알고 있었다. 할머니는 언제나 내 숙제부터 챙겼다.

"이거 지금 올리비아 목소리요?"

할아버지가 1층 현관으로 내려오며 말했다.

"올리비아, 들어가자. 앤드류, 올리비아가 여기서 우리하고 지내고 싶다고 하네요."

"할아버지, 엄마가 저 카뎃에 못 들어가게 해요. 그리고 허구한 날 집에 오는 엄마 친구들도 너무 싫어요. 맨날 집에서 시위만 계획하고."

약간의 과장이 섞이긴 했지만, 그런 일들이 할아버지의 심기를 불편하게 할 게 뻔했다.

그때 내가 영악하게 굴었던 것은 사실이지만, 앞으로 정상적인 학교생활을 하려면 반드시 집을 나와야 했다. 지금까지는 새 친구를 사귀어도 집에 데려오는 일은 상상할 수도 없었다. 집에 들어선 친구들이 어떤 표정을 지을지 감당할 자신이 없어서였다. 엄마가 친구들에게 말을 걸었을 때 친구들이 보일 반응은 짐작조차 할 수 없었다. 우리 엄마는 지나치게 친절하고, 지나치게 관심을 보이며, 지나치게 솔직했다. 물론 친절, 관심, 솔직함은 미덕에 가깝지만,

엄마처럼 자신의 의견을 속에 담아 두지 않는 사람의 경우에는 그렇게 쉽게 말할 일이 아니었다. 우리 집에 친구가 올 때마다 나는 설명하는 일이 점점 힘에 부쳤다. 내가 사는 곳은 엄마 집이지만, 내 관점은 달랐다. 집 분위기에 크게 영향을 받지 않았다. 솔직히 나도 내 관점을 매번 정확하게 말할 수 있는 건 아니지만 엄마와 함께 살면서 점점 더 심하게 싸우게 될 게 분명했다. 엄마는 이제까지 그랬듯 앞으로도 다른 방식으로 세상을 보지 않을 것이다. 나는 나 자신이고 싶었다. 내게 남은 방법은 엄마 집을 빠져나오는 것뿐이었다. 엄마가 더는 내 말을 듣지 않겠다면 행동으로 말해야 했다. 나는 동의하지 않는다고.

할머니가 할아버지를 향해 말했다.

"앤드류, 글쎄요. 우리 둘 다 이대로 캐즈랑 사이가 멀어지기를 바라는 건 아니잖아요."

할아버지는 마땅찮은 기색으로 흠흠 헛기침을 했다.

"내 생각에는 캐즈가 자신의 행동이 주위에 어떤 영향을 미칠지 깊이 생각하지 않는 것 같소. 우리, 특히 올리비아에게 말이오."

"앤드류!"

"할머니, 부탁이에요. 집에서는 공부를 못하겠어요. 성적도 계속 떨어지고 있어요."

새빨간 거짓말이었다.

"그리고 엄마는, 제가 여기 오고 싶다니까 저한테 마음대로 하라고 했어요."

이건 완벽한 진실이다.

할머니가 걱정스러운 표정으로 물었다.

"올리비아, 그럼 어떻게 하고 싶니?"

"여기서 할머니, 할아버지하고 살고 싶어요. 엄마 말고요."

할아버지가 말했다.

"그래, 일단 이번 주는 여기서 지내자. 할아버지가 엄마와 얘기해 보마."

"앤드류, 그건 아마 내가 말하는 게 나을 거예요. 당신도 당신이랑 캐즈가……."

그때 전화벨이 울렸다. 할아버지가 전화를 받았다.

"사제관입니다. 그래, 캐즈구나. 그래, 여기 있다. 그래, 그래, 내가 올리비아의 카뎃 가입 신청서에 서명했…… 아니, 그게 무슨 소리냐? 올리비아를 세뇌키는 사람은 너지, 내가 아니라. 뭐라고? 난누가 뭐래도 올리비아가 여기 있고 싶은 만큼 있으라고 할 거다. 올리비아한테 물어보마. 너한테 물을 게 아니라…… 난 올리비아의 의견을 존중하니까 그렇지! 올리비아는 아주 성숙한 아이야. 적어도 내 눈에는 자기 엄마보다도 훨씬 그런 것 같구나."

할아버지는 말을 마치고 수화기를 내려놓았다.

"터무니없는 소리!"

할아버지는 딱히 누구에게랄 것 없이 한마디 던지고는 서재로 들어가 문을 닫았다.

할머니는 내 얼굴을 바라보며 얼굴을 찌푸렸다.

"올리비아, 할아버지는 좀 누그러지실 때까지 그냥 두자. 할아버지하고 엄마 성격 잘 알잖니. 서로 사랑하면서 긁는 거. 네 엄마한테 전화하는 것도 좀 지나고 하자."

"제가 전화를 꼭 해야 할까요?"

할머니는 고개를 끄덕였다.

"이번 일이 일단락될 때까지 당분간 여기 있어도 좋지만, 그다음에는 집으로 돌아가야 하잖니."

문제는 일이 일단락되지 않았다는 것이다. 엄마는 내게 사제관에서 지내고 싶을 만큼 지내라고 했다. 그건 아주 교묘한 표현 방식이었다. '엄마는 네 결정을 존중하지만 네 의견에는 동의하지 않으며', '비록 마음의 상처를 입긴 했지만 훌륭한 자녀 교육서를 많이 읽었기 때문에 네게 생각할 시간을 주겠다.'는 의미였다. 물론 엄마가 읽은 자녀 교육서 내용을 내게 직접 이야기한 적은 없었지만, 엄마의 침대 옆 협탁 위에 놓인 책 몇 권을 본 적이 있었다. 엄마는 정치 책만 읽는 게 아니었다. 엄마가 언짢은 상황에서도 최선을 다하고 있는 건 알고 있지만, 동시에 엄마가 내게 아무런 부담도 주지 않았다고 진심으로 생각하는 것 같아서 나는 그런 점이 너무 싫었다.

결국 나는 사제관에서 기약 없이 지내게 되었다. 바라던 바였지만 생각만큼 기분이 좋지는 않았다. 엄마는 내가 엄마를 속였다는 사실에 무척 화가 났을 뿐만 아니라 마음에 상처를 입었다. 그 사실을 안 이상 나도 유쾌할 수는 없었다. 엄마를 속인 건 이번이

처음이고 여태껏 내게는 제대로 된 선택권이 주어지지 않았다는 생각에는 변함이 없었지만, 왠지 모르게 슬펐다. 그리고 화가 났다. 카뎃에 정말로 가입할 수 있을지도 미지수였다. 그나마 새 학기가 시작되어야 카뎃도 시작하니까 우선은 그대로 두는 게 최선 같았다.

할머니는 평소 내가 사제관에 있을 때만큼 즐거워 보이지 않았다. 할머니가 나 때문에 걱정스러운 표정을 짓거나 한숨 쉬는 모습이 여러 번 눈에 띄었다. 사제관은 엄마 집보다 훨씬 널찍했고, 원래 내 방이었던 넓은 방에 돌아온 것도 좋았지만, 할머니, 할아버지 두 분은 전보다 훨씬 바빠 보였다.

나는 조금 외로웠다. 그래서 주중이나 주말에 놀라를 초대하고 싶었는데 할머니는 단번에 거절했다.

"올리비아, 이번 주는 안 되겠다. 조금 힘들구나."

평소에 할머니는 절대로 그렇게 말하지 않는다.

결국 그 주에 나는 열심히 공부만 했다. 딱히 할 일이 없었기 때문이다. 주말에는 시내로 나가 클로에와 놀라를 만나 함께 쇼핑을 하고 놀았다. 리야는 에이든 사건 뒤로 클로에와 거의 절교한 상태였기 때문에 나오지 않았다. 네 사람의 우정이 깨지다니 최악이었다. 남은 세 사람의 우정까지 산산조각나지 않도록 나는 그 어느 때보다 신경을 곤두세웠다.

클로에가 내게 물었다.

"그럼 이제부터는 너희 할머니, 할아버지하고 쭉 같이 사는 거야?"

"그러고 싶어. 엄마한테 질렸어."

놀라가 말했다.

"그렇지만 엄마가 속상해하지 않으실까? 올리비아, 너희 엄마는 널 정말 사랑하시잖아."

나는 어깨를 으쓱했다.

"그렇다면 정말 이상한 방식으로 날 사랑하시는 거지. 카뎃에 진짜로 들어가고 싶은 딸을 못 들어가게 막는 식으로."

클로에가 말했다.

"엄마가 너 못 들어가게 하셔? 너무하신다!"

클로에의 말에 나는 기분이 조금 나아졌다.

가끔 엄마한테 문자를 보내 볼까 싶을 때도 있었지만 무슨 말을 해야 할지 몰랐다. 엄마도 마찬가지였다. 내 안부를 묻는 문자나 전화가 전혀 없었다.

암담하기는 학교생활도 마찬가지였다. 수업 시간은 통 재미가 없었다. 미술 시간에 정물화 그리기가 새로 시작되었지만 이제 더는 에이든과 짝이 아니었다. 깃털 싸움 뒤로 에이든은 계속 결석 중이었다. 학교에는 에이든이 정학을 당했다는 소문이 돌았다. 만약 그게 진짜라면 공평하지 못한 처사였다. 셉은 계속 학교에 나오고 있었기 때문이다. 나는 암벽 등반 시간에 클로에와 짝이 되었다. 클로에는 에이든만큼 능숙하지도 않을 뿐더러 실수할 때마다 낄낄거려서 같이 하기가 불안했다. 에이든과 함께할 때는 등반에만 집중할 수 있었고, 무슨 일이 생겨도 아래서 버티고 있는 에이든이 잡아 줄 거라는 믿음이 있었다. 클로에와는 그런 신뢰가 생기지 않았다. 나는 에이든이 그리웠다. 포터 선생님이 지도하는 카뎃 시범 운영도 중단되었는데, 셉은 그게 다 청원 때문이라고 했다. 논쟁을 원치 않는 교장 선생님이 에이든 부모님의 화를 부채질하고 싶지 않아서라는 얘기였다.

클로에가 말했다.

"결국 퀘이커 가족이 이겼네. 그렇게 괴롭히다니 최악이야!"

옆에 있던 리야가 클로에의 말을 듣고 되물었다.

"청원이 어떻게 괴롭히기가 된다는 거야? 어떤 주제에 반대한다고 말하는 건 괴롭히기가 아니야. 인간의 당연한 권리지."

클로에가 말했다.

"난 테러리스트들의 폭탄에 죽지 않을 권리가 있어."

리야가 눈동자를 굴렸다.

"그 청원은 테러하고 아무 관련 없다니까. 나 참, 청원은 에이든의 부모님이 시작하신 거야. 그리고 천만 번째 말하는 것 같은데, 학교에 카뎃이 들어오는 게 옳은지 아닌지 설문을 하는 거라고."

그 순간 놀라가 말했다.

"우리 오빠도 카뎃이었어. 카뎃은 나쁜 게 아니야."

리야가 놀라에게 말했다.

"그래, 맞아. 그렇지만 어쩌면…… 너희 오빠는 운동신경도 뛰어났고 어린 나이에 카뎃에 입단했지. 그래서 당연하게 군인이 되는 길을 선택했고, 아프가니스탄에서 싸우게 됐는지도 몰라. 누군가를 죽이거나 자신이 죽을 수도 있다는 생각을 깊게 해보지 못했을 거야. 그래, 어쩌면 카뎃 때문에 자연스럽게 군인의 길을 선택했는지도 몰라. 게다가 그런 선택을 하기에는 너무 어린 나이였을 수도 있고. 어쩌면 그냥 운동신경이 뛰어난 학생으로 남아 있어야 했을지도 몰라. 군에 입대하는 문제는 좀 더 나이 들어 고민해도 되잖아. 하지만 학교 안에 카뎃이 생기고 교내 활동처럼 하게 되면 점차 군대가 우리 삶과 밀접한 관계가 있다는 생각을 안 하기가 더 힘들어질 거야."(영국은 미성년자의 경우 만 16세부터 부모 동의하에 입대할 수 있다.)

리야는 아주 조심스럽게 말했다. 놀라의 마음을 상하게 하고 싶지 않은 게 분명했지만 리야는 결국 그 말을 하고야 말았다. 에디 오빠의 장례식이 끝난 뒤에 사람들이 모인 동네 술집에서 놀라와 삼촌 부부가 눈물을 쏟던 모습을 나는 여전히 기억하고 있다. 물론 에디 오빠 자신이 군대에서 일어날 수 있는 모든 일, 누군가를 죽이거나 자신이 죽을 수도 있다는 점을 예상하고 각오한 다음 떠났다고 해도, 리야의 말은 중요한 지적이었다. 비록 그 말이 정답은 아니라고 해도 지금까지 앞에 나서서 그런 말을 한 사람은 아무도 없었기 때문이다.

놀라는 고개를 들고 리야를 빤히 쳐다보았다.

"그래, 오빠에게는 당연한 선택이었어. 우리 오빠는 군인이 되고 싶어했다고. 그 일을 사랑했으니까."

리야가 대답했다.

"그랬다면 좋은 거고. 다행이라고 생각해."

클로에가 물었다.

"그럼 이제 너도 그쪽이야? 에이든처럼 평화주의자?"

리야가 대답했다.

"모르겠어. 그렇지만 지금 일부 아이들이 에이든을 대하는 태도라든가, 청원에 대해 하는 말을 들어 보면 걱정스러워. 아주 정중하게 하지 말자는 의견을 내놨다는 이유만으로 그렇게 분노해야한다면, 그런 일을 하는 거 자체가 과연 옳은지 의문이야. 그나마교장 선생님이 일을 성급하게 처리하지 않으셔서 다행이라고 생각해. 온라인으로 에이든에게 증오 메시지가 쏟아지고 에이든 부모님 앞으로도 끔찍한 편지가 온다고 하니까. 어떤 아이들은 집까지찾아가서 페인트로 그라피티를 해 놨대. 나는 그런 것들이 싫어.그래선 안 돼."

리야는 가방을 챙겨 도서관으로 가 버렸다. 리야는 요즘 주로도서관에만 있었다.

그때 무슨 말이든 해야 했다. 요즘 에이든에게 무슨 일이 생겼냐고, 또 증오 메시지는 무슨 얘기냐고 리야에게 물어봐야 했다.그런 얘기를 꺼낸 리야가 얼마나 용감한지 말했어야 했다. 클로에와 셉에게 더 강력하게 말했어야 했다. 너희가 하는 행동은 그냥약자를 괴롭히는 것뿐이고, 너희 때문에 학교 분위기가 나빠지고있다고 말했어야 했다. 하지만 그때 나는 학교에 카뎃이 들어오기를 간절히 바라고 있었고, 무엇보다 엄마 때문에 화가 나 있는 상태여서 모른 척하고 넘겨 버리고 말았다.

그리고 목요일이 되었다. 〈가제트〉가 나오는 날이다. 엄마가 투고한 편지가 실려 있었다. 나는 그 사실을 그날 저녁에야 알았다.

할아버지가 몹시 언짢은 기색으로 말했다.

"캐즈는 도대체 무슨 소릴 하고 다니고 있는 거야!"

주방으로 들어오던 할아버지는 저녁을 준비하는 할머니 앞에서 신문을 흔들었다.

"앤드류! 좀!"

할머니는 내 눈치를 살폈다. 마침 나는 주방에서 할머니를 도와 감자를 깎던 중이었다. 할머니에게 걱정거리 말고 웃음거리를 안겨 드리고 싶어 나선 참이었다. 내가 사제관으로 돌아와 두 분과 함께 지낸다는 이유로 할머니는 약간의 죄책감을 느끼는 것 같았다. 그래서 나는 엄마한테 더 짜증이 난 상태였다.

할아버지가 말했다.

"올리비아도 알 권리가 있소. 본인한테 영향을 미치는 일이니까. 올리비아, 네 엄마가 신문에 편지를 보냈더구나. 학교 안 카뎃을 반대하는 청원을 지지하고 우리 사회에 소위 뒤틀린 군국주의가 고취되는 분위기에 항의한다고."

"아, 엄마, 제발."

말하면서 속이 매슥거렸다. 믿기지 않았다. 그 편지가 의미하는 바가 믿기지 않았다. 전교생이 우리 엄마가 평화주의 행동가라는 사실을 알게 되는 건 이제 시간 문제였다. 내가 아이들의 놀림 대상에서 벗어나는 길은 엄마 생각에 동의하지 않는다는 사실을 밝히는 것뿐이었다. 하지만 어째서인지 그러고 싶지 않았다. 나 혼자서야 얼마든지 엄마에게 대들고 화를 내고 짜증 부릴 수 있지만, 다른 사람이 상관할 일은 아니었다. 아이들한테 내쳐지기 싫어서 대놓고 엄마를 부정하고 싶지 않았다. 평화주의나 엄마에 대한 생각은 나 혼자만 알고 싶었다. 솔직히 말하면 나부터도 여전히 생각을 정리하는 중이었다. 리야 말이 맞았다. 카뎃에 들어가고 싶지만 그리 간단히 해결될 문제가 아니었다.

할아버지가 말했다.

"터무니없는 소리지. 지금 카뎃 활동을 하는 아이들 대부분은 입대를 안 한다고. 길에서 아무나 붙잡고 물어봐도 좋아. 이건 불안감을 조성하는 유언비어야. 사실을 왜곡하는 거라고. 나야말로 신문사로 편지를 보내야 할 지경이군."

할머니가 말했다.

"앤드류, 부탁이니 참아요. 아무 도움도 안 될 테니."

"루스, 유익한 토론은 필요해."

"대체 뭐가 유익하다는 건지 잘 모르겠네요. 아무리 봐도 우리 가족한테는 아니에요. 특히 올리비아한테는. 지금까지 있었던 일을 생각해 봐요. 그래, 우리 올리비아, 고맙기도 하지."

할머니는 내게서 감자를 받아 소스 팬에 넣었다.

그나마 좋았던 점은 할머니가 좀 더 세심하게 나를 챙겨 주려고 했고 평소처럼 함께 저녁 식사를 했다는 것이다. 할아버지는 약속이 있어 외출하고, 나는 집에서 할머니와 팝콘을 먹으며 코미디 프로그램을 본 후에 방에 올라가 미술 숙제를 했다.

바로 그날 밤, 할머니가 내 방 침대 맡에서 아빠 이야기를 들려주었다. 내가 태어났을 때 아빠가 얼마나 어렸고, 얼마나 나를 사랑했는지. 그리고 왜 내가 아빠와 더 많은 이야기를 나누기 위해 노력해야 하는지도.

지금은 아빠에 관해 많은 것을 알게 되었고, 또 이 모든 혼란에서 아빠가 한 발 떨어져 있었다는 사실을 오히려 감사하게 되었다. 그래서 그때 할머니의 조언이 아주 훌륭했다는 것도 알게 되었다.

24

⟡⟡⟡⟡⟡

내가 잠옷으로 갈아입고 아래층으로 내려갔을 때, 아빠는 상자에서 꺼낸 책들을 마저 정리하는 중이었다. 거실 바닥에 잡지며 누렇게 바랜 신문들이 흩어져 있었다. 신문에 난 크리켓 경기 기사 옆에 한 남자의 사진이 보였다. 너무 익숙한 얼굴이어서 머릿속 생각들이 한순간에 사라져 버렸다.

"아빠, 이 사람 누구예요?"

"올리버 로지 경. 이번에 가져온 책들 중에 로지 경이 쓴 책도 몇 권 있어."

"그렇지만……."

갑자기 속이 매슥거렸다. 로지 경의 사진은 굉장히 오래전 것이었다.

"그러니까, 이 사람이 책을 썼다고요……."

"그래. 버밍엄대학교 물리학 교수였는데, 로지 경도 이 섬을 방문했을 가능성이 커. 아빠도 그래서 관심이 있는 거고. 로지 경은 루티엔스 부인의 친구였어. 루티엔스 부인은 린디스판 성을 개축한 건축가의 부인이고. 부인도 남편 일로 여기 오래 머물렀거든."

내 심장이 쿵쾅거리기 시작했다.

"에드워드 시대에 여기 있었던 루티엔스 부인이라고요?"

아빠가 대답했다.

"그래. 루티엔스 부인은 심령술에 심취해 있었어. 심령술은 죽은 사람과 소통할 수 있다고 주장하는 이론이지. 심령술은 제일차 세계대전 시기에 크게 인기를 끌었단다. 아무래도 젊은 사람들이 너무 많이 죽어서 그런 것 같아. 여기 보면 이 책이 로지 교수가 쓴 유명한 책인데, 제목이 《레이먼드, 삶과 죽음》이야. 아들이 전사한 뒤에 쓴 거야. 죽은 사람이 우리가 사는 세상과 똑같은 세상에서 어떻게 살아가는지를 다루고 있어. 사후에도 똑같이 먹고 마시고 담배를 피우거나 맥주를 마신다는 거야. 천국에서도 술을 마신다는 얘기에 세상 사람들이 많이 놀랐지. 그것도 교수가. 아빠 개인적으로는 가슴 뭉클한 얘기라고 생각해. 로지 교수는 사랑하는 아들이 죽어서도 살아생전에 좋아했던 것들을 할 수 있기를 바랐던 거야."

사실이었다. 나는 1916년의 루티엔스 부인과 로지 교수를 만났다. 윌리엄과 함께 1916년에 있었던 것이다. 어떻게 그럴 수 있는지 모르겠지만 아무튼 꿈은 아니었다. 확인해 봐야 했다.

"혹시 1916년 린디스판 성에 윌리엄이라는 사람도 있었어요?"

"윌리엄? 글쎄다, 아, 빌리 콩그레브가 있었지. 빌리는 윌리엄의 약칭이니까. 에드워드 허드슨이 린디스판 성을 물려주고 싶어 했던 소년 말이야. 그런데 1916년에 전사했어."

"전사했다고요?"

아빠는 고개를 끄덕였다.

"1916년 7월에 솜 전투에서."

"7월이요? 7월에 전사했어요?"

"그래. 사실 아빠가 빌리의 일기장을 갖고 있어. 보고 싶다면 봐도 좋아. 빌리는 굉장히 용감한 사람이었어. 전쟁터에서 전우들이 죽어 가는 모습에 충격을 받았지만 계속해서 싸워 나갔고, 결국 최고의 영예 훈장인 빅토리아 무공훈장을 받았지. 전사하기 전까지 수도 없이 전우들을 구해 냈거든. 목숨을 걸고 다친 동료를 구한 거야."

내게 무슨 일이 일어난 거지? 내가 어떻게 과거로 갔던 거지? 어떻게 윌리엄이 죽을 수 있어?

마음이 아팠다. 책에서나 나오는 말인 줄 알았는데, 가슴이 정말로 찢어지듯 아파 왔다. 감당할 수 없을 정도였다. 나는 두 뺨 위로 흘러내리는 눈물을 느끼며 울먹이기 시작했다.

아빠가 일어나 안아 주었다.

"올리비아! 뭐가 그렇게 슬픈 거야?"

나는 떨리는 목소리로 말했다.

"너무 어렸어요. 죽기에는 너무 어렸어요."

아빠가 대답했다.

"올리비아, 착잡하겠지만 아빠 말을 들어봐. 그때는 수천, 수만 명의 군인들이 전사했는데, 그보다 더 어린 나이였단다. 영국 국민 대다수가 전쟁의 당위성을 믿었어. 열두세 살 남짓한 소년들도 참전하고 싶어 했고, 국가를 위해 싸우겠다며 나이를 속이기까지 했지."

나는 눈물을 쏟으며 말했다.

"그래요. 윌리엄도 겨우 열여덟 살이었어요."

"아니, 올리비아. 빌리 콩그레브가 전사한 건 스물다섯 살 때였어. 물론 그것도 죽기에는 너무 젊은 나이지만. 남겨진 아내는 빌리가 전사한 뒤에 딸을 낳았단다."

나는 눈물을 훔치고 아빠를 바라보았다.

"그럼 빌리 콩그레브는 1916년에 열여덟 살이 아니었어요?"

"그래. 왜 열여덟이라고 생각했니?"

"모르겠어요."

이젠 어떻게 생각해야 할지 알 수 없었다. 어떻게 해야 할 지도. 내가 만난 윌리엄은 결국 어떻게 되었을까?

아빠가 말했다.

"올리비아, 안색이 너무 안 좋은데. 얼굴이 백지장처럼 하얗다. 다시 눕지 않아도 정말 괜찮겠어? 며칠 동안 네가 감당할 일들이 너무 많았지. 미안하다. 아빠가 이곳 역사에 너무 익숙해져서 그 내용이 얼마나 참혹한지 간과했구나. 그래, 네 말이 맞아. 지독하게 슬픈 역사지. 예전에 있던 일이라고 해서 덜 슬프다고 할 수도 없고."

그 순간, 나는 아빠에게 전날 저녁 윌리엄과 성에 갔을 때의 일을 털어놓고 싶었지만 설명할 도리가 없었다. 이렇게 말할 수는 없었다.

'그런데요, 아빠, 제가 만난다는 윌리엄 있잖아요? 윌리엄이 저보다 나이가 많다고 걱정하실 필요는 없어요. 사실 유령이거든요. 그리고 1916년의 린디스판 성에 관해 알고 싶은 게 있으시면 뭐든지 저한테 물어보세요. 전 가 봤거든요.'

"괜찮아요. 그냥 바람이나 좀 쐬고 오면 괜찮아질 거예요. 아빠, 산책 좀 다녀올게요. 스탠 데리고요."

아빠가 웃으며 대답했다.

"네가 가고 나면 스탠이 굉장히 섭섭해하겠다. 나하고만 있으면 지금처럼 산책을 실컷 못 할 테니까."

아빠는 내 어깨를 다독였다.

"올리비아, 괜찮은 거 확실하지? 그럼 휴대폰 가져가고, 조금이라도 몸이 안 좋으면 바로 아빠한테 전화하렴."

"아빠, 고마워요."

나는 아빠를 꼭 안아 주었다. 지금까지 벌어진 일 가운데 단 한 가지 좋은 점이 있다면 아빠와 함께 있다는 점이다. 아빠와 함께 있으면 뭐든지 훨씬 견디기 쉬웠다. 오직 그것 하나만 좋았다.

문밖을 나서자마자 다시 눈물이 고였다. 엄청난 충격이었다. 나는 스탠을 내려다보았다.

"스탠, 네가 어떻게 하는 건진 몰라도, 자, 한 번만 더 해 봐. 날 윌리엄에게 데려다줘."

우리는 함께 길가로 나갔다. 스탠에게 끌려가는 동안 나는 시간이 바뀐 것을 알려 주는 징후를 찾아다녔다. 관광객들은 보이지 않았다. 바닷물이 들어온 것으로 보아 당일치기 관광객들은 이미 섬을 떠난 것 같았다. 그렇지만 관광객들이 없다고 해서 과거로 돌아간 것은 아니었다. 주차장에 차가 있는 것을 보면 아직까지 현재였다.

오른쪽으로 꺾어야 시내로 들어가는데 스탠은 왼쪽으로 돌았다. 성으로 가는 오르막길에 들어서는가 싶더니 다시 왼쪽으로 나를 이끌었다. 잠시 후 갈림길이 나오자 다시 오른쪽으로 이끌었고 우리는 농장을 따라 내려갔다. 가는 길에 암탉들이, 들판에는 양들이, 산울타리에는 참새들이 앉아 있었지만, 자신의 역할을 다하고 있던 스탠은 그 어떤 것에도 눈길을 주지 않았다. 모래 언덕을 넘은 우리는 해안가를 돌아 달리다시피 하면서 코브 헤이븐 절벽으로 향했다.

그곳에 윌리엄이 있었다.

"안녕."

내가 먼저 인사를 건넸다. 이제 진실을 알고 있는 상황에서 윌리엄을 다시 만나니 정말로 좋았다. 말로 설명할 수 없을 만큼 기묘한 기분이었지만, 정말 좋았다. 버겁다거나 무섭다거나 슬픔을 느끼는 게 정상인데 다시 만나 그저 기쁠 뿐이었다. 현재와 과거 사이의 틈은 어디론가 사라져 버렸지만 나는 이 소년과 다시 만날 수 있어 그저 좋았다. 우리의 시간이 어디에 있든.

"안녕."

윌리엄도 쑥스러운 듯 인사를 건넸다. 그리고 어느새 배를 드러내고 누운 스탠을 쓰다듬어 주었다.

우리는 나란히 앉아 스탠의 배를 간질였다. 한참을 그렇게 말없이 간질이기만 했다. 둘 다 무슨 말을 해야 할지 모르는 것 같았다. 먼저 침묵을 깬 사람은 윌리엄이었다.

"로지 교수님 말씀이 옳았어. 넌 유령이야. 믿기 어렵지만."

나는 부루퉁하게 대꾸했다.

"믿기가 어렵다니! 나 안 죽었어. 단지 백 년 후 즈음의 미래에서 온 것뿐이야."

윌리엄이 놀라며 고개를 설레설레 저었다. 그리고 다음 순간, 나와 윌리엄은 서로를 바라보며 웃음을 터뜨렸다. 내가 말했다.

"정말 기묘해. 그런데 또 너무 아무렇지도 않아. 이렇게 함께 있는 게."

스탠이 고개를 돌려 내 손과 윌리엄의 손을 번갈아 핥았다. 윌리엄과 나는 또 한 번 웃음을 터뜨렸다.

"이런 일은 생전 처음이야. 올리비아, 혹시 너…… 혹시 나한테
전할 이야기가 있는 거야? 로지 교수님이 그러시는데 널 다시 만
나면 꼭 물어봐야 한댔어."

"모르겠어."

우리는 가만히 스탠을 쓰다듬었다. 잠시 동안의 침묵이 흐른 뒤,
윌리엄이 다시 말을 꺼냈다. 아주 진지한 얼굴이었다.

"내 생각에는…… 어쩌면 네가 내 기도에 대한 응답일지도 모르
겠어. 네가 미래에서 왔다면 과거의 일을 알고 있겠지. 그러니까 내
미래 말이야…… 넌 내가 어떻게 되는지 알아? 결국 참전하는 거
야? 내가 누군가를 죽이거나 아니면 전사하는 거야?"

윌리엄은 겁쟁이가 아니었다. 진실을 회피하려 들지 않는다. 그
래도 이렇게 정면으로 맞서려고 하다니.

"윌리엄, 나도 잘 모르겠어. 적어도 너에 관해서는 아무것도 몰
라. 확실하게 아는 건 전쟁이 1918년에 끝난다는 거야. 굉장히 많
은 사람이 죽었고. 네가 전쟁터에서 죽게 되는지는 모르겠어. 물론
알아봐 달라면 그럴 수는 있어. 우리 아빠가 역사를 연구하거든."

윌리엄의 죽음을 아무렇지도 않게 말하고 있다니 기분이 이상
했지만, 과거이자 현재인 지금 함께 있어서 행복한 만큼 더는 마음
아프거나 하지 않았다. 파란 하늘에 구름이 흘러가고, 풀머갈매기
처럼 생긴 새 한 마리가 머리 위로 날아다녔다. 발아래 펼쳐진 수면
이 한 세기 이전의 햇살에 반짝였다. 햇살은 따사로웠다. 윌리엄은

나와 마찬가지로 살아 숨 쉬고 있다. 우리는 서로의 시간 사이에 놓인 경계를 넘었고, 지금은 그것이 미리 정해진 일처럼 느껴진다.

윌리엄이 편지를 내밀었다.

"오늘 이걸 받았어. 누이에게 편지를 썼거든. 기독교 평화주의자에 대한 내 생각도 밝히고, 내가 조국을 사랑하는 만큼 기꺼이 목숨을 바치고 싶지만 전쟁터에서 누군가의 목숨을 빼앗는 게 걱정된다고 했지. 기독교인의 신념에 반하는, 생명을 앗아가는 것보다는 전쟁 예술가로 복무를 하는 것도 생각해 보겠다고 했어. 매형이 영국 국교회의 사제시거든. 그래서 두 사람이라면 내게 적절한 충고를 해 주리라 생각한 거야."

나는 편지를 펴 봤다. 보낸 주소는 노포크 지역의 사제관이고, 편지는 사랑하는 윌리엄에게로 시작했다. 시작은 평이했지만 이어지는 내용은 놀라웠다.

사랑하는 동생아, 네게 무슨 일이 있었던 거니?

우리 가문에 수치를 안기고 싶은 거니? 부모님과 외아들을 잃은 숙부 내외분의 억장을 무너뜨리면서? 그게 네가 가문의 어른들과 네 사촌을 존중하는 방식이야?

주님을 따라 악에 대항하는 전쟁에 나서기를 거부하고, 영국의 가치가 무너지는 것을 방관하고, 적들이 우리를 퇴패할 수 있도록 한 걸음 물러나는 것, 우리에게 그런 기독교인의 신념 같은 것은 존재하지 않아. 그러니까 기독교 평화주의라는 것도 존재하지 않아.

사랑하는 윌리엄, 시드니가 지적한 대로야. 열여덟 살 소년이 신념에 관해 뭘 알겠니? 넌 너무 어려서 잘 모르는 거야. 네가 소중히 여겨야 할 건 오직 너의 의무란다. 우린 네가 그렇게 할 거라고 믿고 있어. 네 신념이 꼭 알아야 할 건 말이지, 우리 위에 계시는 하나님께 복종해야 한다는 거야.

사랑하는 동생아, 마지막으로 시드니가 한 말을 덧붙일게. 네 예술이 조국에 공헌할 수 있다는 망상에서 어서 빠져나오렴. 넌 뮤리헤드 본이 아니야. 전쟁에서 우리를 승리로 이끄는 건 붓이 아니라 총이란다.

사랑하는 누나
엘리자베스

"윌리엄, 뭐 이런 지독한 편지가 다 있어? 말도 안 돼. 평화주의는 비겁하지도 않고, 기독교의 평화주의는 분명히 존재해. 너희 누나하고 매형은 뭘 잘 모르고 계셔. 우리 엄마는 기독교인이 아니지만, 평화를 위한 신념에 따라 행동하다가 감옥에 갔어. 그리고 그런 행동이 잘못되었다고 말하기를 거부했고. 수녀님과 퀘이커교를 믿는 아저씨와 함께. 그러니까 편지에서 기독교 평화주의에 관해 말한 내용은 사실이 아니야."

왜 이렇게까지 화가 나는지 나 자신도 신기했다. 게다가 왜 엄마와 엄마의 동료들을 이렇게까지 변호하는지도.

윌리엄이 가라앉은 목소리로 물었다.

"미래에도 평화주의가 존재한다는 건 여전히 전쟁이 일어난다는 뜻이야?"

"그래. 여전히."

"그렇다면 전쟁에 나가길 거부하는 사람들이 감옥에 가는 것도 여전하고?"

"음, 영국은 이제 징병제 국가가 아니지만, 징병제가 있는 나라에서는 그렇다고 들었어. 자신의 의견을 공개적으로 밝혔다는 이유만으로 감옥에 가야 하는 나라도 있고."

다시 침묵에 잠기는 윌리엄을 보며 나는 뭔가 도와줄 방법이 없을까 골몰했다.

"있잖아, 네 이름을 다 알려 줘. 나는 윌리엄밖에 몰라. 무슨 일이 있었는지 찾아보고 나중에 말해 줄게. 어쩌면 그러라고 내가 여기에 온 걸지도 몰라."

"내 이름은 윌리엄……."

윌리엄이 입을 뗀 순간, 내 휴대폰의 벨이 울리면서 말소리를 삼켜 버리고 말았다.

25

◇◇◇◇◇

전화를 건 사람은 아빠였다.

"올리비아, 별일 없니? 나간 지가 너무 한참이라."

"아무 일 없어요. 코브 헤이븐 절벽 쪽에 와 있어요."

뒤를 돌아보니 윌리엄은 어느새 사라지고 없었다. 또 나와 스탠 뿐이었다. 바다는 조금 전과 똑같았다. 하늘에서는 풀머갈매기가 양 날개를 펼치고 바람을 타며 비행하는 중이었다. 나만 현재로 돌아와 있었다.

아빠가 말했다.

"올리비아, 그런데 지금 돌아와야 할 것 같은데? 신문에 기사가 났는데 네가 봤으면 해서. 엄마하고 관련된 거야."

심장이 빠르게 뛰기 시작했다.

"엄마한테 무슨 일 있어요?"

"아니, 엄마는 괜찮아."

아빠가 대답했다. 그런데 왠지 아빠가 말하지 않은 사실이 더 있는 것 같았다.

나는 스탠을 데리고 서둘러 집으로 돌아갔다. 윌리엄을 위해 할 수 있는 게 없었고, 내가 당장 할 수 있는 일이라고는 곧 듣게 될 얘기 때문에 너무 미리부터 걱정하지 않으려고 애쓰는 정도였다. 하지만 전화기 너머 들린 아빠의 목소리는 이상하게 경직되어 있었다.

스탠과 집에 도착해 보니 아빠는 주방에 있었다. 내가 오면 바로 볼 수 있도록 신문을 식탁에 펼쳐 놓고 있었다.

미수에 그친 런던 폭발물 테러에 파키스탄인 연루.

일 면 기사였다. 파키스탄인 테러리스트들이, 어떤 방법으로 런던에 거주하는 사람들과 공모해 출퇴근 시간대에 폭발물을 터뜨릴 계획을 세웠는지 자세하게 실려 있었다. 다행히 제보를 받은 국가 정보기관이 관련자들을 체포한 상태였다.

나는 아빠에게 물었다.

"이게 엄마랑 무슨 상관이에요?"

아빠는 지면 한참 아래쪽을 가리켰다. 거기에 엄마와 조니 아저씨의 사진이 짧은 기사와 함께 실려 있었다.

평화주의 활동가의 파키스탄 연결고리. 평화주의 캠페인의 타깃이 아이들로 향하면서 분열되는 학교. 지역의 하원 의원, 이제는 강하게 나가야 할 때라고.

나는 자리에 앉아 기사를 읽기 시작했다.

평화주의 활동가로 최근 지역 군부대의 철조망을 훼손하여 체포된 캐즈 와일딩 씨가 자신의 자녀가 다니는 학교의 분열을 조장하는 캠페인에 관련된 사실이 밝혀졌다. 와일딩 씨는 학교에 군 카뎃이 도입되는 것을 막자는 청원을 배후에서 주도하였을 뿐 아니라, 파키스탄 극단주의자들과 관련되었다는 사실도 밝혀졌다. 해당 학교의 학부모가 본지에 제보한 바에 따르면, 와일딩 씨의 남자 친구인 조니 피처버트 씨가 숨겨진 연락책이다. 본지가 추가로 밝혀낸 바로는 조니 피처버트씨의 어머니 아키라 피처버트 박사가 최근 파키스탄 라호르에서 체포된 강경파 근본주의 전도사와 혈연관계이며 이들의 친척이 최근 영국을 방문했다.

"별로 놀랍지도 않군요." 지역 하원 의원인 피터 탈보트씨의 말이다. "테러리스트에 동조하는 세력이 소위 평화주의 운동에 침투했다고 생각합니다. 우리 아이들이 군대를 향한 반감을 갖게 하려는 거죠. 더 솔직히 말해 볼까요? 우리의 용감한 군인들은 이미 충분히 당했습니다. 지금이야말로 우리 군의 권위를 약화하려는 세력에게 더는 관용이 없다는 사실을 분명히 보여 주어야 할 때입니다."

공교롭게도 와일딩 씨의 시아버지이자 아프가니스탄 참전 용사인 앤드류 하버 소령은 와일딩 씨가 청원에서 반대한 바로 그 카뎃 지부를 학교에 유치하는 데에 깊이 관여했고, 와일딩 씨의 딸은 해당 카뎃에 지원서를 낸 것으로 알려졌다.

"무슨 말인지 모르겠어요. 조니 아저씨랑 아저씨의 엄마는 테러리스트가 아니에요. 어떻게 그렇게 생각할 수 있어요?"

아빠가 대답했다.

"조니 아저씨하고 방금 통화했어. 경찰에서 연락이 왔대. 아저씨 본인이나 어머니한테 문제될 일은 없을 거라고. 테러리즘과 연결됐다는 의심을 받는 일도 없을 거고. 그 증오 범죄를 조장한다는 목사는 남이나 마찬가지라고 했어. 아저씨의 먼 사촌이 그 목사의 먼 사촌하고 결혼한 게 전부라니까. 이번에 방문 차 왔던 파키스탄 사촌들과는 아무 관련도 없다고 했어. 게다가 아저씨의 어머니는 지역 사회에서 굉장히 명망 높은 인사야. 그보다 문제는 신문사가 작정하고 기사를 실었다는 점이야. 그런 기사가 새로운 구독자를 낚고 사건의 본질을 호도할 수 있다는 걸 아는 거지. 아니땐 굴뚝에 연기가 날까 하는 눈초리로 보는 사람들이 있거든. 심지어 그 굴뚝을 거짓말이라는 장작으로 땠을 때조차 말이지."

그 말을 듣자 또 속이 매슥거렸다.

"그 지역의 하원 의원이란 사람은 분란을 일으키려는 거야. 엄마는 물론이고 시위대의 다른 사람들이 테러리스트 동조 세력으로 보이게끔 유도하고 있어. 국가 안전에 위협이 되는 음모를 꾸미고 있으니 무거운 형량을 선고해야 한다고. 당연히 말도 안 되는 소리지. 올리비아, 그런 일은 일어나지 않을 거란다. 다만 그런 식으로 여론을 호도해서 사람들의 증오심을 부채질할 걸 생각하면 섬뜩해지는구나. 그나마 아저씨의 아버지가 자산가이고 인맥이 많아서 다행이야. 그쪽에서 선임한 변호사들이 신문사에 거짓 기사를 철회하라고 통보했어. 그렇지만 누명이라는 게 한번 쓰면 벗기가 힘들잖아."

아빠는 걱정스러운 내 표정을 봤는지 서둘러 덧붙였다.

"올리비아, 이 무모한 주장을 입증할 증거는 단 하나도 없어. 그러니까 너희 엄마가 그런 이유로 감옥에 가는 일은 있을 수도 없고. 다만 이 하원 의원이 전혀 근거 없는 소문을 퍼뜨리는 걸 보니 너희 학교 카뎃 문제에 자꾸 엮이고 싶어 하는 것 같아."

아빠는 생각에 잠긴 표정이었다.

"조니 씨가 파키스탄 쪽이라고 신문사에 제보한 학부모가 누굴까?"

심장이 쿵 내려앉았다.

"제 생각에는 클로에의 부모님 같아요."

아빠는 얼굴을 찌푸렸다.

"클로에가 조니 씨를 어떻게 알고?"

"제가 클로에한테 조니 아저씨가 파키스탄 출신이라고 말한 것 같아요."

사실은 '말한 것 같아요.'가 아니라 실제로 그렇게 말했었다.

아빠가 물었다.

"굳이 왜?"

"모르겠어요. 지금 생각하니 제가 바보 같았어요. 그냥 모든 일에 화가 났어요. 학교에서 싸웠던 날 클로에네 바비큐 파티에 갔다가 집에 와서 엄마랑 엄청 싸웠거든요. 그때 조니 아저씨도 있었고요. 그러고 나서 클로에한테 전화해서 제 마음을 털어놨어요. 조니 아저씨가 어떻고, 엄마가 어떻고, 지금 이 상황이 너무 지긋지긋하다고요. 그냥 별생각 없이 그랬어요. 클로에는 제 얘기에 공감할 거라고 믿었거든요. 왜냐면 걔네 가족은 청원 때문에 잔뜩 화가 나 있던 상태였으니까요. 그리고……."

나는 망설였다. 지금 말해 버리면 다시는 돌이킬 수 없다. 아빠가 우리 학교에서 일어난 최악의 일들까지 모두 다 알게 된다. 엄마가 얼마나 힘들었는지, 또 내가 얼마나 형편없이 굴었는지. 나는 그렁그렁한 눈물 너머로 아빠를 바라보았다. 아빠는 두 팔을 벌려 힘껏 나를 안아주었다. 나는 그 품에 안겨 아빠의 온기가 내 마음을 가라앉혀 주기만을 기다렸다.

더는 나 혼자 감당하기 힘들었다. 몇 번이고 그때의 대화를 떠올렸지만 생각은 한자리에서 빙빙 맴돌았다. 며칠 동안 아빠는 내 이야기를 진심으로 들어 주었다. 특히 아빠는 상황의 맥락을 파악하고 양쪽의 입장을 잘 살펴 문제의 핵심을 파악하는 능력이 뛰어났다. 생각을 정리하려면 아빠의 도움이 절실했다. 어찌 보면 나는 모든 사람의 관점으로 문제를 볼 수 있었지만, 정작 나의 관점이 무엇인지는 전혀 몰랐던 것이다.

　아빠가 말했다.

　"뭔가 복잡한 일이 있었나 보구나. 올리비아, 이제 아빠한테 다 얘기해도 돼."

　나는 아빠에게 빠짐없이 다 말했다. 엄마가 〈가제트〉에 투고하기 전까지 학교에서 생긴 일들을 모조리 털어놨다. 그다음에 무슨 일이 있었는지도.

26

◇◇◇◇◇

여름 학기 단기 방학을 앞둔 금요일이었다. 엄마가 군부대 철조망을 훼손하고 꽃을 꽂기 하루 전이었다. 마침 그날 생일을 맞은 클로에가 저녁 바비큐 파티에 나와 놀라, 리야를 초대했다. 나는 희망에 부풀었다. 클로에가 리야를 초대한 것은 둘 사이의 우정을 회복할 수 있는 큰 진전이었다. 하지만 얼마 안 가 다시 걱정이 파고들기 시작했다. 점심시간, 교실에 들어가 보니 놀라와 리야가 대화를 나누고 있었다. 옆에서 두 사람의 이야기를 듣고 있는데 심장이 철렁 내려앉았다.

놀라가 울면서 말했다.

"청원이 어떻게 우리 오빠하고 관련이 없겠어. 우리 오빠는 군의 일원이었잖아. 게다가 클로에 말이 청원의 배후 세력은 사람들이 군에 지원하는 걸 막으려는 거라는데."

리야가 차분히 대답했다.

"놀라, 아니야. 그런 게 아니야. 청원한 사람들은 단지 카뎃이 학교에 들어오는 게 싫은 거야."

"난 아직도 왜 그러는 건지 이해가 안 돼."

리야가 대답했다.

"군대가 학교란 곳에 맞지 않는다고 생각하니까."

놀라가 되물었다.

"왜 안 맞는다는 건데?"

"적어도 한 가지는 우리가 직접 봤잖아. 이유를 막론하고 군대에 호의적이지 않은 학생들은 정상적인 학교생활을 할 수 없게 됐어. 다수에게 배척당하는 아이들이 생긴 거야."

그 순간 클로에가 다가오며 말했다.

"쓸데없는 소리. 지금 난 크리켓부가 아니야. 그렇다고 학교생활이 힘들진 않았어. 어떤 식으로든 배척당했다고 생각하지도 않고."

리야가 말했다.

"그렇지만 이건 크리켓 같은 단순한 주제가 아니잖아. 네가 크리켓을 좋아하든, 아니든 그건 아이들이 상관할 바가 아니야. 하지만 카뎃의 경우는 좀 다르지. 만약에 네가 카뎃 활동을 안 하겠다고 하면 그땐 그 이상의 문제로 생각할 수도 있다는 말이야. 나라를 위해 싸우고 싶지 않으니까 카뎃에 가입하기 싫다고 하는 거라면서."

이때 타일러가 끼어들었다.

"누구든 군인이 되고 싶어해야 마땅하지."

더는 견딜 수 없었다. 아이들은 답답했고, 타일러의 말은 너무 거슬렸다. 무슨 말이든 해야 했다.

"난 우리 모두가 그래야 한다고 생각하지 않아. 단지 원하는 사람이 있다면 그 또한 좋다는 것뿐이지."

"내 말이 그 말이야!"

내 말에 클로에가 맞장구를 쳤지만, 내가 어떻게 클로에의 말에 동의했다는 것인지 알 수 없었다. 나는 타일러의 의견에 동의하지 않았다.

리야가 말했다.

"그런 중요한 결정을 전교생 앞에서 내려서는 안 돼. 주변의 압력이 너무 심하잖아. 셉 같은 애들이 하는 걸 봐. 카넷에 가입하지 않겠다고 하면 비겁한 겁쟁이라고 몰아세우잖아. 그리고 다른 문제도 있어. 군대는 원래 명령에 의문을 제기하면 안 되는 집단이지? 내가 반대하는 이유 중 하나는 이거야. 만약 카넷에 가입하게 되면 어느새 명령을 따르는 일에 익숙해지고 질문을 던져도 괜찮다는 사실을 잊게 된다는 거. 그 질문에는 전쟁이 과연 옳은가 그른가도 포함될 거고."

내가 말했다.

"그건 말이 안 돼. 리야, 규율에 따라 행동하는 법을 배운다고 해서 좀비가 되는 건 아니야. 난 뭐가 옳고 그른지 정도는 결정할 수 있어. 카뎃에 가입할지, 말지도 그렇고."

"카뎃은 군대의 일부야. 군대가 지향하는 바를 따른다고. 그러니까 네가 카뎃에 가입하면 기본적으로 전쟁에 찬성하는 쪽에 서는 거야."

놀라가 물었다.

"그렇지만 내 조국을 위한 전쟁에 찬성하지 않을 이유가 있어?"

리야가 대답했다.

"사람을 죽이는 일에 찬성하지 않는다는 게 이유라면 이유지. 평화주의자들이 찬성하지 않는 것처럼."

내가 말했다.

"리야, 카뎃은 사람을 죽이는 법을 가르치지 않아. 실없는 소리 하지 마. 게다가 나중에 꼭 입대해야 하는 것도 아니고."

"맞아. 그렇지만 학교에 다니는 동안 자연스럽게 군대를 접하겠지. 군복 입은 사람들이, 군대에서 해야 할 일들을 보여 줄 테니까. 진짜 군대에서는 사람을 죽이는 준비를 해야 한다는 차이점이 대놓고 드러나진 않겠지만. 올리비아, 이건 실없는 소리가 아니야. 사실이지. 나라를 지키기 위해 사람을 죽이는 게 옳음 수도 있어. 카뎃 반대자들이 말하는 건, 군대가 방과 후 클럽 활동처럼 받아들여져서는 안 된다는 거야. 그런 결정은 어떤 압력도 없는 상태에서 굉장히 심사숙고해서 스스로 내려야 하니까. 학교의 카뎃 활동이 재미있다거나 다른 아이들이 다 하니까 한다는 식으로 휩쓸려서는 안 된다고. 세뇌된 상태에서 결정하면 안 되는 거야."

나는 리야의 말에 기분이 나빠졌다.

"난 우리 할아버지 같은 분들이 누구를 세뇌할 거라고는 생각 안 해."

놀라도 거들었다.

"그리고 우리 오빠도 사람을 죽이려고 입대하지는 않았어. 사람들이 오빠를 죽였지."

클로에는 놀라의 어깨를 감싸 안았고, 리야가 간곡한 어조로 말했다.

"얘들아. 우리 이번 일을 개인적인 일과 관련짓지 말자. 리야, 에디 오빠한테 뭐라는 게 아니야. 올리비아, 너희 할아버지한테 뭐라고 하는 게 아니라고."

클로에가 물었다.

"그럼 왜 이러는 건데? 너도 퀘이커교도가 될 거야?"

리야가 대답했다.

"아니, 하지만 난 청원에는 찬성하거든. 카뎃에 가입하는 것도 괜찮다고 생각해. 학교 밖에서라면. 그렇지만 카뎃이 수업 시간처럼 운영되어서는 안 된다고 생각해. 그렇게 되면 카뎃 과정이 수업 시간에 배우는 교과과정 같은 거라고 생각하게 될 테니까. 그리고 우리 동네처럼 군부대가 있는 지역에서는 아이들이 카뎃에 가입하고 싶어 할 확률이 높겠지. 카뎃 가입이 당연시될 거야. 그러니까 가입하지 않는 아이들에게 문제가 생길 가능성 또한 높겠지.

아마 그렇게 되면 학교 공동체에도 문제가 생길 거야. 아이들이 에이든과 에이든 부모님께 얼마나 지독하게 굴었는지 생각해 봐. 이제 더는 서로를 존중하지 않아."

"그건 우리 잘못이 아니야."

내가 말했다. 그렇지만 곧바로 양심의 가책을 느꼈다. 아이들이 에이든을 괴롭힌 건 내 잘못이 아니었지만, 괴롭힘을 당하는 에이든을 그냥 두고 본 건 옳지 않았다.

셉이 늘 하던 대로 끼어들었다.

"에이든한테 가입하라고 한 사람도 없는데 그 자식은 왜 반대하는 거냐고?"

리야가 지금껏 한 이야기를 셉은 전혀 이해하지 못한 게 틀림없었다. 셉이 갑자기 리야를 보며 말했다.

"그리고 에이든 문제에 왜 네가 대신 나서지? 에이든이 마음에 드나 봐?"

그때 에이든이 교실로 들어오며 말했다.

"한심한 자식. 리야가 나 대신 나섰다고? 그런 적 없어. 그 얘긴 그만하자."

"너희 부모님이 그 멍청한 청원 그만두면 우리도 다른 얘기를 하지. 사람들이 한 사람한테 지독하게 나갈 때는 다 그럴 만한 이유가 있는 거야. 모든 사람이 비겁한 건 아니거든."

클로에가 에이든에게 말했다.

"너희 가족이 일을 다 망치고 있어."

에이든은 어깨를 으쓱했다. 에이든은 정말로 지쳐 보였다. 그 모습을 보고 있자니 정말로 마음이 아팠다. 교실 안의 분위기는 오랜만에 등교한 에이든의 기운을 벌써부터 쭉 빼놓았다. 그리고 그런 셉 덕분에 원래부터 주목받기 싫어했던 에이든은 어디를 가나 카뎃에 가입하려는 아이들로부터 공격 받았다. 현실에서도, 온라인에서도 그랬다. 피할 곳이 없었다. 나는 입술을 깨물었다. 에이든의 심정을 이해할 것 같았다. 물론 내게는 최소한 한발 물러설 수 있는, 뒤로 숨을 수 있는 선택지가 있었다. 전교생이 당연하게 생각하듯 나는 카뎃 설립을 찬성했고, 그런 이유로 그 누구도 내게 화내지 않았다. 그리고 나는 상대편의 이야기에도 공감한다는 말은 조금도 하지 않았다. 하지만 카뎃 설립에 반대한다는 의견을 분명히 밝힌 에이든은 이제 숨고 싶어도 숨을 곳이 없게 되었다. 그건 무척이나 힘든 일이었다. 한번 태도를 밝히고 나면 돌이킬 수가 없다. 그렇다면 나는 어떤 태도를 보여야 할까? 양편 모두를 이해하는 나는?

리야가 아주 단호한 목소리로 말했다.

"그건 부당한 말이야. 에이든의 가족이 망친 일은 아무것도 없어. 게다가 청원에 서명한 사람은 에이든네만이 아니야. 우리 부모님도 하셨어. 우리 부모님도 카뎃 자체는 문제가 없지만, 학교 안에 설립해서는 안 된다고 생각하셔."

갑자기 타일러가 끼어들었다.

"뭐, 너희 부모님은 영국인도 아니잖아?"

그 말에 숨이 턱 막혔다. 최악이었다.

너무 놀란 나머지 리야의 얼굴은 분노한 표정이었다.

"뭐라고?"

"너희 종교는 이슬람교인가 그거 아니야?"

"아니. 힌두교야. 그게 무슨 상관인데? 우리 부모님은 참정권을 가진 영국 국민이고, 나는 영국에서 태어났어."

내가 거들었다.

"그래, 타일러. 리야의 부모님은 청원에 동참할 권리가 있어. 우리가 찬성하는지와 상관없이."

나는 어쨌든 이 말을 했다는 것이 기뻤다. 에이든에 대해서는 뭐라고 해야 할지 몰랐지만, 타일러가 가장 친한 친구에게 그런 말을 하는 걸 강 건너 불구경 하듯 할 수는 없었다. 게다가 타일러는 나와 싸우고 싶지 않을 게 분명했다. 내 뒤에는 할아버지가 있으니까.

타일러는 어깨를 한 번 으쓱하더니 그대로 가버렸다.

"올리비아, 고마워."

리야가 말했다. 그리고 내 얼굴을 빤히 쳐다보았다. 우리 엄마도 청원에 서명했다고 말하기를 기다리는 눈치였다. 그렇지만 나는 아무 말도 하지 않았다. 엄마 의견에 동의하지 않기 때문이다. 왜 내가 엄마 때문에 아이들의 싸움에 휘말려야 할까?

출석 확인이 끝나고 나는 수업 내용에만 정신을 집중했다. 어느새 하교 시간이었다. 복도에서 리야가 나를 기다리고 있었다.

"올리비아, 타일러 앞에서 내 편 들어 줘서 고마워. 그런데 왜 너희 엄마도 청원에 동참한다고 얘기하지 않는 거야? 지금은 에이든의 부모님보다도 더 깊이 관여하고 계시는데. 사람들한테 청원에 동참하라고 독려하고 계시잖아. 심지어 우리 부모님한테도 전화하셨어. 모든 게 에이든과 에이든 부모님 탓으로 돌아가는 상황에서 네가 보고만 있는 건 불공평해 보여. 셉이 그걸 이용해서 다른 아이들이 에이든한테 등을 돌리게 하잖아."

"내 탓이 되는 것도 불공평하긴 마찬가지야. 난 엄마 생각에 동의하지 않으니까. 난 학교에 카뎃이 들어와도 좋단 말이야."

"지금 문제는 그게 아니잖아. 에이든은 자기편이 돼 줄 사람이 필요해. 모든 사람은 자신의 의견을 말할 권리가 있다고 말할 사람이 필요하다고. 올리비아, 아이들이 네 얘기는 들을 거야. 모두 너희 할아버지를 좋아하고, 네가 카뎃에 들어가고 싶어 하는 걸 아니까. 이 문제에 두 가지 입장이 있다는 걸 누구보다 네가 잘 알잖아. 만약 네가 이대로 물러난 채로 아이들이 서로를 욕하는 상황을 두고만 본다면, 너야말로 비겁한 사람이야."

리야는 말을 마치고 가 버렸다. 나 또한 잡지 않았다.

27

◇◇◇◇◇

나는 리야의 말에 기분이 잔뜩 상했다. 가뜩이나 여러 가지 일로 마음이 상해 있는데, 리야는 내 입장을 전혀 이해해 주지 않았다. 에이든네가 공격 대상이 된 것은 나와 아무 상관이 없는 일이었다. 그리고 과연 아이들한테 우리 엄마 이야기를 한다고 해서 아이들이 에이든을 대하는 태도가 달라질까?

원래는 학교가 끝나는 대로 다 같이 모여서 클로에네 집으로 가기로 했지만, 리야가 먼저 가 버리는 바람에 계획에 수정이 불가피해졌다. 리야는 집에 가기 전 클로에의 사물함 옆에 생일 축하 카드, 선물과 함께 쪽지를 남겼다.

다들 재미있게 놀아. 오늘 나는 빠지는 게 좋을 것 같아. 괜히 싸움이 일어날 수 있으니까. 리야가.

"난 신경 안 써."

사물함을 본 클로에가 말했다. 하지만 말과 달리 신경 쓰이는 게 분명했다.

나는 리야가 오지 않아 다행이라고 생각했다. 리야는 내가 어떻게 하길 바라는 걸까? 에이든을 괴롭히는 사람은 내가 아닌데. 나는 모든 사람이 이 문제에 신경을 곤두세우는 것 자체가 싫었다. 에이든이 무척 지쳐 보이는 것도 그렇고 증오 편지와 그라피티의 대상이 되는 것 또한 안타까웠다. 그러나 에이든의 부모님이 청원을 시작한 것은 내 잘못이 아니었다. 엄마가 그 청원을 지지하는 것도, 평소 성격으로 짐작하건대 청원을 주도하고도 남을 엄마의 지지 표명과 나는 아무 상관이 없었다. 그러니까 나를 거기에 끼워 넣는 게 불공평하다는 생각이 들었다. 내게 실망했다는 표정으로 바라보는 리야에게도 지쳤다. 걱정스러운 눈빛을 보내는 할머니에게도, 지금까지 아무 연락이 없는 엄마에게도. 내가 뭔가 잘못하고 있는 느낌을 받았지만 나는 잘못을 저지르지 않았다. 왜 꼭 한쪽 편을 들어야 할까?

클로에의 부모님이 바비큐 파티에 참석한 나를 무척 반겨 주었을 때 나는 굉장히 기분이 좋았다. 모두가 즐겁게 웃고 있었다. 클로에의 엄마와 아빠는 서로의 팔짱을 끼고 음악에 맞추어 춤을 추었다. 버거 냄새가 풍기고, 탁자 위에는 샐러드 볼들이 놓여 있었다. 사람들은 미소를 지었고, 모든 게 너무나 정상적이었다.

클로에의 엄마가 드레스 자락을 나풀거리며 다가와 나를 꼭 껴안았다.

"청원 때문에 네가 마음고생을 한다고 해서 너무 속상하더라."

그 품이 너무 부드럽고, 따뜻해서 계속 안겨 있고 싶었다. 클로에의 엄마가 그 얘기를 다시 꺼낸 것마저 용서할 지경이었다.

"나는 네 할아버지 편이야. 클로에한테 다 들었어."

클로에가 제대로 전한 것인지 확신이 서지 않았다. 청원은 할아버지와는 상관없었다. 물론 나하고도 상관없는 일이었다. 그렇지만 굳이 설명하고 싶지 않았다. 얘기가 너무 길어질 것 같았다. 그냥 재미있게 놀고 싶을 뿐이었고, 누군가가 나를 좋아한다는 사실에 기분이 좋았다. 나는 클로에를 좋아했고, 클로에와 클로에의 가족들이 나를 좋아하는 것도 좋았다. 그게 뭐 잘못된 일일까?

우리 뒤를 이어 셉의 가족이 도착했다. 가족끼리 친하다는 낯선 여자와 함께였다. 처음 보는 여자였다. 아주 예쁘고 굉장히 친절했는데 처음 보는 데도 불구하고 편하게 대화를 나누었다.

여자는 자기 몫의 접시를 들고 클로에와 내 옆에 다가와 앉았다.

"그래, 너희는 그 청원에 대해 어떻게 생각해?"

나는 청원 이야기가 지긋지긋하다는 내색을 하지 않기 위해 애를 썼다.

"그냥 별거 아닌 소동 같니? 아니면 뭔가 중요한 사건이라고 생각하니?"

여자는 우리 생각에 관심이 많은 듯했다. 우리 의견이 정말로 중요하다는 듯 물어봤다. 우리 엄마도 내가 진짜로 어떤 생각을 하고 있는지 더 많이 물어보면 좋겠다고 생각했다. 일방적으로 말하지 않고 당연하다는 듯 넘어가지 않았더라면, 만약 엄마가 그랬더라면 나도 내 마음을 좀 더 잘 알게 되었지 모른다. 그런데 이 여자는 진심으로 궁금해하는 것 같았다. 어른이지만 성심 성의껏 이야기를 들으려고 하는 모습이 좋았다.

"너희랑 상관없는 일이겠지만. 확실하게 관련된 일도 없고."

"아니요, 관련된 거 있어요!"

클로에는 여자에게 이렇게 대답했다.

"최소한 올리비아는요. 올리비아의 할아버지는 육군 소령이고, 학교 안 카뎃 설립을 돕고 싶어 하세요. 그런데 올리비아의 엄마랑 엄마의 남자 친구가 반대하는 바람에 가출까지 했어요."

뜻밖의 이야기에 당황스러웠다. 클로에는 낯선 여자에게 우리 가족 이야기를 하고 있었다. 제아무리 상냥하다고 해도 어쨌든 처음 만난 사람인데.

"올리비아가 너무 힘들었죠. 카뎃에 가입하고 싶은데 엄마가 반대하니까요. 게다가 애네 엄마는 카뎃 설립을 반대하는 청원까지 시작했어요. 결국 올리비아는 용기 내서 가족의 반대편에 섰죠. 아, 당연히 할아버지는 빼고요. 올리비아의 할아버지는 전쟁 영웅이거든요. 한데 엄마하고는 대립각을 세우고 있어요. 제가 보기에도 올리비아가 정말 대단한 것 같아요. 저희 가족 모두 그렇게 생각하고 있어요. 저 같았어도 평화주의 운동가를 엄마로 두었다면 정말 힘들었을 거예요."

클로에는 평화주의 운동가가 유난히 끔찍하고 수치스러운 단어라도 되는 듯 말했다. 클로에가 내 생각에 얼마만큼 공감을 하든, 엄마 때문에 나를 동정해서는 안 되는 것이었다. 나 스스로 불쌍하다고 생각할 수 있지만, 다른 사람이 해서는 안 되는 말이었다.

사실 적잖이 충격이었다. 놀라와 리야는 당연히 우리 엄마에 관해 알고 있었다. 나와 함께 초등학교에 다닌 친구들 모두 엄마를 알았다. 하지만 클로에한테는 일부러 엄마 이야기를 하지 않았고, 바보같이 클로에가 엄마에 관해 아무것도 모를 줄 알았던 것이다. 우리끼리 얘기한 적이 없으니 그다지 궁금하지도 않을 거라고 생각했기 때문이다. 클로에는 아마도 학교에서 양귀비꽃 사건을 들었을 것이다. 영원한 비밀을 기대한 것부터 잘못이었다.

그렇다면 모두가 알고 있을까? 엄마가 이번 청원에 연관되어 있다는 걸? 이제까지는 나는 아이들에게 뭐라고 말해야 할지, 아이들이 어떤 반응을 보일지 전전긍긍해 왔다. 뿐만 아니라 에이든이 온갖 수모를 받을 때도 외면하고 방관했다. 그래서 아무도 내게 화내지 않았던 걸까? 내가 용감한 반항아여서? 아무튼 미움이 놓여야 마땅했는데 모두가 내 속마음을 안다고 생각하는 것부터 마음에 들지 않았다. 아이들이 내 속마음을 알 수 있을까? 나도 모르는 내 마음을? 내 침묵이 그렇게 보인 걸까? 내가 엄마와 에이든의 의견에 조금도 동의하지 않는다고? 두 사람이 하는 말과 행동에는 조금도 이해할 만한 점이 없다고 생각한다고? 내가 엄마와 완전히 반대편에 섰다고? 나는 왜 아무 말도 하지 않았던 것이 사실상 말하는 것이었는지 깨닫고 있었다. 아무 말도 하지 않으면 내 생각이 사람들에게 어떻게 받아들여지든 아무것도 할 수 없었다. 그렇게 생각하니 너무 지쳤다. 왜 세상은 이토록 복잡한 걸까? 모든 게 뒤죽박죽이었다.

상냥한 여자의 눈이 금세 휘둥그레졌다.

"어머나! 정말 힘들었겠다."

여자는 따뜻한 미소를 지으며 내 말에 공감하고 있었다.

"나한테 자세히 얘기해 봐……."

◇ ◇ ◇

나는 아빠에게 모든 걸 말했다.

"아마 그 여자가 기자였을 거예요. 그 여자랑 아예 얘기조차 하지 않았으면 얼마나 좋았을까요. 그렇지만 아빠, 조니 아저씨네 엄마가 파키스탄 출신이라거나 아저씨의 사촌들이 놀러 왔다는 얘기는 절대로 안 했어요. 그건 파티가 끝나고 집에 돌아와서야 알았으니까요. 엄마가 다음 날 아침에 시위하러 간다고 할 때 알았어요. 제가 엄마한테 가지 말라고 하니까 아저씨가 중요한 시위라고 했어요. 다음 날 파키스탄에서 온 사촌을 만나러 가는 것만 아니면 아저씨도 나갔을 거라고. 저는 전혀 도움이 안 되는 아저씨가 너무하다고만 생각했어요. 그래서 클로에한테 전화를 걸었고, 클로에와 통화하면서 말한 게 기억나요. 클로에는 조니 아저씨한테 파키스탄 사촌이 있다는 사실에 굉장히 놀란 것 같았어요. 조니는 완전히 영국식 이름이니까요. 그래서 말한 거예요. 조니 아저씨네 엄마가 파키스탄 출신이라고. 그런데 그게 왜 이렇게 지독한 문젯거리가 됐는지, 또 신문에 났는지 이해가 안 가요. 게다가 청원이 대체 왜요? 그건 그냥 우리 학교에 카뎃이 설립되는지, 아닌지를 결정하는 건데."

아빠가 대답했다.

"네 엄마와 그 친구들이 힘 있는 사람들을 정말로 당황하게 한 모양이구나. 이건 그 사람들이 엄마랑 엄마의 친구들이 가진 신뢰도를 떨어뜨리고 앞으로도 힘들어지게 만드는 방식이야. 전쟁을 벌이고 무기를 파는 일에는 엄청난 돈이 오가지. 힘 있는 사람들은 그 돈을 잃고 싶어 하지 않기 때문이야."

"어떻게 엄마 때문에 그 사람들이 돈을 잃을 수 있어요?"

"네 엄마와 동료들은 현대의 전쟁에 있어서 상당히 타당한 점들을 지적하고 있어. 사람들은 그 목소리에 귀를 기울이기 시작했고. 만약 정부가 여론에 따라 무기를 대량 생산하고 판매하는 일을 금지하기 시작하면, 무기를 만드는 회사의 지분을 가진 사람들은 돈을 모두 잃게 될 거고, 그런 회사에 다니는 사람들은 일자리를 잃게 되겠지."

"무기 말고 다른 걸 만드는 일을 하는 게 더 좋을지도 모르잖아요."

아빠는 눈썹을 치켰다.

"올리비아, 타당한 지적이야. 그렇지만 엄마처럼 평화주의자가 아닌 사람들은 그런 식으로 생각하지 않아. 너처럼 평화주의자도 아니고 군대가 꼭 존재해야 한다고 믿는다면, 군인에게는 무기가 있어야 하니까 만드는 사람도 있어야 하는 거지."

나는 고개를 끄덕였다. 엄마 방에 붙어 있는 반전 포스터를 생각하지 않을 수 없었다. 전쟁이 나면 아이들이 다친다. 군인들은 무기가 필요하겠지만 그래도 전쟁은 좋지 않다.

"무기를 만든다고 해도 어떤 무기를 만들 건지 더 신중해야 할 것 같아요. 집속탄(폭탄 안에 소형 폭탄이 들어 있는 형태로, 민간인에게도 피해를 줄 수 있는 등의 이유로 2010년 발효된 오슬로 조약에서 사용을 금지했다.)이나 지뢰 같은 무기를 만들면 안 돼요."

나는 엄마하고 엄마의 친구들이 집에서 하던 이야기를 떠올리며 말했다.

"그래. 그런 회사들이 어떤 무기를 만드느냐 결정할 때 윤리적 기준을 강화하는 것도 분명 한 방법이겠지. 하지만 엄마 같은 사람들은 무기 생산은 물론이고 사용까지 전면 중단해야 한다고 생각해. 물론 무기 회사의 지분을 가진 사람들이나 그 회사에서 일하고 있는 사람들은 다른 생각을 가지고 있지. 최종적으로는 정부가 결정해야 할 일이지만 어느 쪽으로 가든 반대편 사람들은 분노할 수밖에 없단다. 정부 입장에서는 이런 분쟁이 아예 없기를 바라겠지만 그렇다고 외면해서도 안 돼."

나는 조금 부끄러웠다. 논쟁이 없기를 바라는 마음은 이해할 수 있을 것 같았기 때문이다. 그렇지만 나의 경우, 그렇게 바라는 것은 아무 소용없었다. 정부도 마찬가지일 것이다.

"그런 일이 아저씨의 사촌이나 카뎃을 반대하는 청원과 무슨 상관이 있다는 건지 아직도 이해가 안 가요."

"올리비아, 점점 더 많은 사람이 엄마와 그 동료들이 하는 이야기에 귀를 기울이고 있어. 청원에 서명한 사람들 숫자만 봐도 알 수 있지. 이 문제에 점점 더 세상의 관심이 쏠리는 거야. 그러니까 어떤 사람들은 엄마 같은 이들이 주목받는 걸 싫어하고 오명까지 덧씌우기 시작했어. 절반의 진실을 퍼뜨리는 거지. 그래야 사람들이 엄마 같은 사람들을 불신하고 싫어하게 되거든. 이제까지 늘 그래 왔어. 역사에는 이런 일들이 수없이 많았지. 제일차세계대전 선전물을 네가 봤어야 하는데. 당시 언론은 적의 군대를 도덕이나 인간의 품위 따위는 조금도 없는 괴물로 묘사했어. 사실은 그들도 누군가의 아들이거나 형제, 남편이었는데도 말이지. 왜냐하면 적이 나와 똑같은 인간이라는 사실을 지우면 죽이기가 쉬워지기 때문이었어. 물론 그 사람들은 엄마와 동료들을 죽이지는 않아. 대신 평판을 망치는 거야."

"그런데 왜 엄마를 가지고 그래요? 엄마는 그냥 정원사잖아요."

"엄마만이 아니야. 아저씨 말이 다른 분들에 관해서도 거짓 기사가 났었다고 해. 메리 수녀님이 교사 시절에 파렴치한 선생님이었다는 거야. 다행히 옛 제자들이 수녀님을 위해 나서서 그 신문

사는 사과 보도를 게재해야 했대. 그리고 엄마가 다음 먹잇감이
된 거야. 파키스탄과 연결 고리가 있는 남자 친구가 있고 전쟁 영
웅을 시아버지로 둔 한 여성이 자신의 딸이 카뎃에 가입하는 걸
막으려고 한다더라. 터무니없다 해도, 그런 이야기는 엄마와 다른
동료들이 비애국적 반역 행위를 한다는 이미지를 만들어 낼 수 있
어. 사람들이 엄마 이야기에 귀를 기울이거나 동조하는 걸 막는 거
지. 특히 이 신문은 그동안 거리낌 없이 그런 관점의 기사를 실어
왔어. 여론을 조장하는 거야."

또 속이 매슥거렸다. 너무 많은 사람들이 말도 안 되는 거짓을
말하면서 사실을 왜곡하고 있었다. 엄마를 전혀 모르는 사람들에
게 내가 사랑하는 우리 엄마를 전혀 다른 사람처럼 말하고 있다.
분하지만 하나하나 찾아다니며 진실을 알려 줄 방법은 없어 보였
다. 설사 방법이 있다 해도 진실에 귀 기울일 사람들이 있을지도
의문이었다.

"아빠, 너무 속상해요. 어떻게 하죠? 엄마가 상처받지 않으면 좋
겠어요. 전 엄마를 사랑해요."

"아빠도 알아."

아빠는 나를 안아 주었다.

그때 집 앞 우편함에 뭔가가 떨어지는 소리가 들렸다. 아빠가 나
가서 우편물을 가져왔다.

"올리비아, 엄마한테서 편지 왔다."

두려움 때문인지 편지를 열어 보고 싶지 않았다. 그러자 침착한

어조로 아빠가 말했다.

"기사에 관한 이야기는 아니야. 이 편지는 기사가 나기 전에 썼을 테니까."

그렇지만 엄마의 손글씨가 적힌 편지 봉투를 보는 것도, 감옥에 있는 엄마를 생각하는 것도 여전히 끔찍했다. 엄마가 그곳에 오랫동안 있기를 바라는 누군가가 있다는 사실을 알게 된 것도 끔찍했다. 그리고 무엇보다, 그 누군가가 그렇게 생각하도록 내가 돕고 있었다는 사실이 최악이었다.

나는 편지를 펼쳤다.

사랑하는 올리비아에게

올리비아, 엄마는 이제껏 단 한 번이라도 네게 상처 주고 싶지 않았단다. 시위에 앞장선 것도, 철조망에 구멍 낸 것도, 감옥에 있게 된 것도 모두 미안해. 옳은 일을 해야 한다고 생각해서 한 일이긴 하지만, 사실은 너랑 함께 보내는 방학도 굉장히 기대하고 있었어. 그래서 이번 일은 다른 사람한테 맡겨야 했나 싶어. 단지 엄마는 널 위해서, 너무 아름답고 너무 연약한 이 세상을 지키고 싶었을 뿐인데. 올리비아, 엄마가 아주 많이 사랑해. 함께 지내기로 해 놓고 나 밍쳐 버린 걸 용서해 줘. 너무너무 보고 싶다. 돌아오는 월요일에 우리가 함께 좋은 소식을 듣게 되면 얼마나 좋을까.

아주 많이 사랑해,
엄마가

어느새 두 뺨에 눈물이 흘러내리고 있었다. 우리 엄마는 너무 용감하고 너무 아름다운 사람이다. 그런 엄마를 꽉 안아 주고 싶었다. 너무 보고 싶었다. 엄마를 너무너무 사랑한다. 세상 그 누가 우리 엄마를 나쁜 사람이라고 생각할 수 있을까?

"아빠, 그 하원 의원은 왜 엄마가 테러리스트들한테 동조한다느니 어쩌니 그런 말을 한 거예요? 엄마는 폭력에 반대하잖아요?"

"아빠가 좀 찾아봤는데, 이 하원 의원이라는 사람이 무기상의 회사에 투자해서 돈을 버는 모양이야. 이런 정치인은 특히 평화주의자들을 좋아하지 않지. 이 사람이 학교 카뎃을 애국심 문제와 연관 짓는 이유는 할아버지가 말씀하시는 것과 달라. 엄마가 학교 안 카뎃 설립을 원치 않고 군대도 반대하니까 엄마를 비애국적인 사람으로 몰 수 있기 때문이지. 애국심은 강력한 수단이지. 특히 국민이 테러리스트의 공격에 불안감을 느낄 때는 말이야. 군대를 지지하지 않는 사람은 적의 편이라고 믿는 사람이 많으니까. 그리고 이 사람은 의도적으로 '음모'라는 단어를 썼어. 엄마가 군사시설에 위해를 가했다는 이유뿐 아니라 정부 전복을 꿈꾼 죄로도 기소돼야 한다고 말하려고. 그럼 수 년형을 받을 수도 있거든."

"아빠!"

눈물이 폭포처럼 쏟아져 내렸다. 내 인생 최악의 순간이었다.

28

◇◇◇◇◇

"아빠, 이제 어떻게 해요? 그 사람들 때문에 이렇게 오랫동안 엄마가 감옥에 있는 걸 두고만 볼 수는 없어요! 말도 안 되는 거짓말이 일파만파 퍼지는 것도 참기 힘들고요! 우리 엄마가 얼마나 좋은 사람인지, 그리고 얼마나 이 나라를 사랑하고 있는지 알리고 싶어요."

아빠는 나를 꼭 안아 주었다.

"올리비아. 미안하다. 걱정하라고 한 말은 아니었어. 그 누구도 엄마를 가둬 둘 수는 없단다. 엄마는 테러 관련된 의혹은 털끝만큼도 없는 사람이니까. 악덕 국회의원과 일개 기자 하나가 엄마를 몇 년이나 감옥에 가둬 둘 수는 없어. 제아무리 안달해 봐야 다 헛짓이야. 주장하는 내용에 부합하는 증거를 내놔야 할 텐데, 네 엄마는 과거에도 그런 일은 해본 적 없고 앞으로도 안 할 사람이야. 그런 사람한테서는 아무것도 못 찾을 테니까. 아빠가 걱정하고 화나는 건 그 사람들 때문에 엄마의 평판이 형편없이 추락했다는 거야. 물론 그 부분도 네가 걱정할 필요는 없어. 아까 네가 산책하러 나가고 없을 때 할머니, 할아버지한테 문자가 왔는데, 두 분이 엄마의 오명을 벗겨 주러 돌아오시겠대. 그리고 굉장히 도덕적인 의원들도 많아. 분명히 엄마에 관한 거짓 기사를 바로잡는 걸 도와줄 거야. 세상에는 진실을 지키려는 기자들이 훨씬 더 많지. 우리가 방법을 찾아낼 거야. 올리비아, 비관적으로 볼 거 없어."

스탠이 다가와 차가운 코끝을 내 손에 대더니 무릎에 앞발을 올리고 얼굴을 핥아 주었다. 나는 그런 스탠을 껴안고 부드러운 털에 얼굴을 파묻은 채 흐느꼈다.

아빠가 말했다.

"올리비아, 다 잘될 거야. 정말이야. 지금은 밀물 때라 섬에서 나갈 수 없지만, 내일 아침 일찍 사제관으로 가자. 할아버지, 할머니를 만나서 앞으로의 계획을 세우는 거야. 이따가 펍에 가서 피쉬앤칩스 먹는 건 어때?"

대답이라도 하듯 스탠이 먼저 컹컹거리고, 나도 고개를 끄덕였다.

"나가기 전에 스탠 산책시키고 올게요."

"그럴래? 한데 너무 무리하면 안 된다."

현관문을 긁으며 나가자고 보채던 스탠은 밖에 나와서는 아예 앞장을 섰다. 목줄을 당길 힘도 없어 나는 그대로 끌려갔다. 너무 지치고 우울했다. 그리고 부끄러웠다. 아빠는 우리가 엄마에 관한 헛소문을 바로잡을 수 있다고 생각하는 것 같았다. 나는 그동안 내가 한 말이 얼마나 왜곡되어 떠돌았는지, 서로 다른 의견을 가진 사람들끼리 서로에게 얼마나 화내고 상처 주고 싶어 했는지가 떠올라 두려움에 떨었다. 학교에서 일어난 일들도 마찬가지 같았다. 학교 안 카뎃 설립처럼 간단해 보이는 일들도 얼마든지 왜곡되거나 타인을 괴롭히는 정당한 사유가 될 수 있었다. 내가 생각하는 카뎃의 역할과는 거리가 멀었다. 그리고 에이든. 학교 아이들이 그 아이와 부모님에게 얼마나 못되게 굴었는지 생각하면 끔찍했다. 이제는 알 것 같았다. 그 일들은 엄마에게 일어난 일과 아주 많이 흡사했다. 중상모략이나 매한가지였다. 리야의 말이 맞았다. 자신이 소중히 여기는 가치와 사랑하는 사람에 관해 누군가 거짓말을 늘어놓는다면 구경만 해서는 안 됐다. 눈앞의 진실이 아무리 복잡하더라도, 모든 문제에는 한 가지 이상의 측면이 있고 그 점이 마땅치 않더라도, 그 사실을 있는 그대로 받아들여야 했다. 상대방의 생각에 귀 기울이고, 나와 생각이 달라도 서로 예의를 지켜야 하고, 내키지 않아도 때가 되면 자신의 생각을 밝혀야 했다. 그렇지 않으면 결국에는 거짓말과 증오가 생겨나고, 거짓말과 증오는 모든 것을 망치기 때문이다. 나는 비록 에이든의 생각에 동의하지 않았지만 아이들로부터 존중받지 못하는 에이든을 위해 나서야 했다. 거짓말쟁이들을 그대로 내버려 둘 게 아니라 에이든을 위해 무언가를 해야 했다. 내가 그때 어떻게 해야 했을까? 아니, 내가 그때 어떻게 할 수 있었을까?

바닷물은 이미 들어와 있었다. 당일치기로 여행 온 관광객들은 이미 섬을 떠나고 없었다. 스탠은 나를 성 쪽 평소 산책로가 아닌 낯선 길로 끌었다. 우리는 섬에서 나가는 방향으로 길을 따라 걸었다.

"스탠, 어디 가는 거야?"

내가 물어도 스탠은 걷기만 했다. 우리는 텅 빈 주차장을 지나 해안가로 나와 '순례자의 길'이 끝나는 지점에 닿았다. 표지판에는 순례자의 길이 둑길 도로가 들어서기 전에 린디스판 섬에 진입하는 길로 쓰였다는 설명이 있었다. 장대로 표식을 만든 길은 바닷물이 빠질 때만 드러났다. 지금은 다시 잠겨 있었다. 나는 스탠과 나란히 서서 한동안 바다를 바라보았다. 파도가 밀려와 장대의 끄트머리를 삼켰다가 다시 뱉기를 반복했다. 머리 위로 갈매기 한 마리가 낮게 공중을 선회하고, 발아래 파도는 하얀 물보라를 일으키며 몰려왔다. 발치에서 부서지는 파도 소리와 바람 소리, 물새 떼 울음소리가 하나로 어우러지고 있었다.

◇ ◇ ◇

갑자기 스탠이 짖어댔다. 그 소리와 함께 눈앞의 바닷물이 점차 빠져 나갔다. 바다가 갈라지며 순례자의 길이 드러나기 시작했다. 섬과 육지의 경계가 사라지고 있었다. 장대가 모래밭에 묻혀 있던 밑동을 드러내는 순간 백 년 전의 길이 다시 완연히 모습을 드러냈다. 나는 스탠이 이끄는 대로 그 길로 들어섰다.

멀리서 누군가 우리를 향해 홀로 걸어왔다.

"거기 윌리엄이야?"

내 질문이 끝나는 것과 거의 동시에 스탠이 신나게 꼬리를 흔들며 달려 나갔다. 우리가 지나갈 때마다 모래밭에 흩어져 있던 에드워드 시대의 검은머리물새 떼가 하늘로 날아올랐다. 젖은 모래밭에 발이 닿을 때마다 찰박찰박 소리가 났다.

고개를 숙인 채 윌리엄이 걸어오고 있다. 평소처럼 어깨에 가방을 메고 있었다. 멀리서도 뭔가 잘못되었다는 것이, 그다지 행복하지 않다는 것이 느껴졌다.

"윌리엄!"

내가 부르는 소리에 윌리엄이 고개를 들었다.

나는 어느새 달리고 있었다. 미끄러지지 않게 조심하면서 숨을 헐떡이며 윌리엄에게 다가갔다. 그 바람에 스탠은 더 신이 났다.

"윌리엄, 무슨 일 있었어?"

내가 묻는 것과 동시에 스탠이 윌리엄에게 뛰어들었다.

윌리엄을 허리를 굽혀 스탠이 얼굴을 핥게 두었다. 언뜻 보니 울고 있었다.

"무슨 일이야?"

윌리엄은 힘없이 어깨를 으쓱하더니 무너지듯 앞으로 몸을 숙였다. 그 바람에 얼굴이 완전히 보이지 않았다. 고개를 갸우뚱 기울인 스탠이 여전히 윌리엄의 얼굴을 핥았다. 윌리엄은 모래밭에 무릎을 꿇고 스탠을 두 팔로 감싸 안고 얼굴을 묻었다. 잠시 후 소매로 얼굴을 훔치고 일어난 윌리엄이 여전히 고개를 떨군 채로 가방에서 하얀색 깃털 세 개를 꺼내 내밀었다.

"무슨 뜻이야?"

"베릭 시내를 걷는데 여자애 세 명이 갑자기 다가오는 거야. 올리비아, 너랑 같은 나이거나 아니면 좀 더 많을지도 몰라. 그 애들은 나한테 왜 참전하지 않았냐고 물었어. 내가 아직 열일곱 살이라고 대답하니까 비웃더라. 올리비아, 날 비웃었어. 나한테 비겁한 거짓말쟁이라고 했어. 그러더니 사람들 앞에서 이 깃털을 내게 줬어. 난 그곳을 지나가던 사람들의 구경거리였어."

윌리엄은 당혹스러운 표정을 지었다. 심하게 상처받은 얼굴이었다. 내 마음도 아팠다. 그 지독한 아이들한테 화가 치밀었다. 어떻게 그런 방법으로 괴롭힐 생각을 했을까?

"윌리엄, 너무 심하다."

"그렇게 경멸 섞인 시선은 처음이야. 화가 치밀었고 수치스러웠어. 누이가 편지에서 한 말이 맞았어. 우편으로 이런 깃털을 받는 어머니와 아버지의 모습을 상상했어. 열여덟이 되자마자 전쟁터로 떠나지 않은 아들 때문에. 내가 두 분에게 안길 수치와 불행이 그려졌어. 그때 징병관이 나왔어. 내게 물었지. 비겁자로 불리는 게 좋으냐고. 물론 아니라고 대답했지. 그 사람이 말하길 자기랑 함께 가면 기분이 나아질 방법이 있다고 했어. 그때 마침 은행에서 나오던 로지 교수님과 허드슨 씨가 나를 발견하고 막아 세운 거야. 징병관을 따라 징집 사무실로 가고 있었지. 허드슨 씨가 나서서 상황을 설명했어. 다음 주 생일이 지나면 내가 장교로 입대할 예정이고, 부모님께서 작별 인사를 하기 위해 주말에 린디스판 섬으로 오실 거라고. 징병관은 경례하고 자리를 떠났어. 그런데 올리비아, 맹세하건대 만약 허드슨 씨와 교수님이 없었다면 난 전쟁에 자원해서 나갔을 거야. 내가 두려워하는 게 바로 그 점이고. 내 인생에서 가장 중대한 결정을 내 신념에 따라서가 아니라 그저 깃털 세 개 때문에 내렸을 수도 있었어."

스탠을 쓰다듬는 윌리엄의 손이 떨리고 있다.

"허드슨 씨하고 로지 교수님은 지금 어디 계셔?"

"혼자 가겠다고 말씀드렸더니 먼저 가셨어. 여기 오는 길에 두 분 못 만났어?"

"응. 내가 사는 시간에 지금 여긴 바다야. 물이 들어와 있거든. 갑자기 물때가 바뀌면서 우리가 만나게 된 거야."

윌리엄은 가방에서 신문을 꺼내 내밀었다.

"올리비아, 이걸 봐."

신념에 따른 병역 거부자, 죽이기보나 죽겠다고 말하다.

"기사에서는 이것이 불합리이고, 이런 불합리가 과연 어디까지 갈 수 있으며 개인의 의무가 어디까지 축소될 수 있는지 보여 준다고 했어. 그렇지만 올리비아, 이 기사야말로 내 신념이라는 걸 깨달았어. 어쩔 수가 없어. 이것이야말로 내가 십계명을 따라 이해한 바야. 내 신념을 거역할 수는 없어. 그런데 난 겨우 깃털 세 개로 무너질 뻔했지. 사람들의 시선에서 도망치기 위해 무기를 들 수도 있었던 거고. 만약 다음 주에도 내가 입대하지 않겠다고 결심하면, 매형 같은 사람들 앞에서 내 결심을 밝히는 게 두렵기도 해. 나는 비겁한 겁쟁이야."

윌리엄은 비겁한 겁쟁이가 아니었다. 신문기사가 얼마나 끔찍한 영향력을 행사할 수 있는지 나는 이미 잘 알고 있었다. 우리 엄마를 교활하게 괴롭혔던 그 신문처럼. 윌리엄은 다만 두려웠을 뿐이고 그 사실을 용감하게 인정했다. 내 눈에는 그래서 윌리엄이 더 용기 있어 보였다. 윌리엄은 신념에 따라 옳은 일을 하고 싶은 것뿐이다.

"윌리엄, 넌 전혀 비겁하지 않아. 내가 만나 본 사람 중에 제일 정중하고, 제일 용감한 사람인걸. 옳은 일을 하기 위해 이렇게까지 고민하는 사람은 여태 본 적이 없어."

윌리엄은 슬픈 기색으로 피식 웃었다.

"올리비아, 넌 그렇게 말하면 안 돼. 네가 전에 말했잖아. 네가 사는 시대에도 옳은 일을 하려고 애쓰는 사람이 많다는 거 알아."

윌리엄 말이 맞다. 그 순간 나는 감옥에 있는 엄마를, 엄마의 진심이 담긴 편지를 떠올렸다. 수녀님을 비롯한 수많은 평화주의 행동가들을 떠올렸다. 용기 있게 아프가니스탄으로 떠난 할아버지와 그런 남편을 용기 있게 떠나보낸 할머니를 떠올렸다. 놀라의 오빠와 삼촌도 떠올렸다. 아빠와 조니 아저씨도 떠올렸다. 모두가 옳은 일을 하려고 애쓴 사람들이다. 그리고 그 기자를, 그 하원 의원을, 하얀 깃털을 내민 아이들을, 무기로 돈을 버는 사람들을, 신문사를 소유하고 거짓말을 하고 사람들을 속이고 증오와 혼란을 부추기는 사람들을 떠올렸다. 그들은 역사의 다른 시간대에 살았지만 똑같이 끔찍한 결과를 만들어 냈다. 나는 비겁자들을 떠올렸다. 비겁한 자들은 클로에와 놀라처럼 다정한 이들을 리야와 에이든 같은 또 다른 다정한 사람들에게서 등 돌리게 한다. 마지막으로 에이든을 떠올렸다. 에이든은 자신만의 방식으로 윌리엄만큼 용감하게 행동했다. 내 친구 에이든. 나는 친구를 실망시켰다. 부끄럽다.

"맞아. 이 시대나 그 시대나 좋은 사람도 있고 나쁜 사람도 있는 것 같아."

"올리비아, 나는 아직 어떻게 해야 할지 모르겠어. 전쟁에 나가는 게 옳은 일일까? 나는 내 조국을 사랑해. 살상은 못 해도 부상병을 호송하는 일 같은 건 할 수 있을 거야. 하지만 그렇게 되면 부상당한 사람들을 치료해서 다시 전장으로 내보내는 셈이 돼."

"그 일도 위험하기는 마찬가지야."

"하나님의 계명을 어기고 영혼을 잃는 것보다 위험하진 않을 거야. 그렇잖아? 올리비아, 나는 위험을 두려워하는 게 아니야. 아니, 어쩌면 무서워하는지도 몰라. 그렇지만 다른 사람을 죽이고 하나님을 보지 못하기보다는 위험을 대면하겠어."

그 순간 윌리엄은 진실을 말하고 있었다. 자신이 진심으로 믿는 바를 말한 것이었다. 할아버지라면 윌리엄을 정말 마음에 들어 했을 텐데.

윌리엄이 말했다.

"그 뒤로 좀 더 알아봤어. 신념에 따른 병역 거부자 중에 절대론자로 불리는 이들이 있어. 절대론자는 전쟁 자체를 반대하는 사람들이야. 정치와 종교를 떠나 무조건 반대하는 거야. 모든 사람이 참전을 거부해야만 전쟁을 멈출 수 있다고 생각하는 거지. 그래서 전쟁과 관련된 곳에서 일하는 것은 물론이고 모든 종류의 획일화된 복장을 거부하고 있어. 어쨌든 그런 것들이 어떤 식으로든 서로 죽고 죽이는 행위에 도움을 준다고 생각하는 거지."

"내 생각에 우리 엄마도 그쪽인 것 같아."

"절대론자들이 가는 감옥은 축축하고 어두운 곳이라고 해. 거기서 매를 맞거나 통일된 복장을 거부한다는 이유로 나체로 갇히기도 한다고 해. 그리고 올리비아, 그들은 결국 총살당할 거야."

"끔찍하다. 그런 얘기는 처음 들어. 학교에서 벨기에의 이프레라는 곳에 여행을 간 적이 있어. 거기서 제일차세계대전에 관해 여러 가지를 배웠는데 그런 일은 아무도 알려 주지 않았어."

"올리비아, 내가 어떤 선택을 하든 난 이 전쟁 때문에 죽을지도 몰라. 전투 중에 전사하거나 호송대의 일원으로 죽거나 절대론자가 되어 감옥에서 처형당하거나. 단지 난 제대로 죽고 싶을 뿐이야."

슬픔과 피로의 구름이 내 어깨에 드리워진 기분이었다. 지금 이 순간 나와 함께 걷고 있는 소년은 내가 태어나기 전에 죽을 것이다. 이미 알고 있는 사실이었지만 견디기 힘들었다. 그렇게 어린 나이에 혼란 속에서, 혹은 고통 속에서, 혹은 치욕 속에서 죽는다니. 그것도 자신이 옳은 일을 한 것인지 의심스러워하면서 말이다.

"윌리엄, 결국 무슨 일이 일어나는지 한번 찾아볼까? 자료를 찾으면 윌리엄이라는 이름도 있을 거야. 내가 다시 돌아와서 얘기해 줄게. 네가 결정하는 데 도움이 될 수 있도록."

윌리엄은 한동안 답을 하지 않았다. 우리는 계속 걸었다. 그러다 고개 들어 하늘을 보는데 어느 시대에서나 볼 수 있는 구름이 아름답고도 기묘한 형태를 만들어 냈다.

윌리엄이 내 쪽을 향해 돌아서며 차분히 말했다.

"올리비아, 넌 내 미래에 어떤 일이 일어났는지 알려 주지 못할 거야. 혹여 네가 알려 준다고 해도 그건 내가 원하는 바가 아니야. 결정은 지금 내려야 해. 내가 존재하고, 내가 기도하는 이 시간 속에서. 내 삶은 너의 삶이 시작되기도 전에 끝이 나겠지. 네가 무엇을 찾아내든 그 사실은 결코 변하지 않아. 하지만 난 이제 알겠어. 언제, 어떻게 죽느냐의 문제가 아니었어. 어떻게 사느냐의 문제야. 나 스스로 결정해야 해."

나는 고개를 들어 윌리엄을 바라봤다. 어느새 순례자의 길이 끝나는 지점에 다다랐다. 우리는 해안가 기슭으로 올라갔다. 윌리엄이 날 보고 웃었다. 아까보다 표정이 훨씬 좋아 보였다. 훨씬 평화로운 얼굴이었다.

"올리비아, 내 얘기를 들어 줘서 고마워. 굉장히 큰 도움이 됐어. 이제 어떻게 해야 할지 알 것 같아."

우리는 걸음을 멈췄다. 윌리엄이 먼저 양팔을 활짝 벌렸다. 그리고 서로를 꽉 껴안아 주었다. 윌리엄의 온기와 외투의 촉감이 생생하게 전해졌다. 그리고 가슴으로는 더 많은 감정이 전해지고 있다. 윌리엄의 선량함과 정중함, 세심함, 그리고 윌리엄이 가진 두려움까지, 용기와 함께 따뜻한 애정이 느껴졌다.

"올리비아, 잘 가."

윌리엄은 내 볼에 입맞춤을 남기고 떠났다.

◇ ◇ ◇

나는 해안가에 스탠과 함께 서 있었다. 머리 위에서 갈매기 한 마리가 빠르게 하강하며 긴 울음을 터뜨렸다.

29

◇◇◇◇◇

다음 날 나는 아빠 차를 타고 사제관으로 돌아왔다. 도착한 즉시 할 일이 있었다. 윌리엄을 마지막으로 본 뒤로 계속 고심한 끝에 몇 가지 결심한 게 있었다. 막상 실행에 옮기려니 엄두가 안 났지만 용기를 내야 했다.

에이든에게 전화를 걸었다. 에이든의 엄마가 전화를 받았다. 목소리에 지친 기색이 역력했다. 걱정거리가 더해져서 그런지 평소와 달리 상냥한 목소리가 아니었다. 경계하는 것 같았다.

"누구세요?"

"안녕하세요, 저 올리비아인데요."

"올리비아, 너구나!"

에이든의 엄마는 예전처럼 친근한 목소리로 반겨 주었다. 죄책감이 밀려왔다. 에이든이 나에 대해 아직 말하지 않은 게 분명했다. 에이든이 아이들에게 억울하게 당하는 모습을 보면서 내가 구경만 하고 있었다는 사실을 에이든의 엄마가 아셨다면 내게 얼마나 실망하셨을까. 그때 내가 에이든을 위해 나섰더라면 좋았을 텐데. 에이든의 부모님을 위해 나섰더라면 좋았을 텐데. 내가 알고 지내는 좋은 사람들을 위해, 설령 나와 생각이 달랐어도 힘들어하는 그들을 위해 나섰더라면 좋았을 텐데. 나는 말썽에 휘말리지 않을 궁리만 했다.

"올리비아, 너도 힘들었겠구나. 요즘 상황이 참 지독하지. 너희 엄마도 힘드실 거고. 게다가 그 썩어 빠진 기자들 정말…… 네 전화도 그 사람들이 걸었는지 알았지 뭐니. 그래, 잘 지내니?"

"네, 잘 지내고 있어요. 에이든은 집에 있나요?"

"그럼. 바꿔 줄게. 이따가 다 같이 보겠구나. 내가 에이든의 동생을 봐 줄 사람을 못 구했거든. 그래서 할아버지가 전략 회의는 우리 집에서 열자고 하셨어. 전략이라는 말이 퀘이커교도한테 어울리는 용어인지는 모르겠지만 무슨 말씀이신지는 너무 잘 알겠지 뭐니! 그럼 에이든 바꿔 줄게. 네가 전화한 줄 알면 굉장히 좋아할 거야."

과연 에이든도 그럴지 미심쩍었다.

에이든은 경계하는 목소리로 전화를 받았다.

"여보세요?"

"안녕? 나 올리비아야."

나는 쓸데없이 한 번 더 나라는 걸 밝혔다. 사실 에이든의 엄마가 누구 전화라고 전하는 소리가 다 들렸었다.

"알아."

목소리는 조금도 부드러워지지 않았다. 나는 깊이 숨을 들이마셨다. 윌리엄을 생각했다. 옳은 일을 해야 했다. 아무리 겁이 난다 해도.

"저기, 에이든. 그냥 정말 미안하다고 말하고 싶어. 학교에서 네 편에 서지 않았던 것도 미안하고, 청원이랑 카넷 일도 모두 다 미안해. 그런 일에 끼어들지 않았던 것도, 네 편에 서서 함께 싸우지 않았던 것도 다 잘못했다는 거 알아. 리야가 날 보고 비겁하다고 했어. 그때 리야의 말을 들었어야 했어. 사실 지금 우리 엄마한테 문제가 생겼는데, 내가 모두에게 도움이 될 방법을 생각해 봤어. 가급적 우리가 다 함께 나서야 해. 이따가 우리 할아버지, 할머니, 아빠가 너희 집에 가실 텐데 나도 같이 가서 너랑 의논할 수 있을까?"

침묵이 흘렀다.

에이든이 말했다.

"좋아. 그리고 말인데 나도 너희 엄마 일은 안타깝다고 생각해."

"고마워. 나도 그래. 그리고…… 기회를 줘서 고마워."

"음……."

에이든은 아직 확신이 서지 않는 모양이었다. 쉽지 않을 것이다. 어쩌면 나는 이렇게 쉽게 기회를 얻을 자격이 없는지도 모른다. 문득 윌리엄을 떠올렸다. 성에서 마주친 여자아이들이 윌리엄에게 얼마나 큰 상처를 입혔는지, 그리고 그런 사실을 알게 되었을 때 내가 얼마나 분노했는지 생각이 났다. 전혀 모르는 아이들에게 분노하는 것도, 그 아이들로부터 윌리엄을 보호해야겠다고 쉽게 마음먹었는데 정작 학교에서는 그렇지 못했다. 에이든을 위해 친구들을 말리지 않았다. 평소 알고 지내던 친구들인데도 적극적으로 나서지 않은 것이다. 리야만 빼놓고.

다음으로 리야에게 전화를 걸었다. 마침 리야가 전화를 받았다.

"리야, 나야, 올리비아. 정말 미안해. 네 말이 맞았어. 말도 안 되는 상황에서 아무것도 안 한 게 정말 후회스러워."

침묵이 이어졌다.

"말 좀 해!"

"난 괜찮아."

리야는 마지못해 대답했다. 하지만 일단 목소리라도 들으니 마음이 놓였다. 전처럼 친근한 목소리는 아니지만 최소한 대답은 했으니까. 리야는 내 사과를 받아들인다고 했다. 지금까지 모든 일이 쉽지 않았지만 내가 하나씩 해내고 있는 것이 기뻤다. 물론 꼭 해야만 하기도 했고.

나는 진심을 담아 말했다.

"정말 고마워. 그런데 나 좀 도와줘. 우리 엄마에 관해 위험한 소문이 돌고 있어. 반드시 막아야 해."

"올리비아, 신문에서 너희 엄마를 두고 말도 안 되는 기사를 써대는 거 보고 정말 속상했어. 다들 마찬가지야. 클로에도 그렇고."

리야의 말소리가 훨씬 다정해지고 따뜻하기까지 했다. 리야는 정말로 좋은 아이다. 언제나 주변 사람들을 소중하게 생각하고, 옳은 일을 하는 것을 중요하게 생각한다. 리야를 윌리엄에게 소개할 수 있으면 얼마나 좋을까. 윌리엄을 떠올리자 마음이 아려왔지만, 한편으로는 용기가 났다.

"그 기사는 클로에랑 클로에의 가족 때문이야. 기자들을 만나서 우리 엄마랑 조니 아저씨, 그리고 아저씨네 엄마가 테러리스트에 동조하고 있다고 말했대. 물론 전혀 사실이 아니지. 엄마하고 아저씨는 어떤 형태의 폭력이든 모두 반대하셔. 두 분은 평화를 위해서 행동했을 뿐이야. 지금까지 늘 그랬어."

리야가 한숨을 쉬었다.

"올리비아, 엄밀히 말하면 클로에와 클로에의 부모님은 일이 이렇게까지 걷잡을 수 없게 될지 몰랐을 거야. 클로에가 얘기해 줬어. 오늘 아침 너희 할아버지하고 할머니가 그 집에 가셔서 자초지종을 말씀해 주셨고, 클로에네 가족은 너무 미안해하고 있어. 그 바비큐 파티 때 셉의 부모님이 데려온 기자가 엄청 겁을 줬나 봐. 그래서 조니 아저씨에 관한 걸 다 이야기하면 테러 음모를 막을 수 있다고 생각했나 봐. 지금은 잘못했다고 생각한대. 클로에네는 지금 셉이랑 셉의 부모님한테 화가 많이 났어. 그쪽 식구들하고 더는 절대로 엮이고 싶지 않다고."

"그런데 청원 얘기는 왜 꺼낸 거야? 뭐가 음모라는 거고, 또 우리 엄마가 감옥에서 오래 있으면 좋겠다고 한 게 사실이야?"

"클로에네는 그런 말 안 했어. 셉의 아빠랑 그 하원 의원이랑 신문사 기자 짓이야. 올리비아, 사실, 클로에가 오늘 나랑 통화하면서 울더라고. 클로에가 나한테 문자를 보냈고, 그걸 본 내가 클로에한테 전화를 했어. 그래서 다 알게 된 거야. 너도 클로에가 어떤 아이인지 알잖아. 너한테 이번 일을 보상할 수만 있다면 뭐든지 다 하고 싶대. 자기가 너무 바보 같고 너무 무섭대. 클로에를 용서해 줘."

리야는 최고의 친구다. 내게 이런 좋은 친구가 있어서, 이런 좋은 사람을 알고 있어서 나는 행운아였다.

"뭐, 네가 이미 날 용서했는데 내가 이러쿵저러쿵 할 순 없잖아. 그리고 클로에가 날 위해 뭔가 해주고 싶은 마음이 진심이라면 나한테는 정말 큰 도움이 될 거야. 오늘 4시에 에이든의 집에서 모일 건데 클로에도 올 수 있을까? 우리 할머니, 할아버지, 아빠 다 가시거든. 거기서 어른들이랑 함께 회의할 거야."

"내가 물어볼게."

나는 놀라에게도 문자를 보내 우리 계획을 알렸다. 그러는 사이 리야한테서 클로에와 함께 간다는 연락을 받았다.

◇ ◇ ◇

에이든의 엄마는 정말 따뜻하게 우리를 맞아 주었다. 나는 우리 네 사람이 가도 괜찮을지 미리 허락을 구했었다. 클로에는 안절부

절뚝하며 커다란 꽃다발을 내밀었다.

"저희 엄마, 아빠가 가져다드리라고 하셨어요."

클로에는 미안함이 가득 담긴 눈빛으로 조심스레 에이든의 엄마를 올려다보며 말했다.

"저희 가족 모두가 굉장히 죄송하게 생각하고 있어요. 도움이 될 만한 일이라면 뭐든 할게요."

클로에가 굉장히 용기 내서 하는 말이란 걸 알 수 있었다.

"클로에, 괜찮아. 방금 올리비아의 할아버지, 할머니하고도 오랫동안 얘기를 나눴는데, 벌써 두 분이 진실을 다 밝히셨대. 꽃이 참 예쁘다. 정말 고마워."

에이든 엄마는 클로에의 뺨에 가벼운 입맞춤을 했다. 클로에도 마음을 놓는 것 같았다. 그동안 클로에의 미소가 얼마나 예쁜지 잊고 있었다.

에이든의 엄마가 말했다.

"그럼 팝콘이랑 마실 것 좀 챙겨다 줄게. 최소한 이번 일로 에이든이 방 정리는 했네."

오늘처럼 긴박한 상황에서도 팝콘이나 방 정리 같은 일상적인 이야기를 듣고 있으니 뭔가 재미난 구석노 조금은 있는 것 같았다. 에이든의 엄마가 내게 말했다.

"어른들은 아래층에서 회의할 거야. 너희 엄마를 돕기 위해 뭘 할 수 있을지 상황을 좀 정리하려고 해. 할아버지가 그러시는데, 정당 불문하고 우리에게 호의적인 하원 의원들하고 정부 관계자들과 접촉하시겠대. 그리고 너희 아빠는 우리에게 호의적이면서 진실을 중시하는 좋은 기자들을 많이 안다고 하시더구나. 끝으로 우린 신문사에서 관심을 가질 만한 기삿거리를 만들어 보려고 해. 그렇게 진실을 알리려고."

어른들의 계획을 듣고 기뻤지만 내게도 따로 생각이 있었다. 빨리 올라가서 다 함께 의논하고 싶었다.

위층 에이든의 방 앞에 서니 뭔가 어색했다. 에이든이 방문을 열었다. 우리는 서로를 마주 보았다. 클로에가 다시 용기를 내 먼저 말을 쏟아냈다.

"에이든, 미안해. 우리 가족 모두 정말 미안해하고 있어. 우릴 용서해 줘. 다 잘못 생각했어."

마지막에는 클로에의 목소리가 떨렸다. 클로에는 눈을 깜박이며 애써 눈물을 참고 있었다. 에이든은 얼굴을 찡그리더니 머리카락을 뒤로 쓸어 넘겼다. 나도 나섰다. 클로에에게 모든 걸 떠넘길 순 없었다.

"에이든, 나도 미안해. 한 번 더 사과하고 싶어. 이렇게 직접. 난 비겁했어. 내 입장을 더 분명하게 말했어야 했어. 네가 어떤 일을 하는지 클로에와 클로에의 부모님보다 내가 훨씬 잘 알고 있었는데 잠자코 있었어. 사실 클로에보다 내가 더 나빠. 왜냐하면 널 더 잘 알고 있었으니까. 부디 우리 둘 다 용서한다고 해 줘."

나는 클로에의 어깨를 감싸 안았다. 클로에는 떨고 있었다. 그 순간만큼은 클로에가 더 대단하게 느껴졌다. 클로에는 정말 미안해하고 있었다. 분명히 그랬다. 에이든도 우리 셋만큼 그 사실을 알아주면 좋겠다고 생각했다. 놀라와 리타도 어느새 클로에 쪽으로 다가와 있었다. 그렇게 우리 네 사람은 에이든의 방문 앞에 선 채, 에이든이 들어오라고 하기만을 기다렸다. 결국 내가 한마디를 덧붙였다.

"난 이 상황을 바로잡는 데 도움이 되고 싶어."

내 얼굴을 쳐다보는 에이든의 표정이 좀 전과는 사뭇 달랐다. 몹시 진지한 얼굴이었다. 과연 우리가 한 말을 믿어도 될지 고심하는 것 같았다. 그런데 에이든의 두 눈을 마주 보는 동안 내가 확실하게 깨달은 한 가지가 있었다. 언제나 신뢰할 수 있고 다정한 눈빛을 뿜어내는 에이든의 눈이 윌리엄의 눈을 닮아 있었다. 그리고 그 눈은 그동안 내게 얼마나 큰 상처를 받았는지 말하고 있었다. 처참한 기분이 들었다. 나는 에이든을 오랫동안 알았고, 에이든의 사랑스러운 가족과 함께 방학을 보낸 적도 있었다. 에이든이 다정하고 좋은 아이라는 걸 누구보다 잘 알고 있었다. 학교에서 그런 일이 터졌을 때 나는 도대체 왜 잠자코 있어도 괜찮다고 생각했을까? 나는 아무것도 하지 않았지만 그렇게 아무것도 하지 않음으로써 분명히 뭔가를 한 셈이 되었다. 샙에게 에이든을 괴롭혀도 괜찮다고 한 셈이 되었고, 사람들에게 헛소문을 퍼뜨려도 괜찮다고 한 셈이 되었다. 결국 증오를 일삼는 사람들이 이기게 놔뒀다.

"정말 부끄러워. 정말로, 정말로 미안해. 에이든, 방에 들어가게 해 줘. 나한테 계획이 있어."

내가 말했다.

에이든은 아랫입술을 깨물며 나와 클로에를 바라보았다. 눈물이 그렁그렁한 클로에가 코를 훌쩍이다가 뜬금없이 딸꾹질을 시작했다.

"미안해!"

클로에의 비명에 모두 웃음이 터졌다. 덩달아 빙그레 웃는 에이든을 보며 마음이 놓였다.

"들어와."

에이든은 방문을 활짝 열어 우리를 환영했다. 에이든의 방은 내 마음에 꼭 들었다. 새들을 찍은 사진과 스케치가 잔뜩 붙어 있는 벽과 새에 관한 책들로 가득한 책장이 눈에 들어왔다. 스케치가 정말 환상적이었다. 에이든은 그림을 정말 잘 그린다. 다른 일만 없었다면 에이든과 스케치에 관해 이야기를 나누고, 내가 린디스판에서 만나 본 새 이야기를 해 주었겠지만 아쉽게도 오늘은 그보다 먼저 할 일이 있었다.

나는 린디스판 섬에서 사 온 퍼지를 꺼내 놓고 친구들에게 계획을 설명했다.

"우리만 할 수 있는 얘기가 있는 것 같아."

에이든이 물었다.

"무슨 얘기?"

"우리 얘기. 우리가 직접 겪은 걸 말해야 해. 어른들이 말하는 우리 얘기 말고. 우선 학교에서 있었던 일부터 시작하는 거야. 퀘이커교 집안의 남자아이와 군인 집안의 여자아이. 그 아이들의 친구들과 가족들. 우리 모두 학교가 분열되는 것을 바라지 않았다는 얘기랑 우리와 우리 가족에 관한 거짓 기사를 실은 신문도 다 얘기하자. 에이든, 난 여전히 카뎃에 가입하고 싶지만, 그것 때문에 우리 학교에서 전쟁이 벌어지는 건 싫어. 그리고 너희 가족과 우리 엄마가 우리 학교 학생들을 이간질한다는 비난은 더 받지 않으시면 좋겠어. 그래서 우리 이야기에는 평화 조약이 있어야 해."

놀라가 물었다.

"평화 조약이라니?"

"응. 일단 평화를 선언하고 우리 학교를 중립 지역으로 선포하는 거야. 우리 학교에 카뎃이 설립되는 걸 반대한다는 청원을 새로 시작해서 학교에 관계된 모든 사람이 서명하는 거야. 에이든, 너, 너희 부모님, 나, 우리 할아버지, 할머니 모두. 그리고 그 자리에 기자들을 부르는 거야."

리야가 물었다.

"우리 학교에 카뎃이 들어오는 걸 반대하는 청원에 모두가 서명하길 바란다고 했어? 올리비아, 넌 여전히 카뎃에 가입하고 싶다며?"

"맞아."

놀라가 말했다.

"이해가 안 돼."

클로에도 말했다.

"나도 안 되는데."

"난 여전히 카뎃에 가입하고 싶어. 그러니까 새로운 청원에는 우리 할아버지하고 리 소령님한테 카뎃 지부 설립을 도와달라고 요청하는 내용도 있어야 해. 단, 우리 학교 말고 우리 지역에. 그럼 모두가 만족할 거야. 논쟁할 여지도 없어지고, 신문사나 그 지독한 하원 의원이 사람들을 부추길 거리도 전혀 없을 거야."

에이든이 물었다.

"정말로 그럴까? 우리 부모님이 이 지역에 육군 카뎃 지부가 새로 생긴다는 청원에 서명하실지 잘 모르겠는데. 그리고 너희 할아버지는 학교 안 카뎃 설립이 물거품 된다는 데에 찬성하지 않으실걸?"

"하실 거야. 모든 건 우리 얘기에 달렸어. 신문사가 이야기를 이용해서 분란을 일으킨다면, 우리는 이야기를 이용해서 분란을 가라앉히면 돼."

◇ ◇ ◇

"그렇단 말이지."

할아버지가 말했다.

"훌륭한 전략이다. 허를 찌르는 수야. 맞불 작전이라니. 나는 서명하마. 우리 쪽에서 선수를 치는 거야. 이번에야말로 분란만 일으키는 기자들이나 정치가들보다 카뎃이 우리 지역을 더 소중히 여긴다는 걸 분명히 보여 줄 수 있겠구나. 전쟁을 시작하는 것이 평화를 협상하는 것보다 쉬운 법이야. 자신의 통장 잔고와 주식을 지역 전체보다 중요하게 여기는 것들한테 이용당하고 싶지 않아. 그건 군인답지 않은 일이지. 올리비아, 아주 훌륭하다."

에이든의 아빠는 걱정스러운 표정이었다.

"아주 좋은 생각이야. 나도 돕고 싶고. 그런데 퀘이커교도인 우리가 카뎃 지부를 요청하기가 쉽지 않을 것 같은데."

내가 설명했다.

"저희가 그 점을 생각해 봤는데요, 새로운 청원은 이렇게 할 거예요. 우리 지역에 카뎃 지부가 들어오기를 바라는 학생들이 있다. 다만 불필요한 다른 문제가 생기지 않도록 카뎃이 학교가 아니라 지역에 기반을 두고 들어오기를 요청한다. 청원에 서명하는 것이 카뎃 설립 요청을 의미하는 것은 아니다. '만약에 카뎃이 들어온다면' 학교에 기반을 두어서는 안 된다는 것을 의미한다."

어른들은 잠시 골똘히 생각해 보는 것 같았다. 아빠가 말했다.

"기발한 아이디어야! 올리비아, 아주 잘했어."

에이든의 엄마도 거들었다.

"살될 깃 같은데."

실제로도 그랬다.

◇ ◇ ◇

이번 일로 나는 내가 계획을 세우고 실행에 옮기길 좋아하는 성격이란 것을 알게 되었다. 할아버지는 나와 함께 교장 선생님을 만나 평화 조약을 설명했다. 이미 합의된 내용이라는 할아버지의 말에 선생님은 아주 안심하는 것 같았다. 우리 계획을 전적으로 지지하겠다는 뜻까지 밝혔다. 여름방학이 끝나는 월요일을 평화 기념 행사일로 지정하고 그날은 수업을 하지 않겠다고 약속했다. 모두가 좋은 기분으로 새롭게 시작하기에 최상의 기회였다.

엄마의 재판 날짜는 여전히 미정이고, 탈보트 의원이 여론을 나쁘게 몰아가려고 지속적으로 애를 쓰는 가운데, 우리는 최대한 언론을 우리에게 유리한 쪽으로 활용하기로 했다. 모두 힘을 합쳐 최대한 많은 신문사와 라디오, 티브이 방송국에 연락해서 우리의 계획을 알렸다.

클로에 부모님의 활약도 우리 못지않았다. 주말 동안 학교에 와서 행사 준비를 도왔는데 여러 가지 장식물을 가져와서 학교 곳곳을 장식해 주었다. 새로운 청원이 시작되었음을 알리는 월요일에는 놀라의 삼촌과 우리 할아버지가 가슴에 훈장을 달고 학교를 방문했다. 연단에 선 할아버지는 자신이 군대에서 체험한 것들을 들려주고 우리 지역에 카뎃이 들어오기를 바란다는 소망을 피력했다. 할아버지의 연설에서 가장 좋았던 부분은 마지막 대목이었다.

"퀘이커교도는 평화를 만드는 사람들입니다. 그리고 군대는 긴 세월 동안 평화를 지켜왔습니다. 여러 가지 모순점이 있다 해도, 우리는 평화를 위해 싸웁니다. 우리는 여기 학생들이 생각해 낸 합의안을 받아들일 수 있을 겁니다. 그리고 우리 손녀 올리비아를

축하해주고 싶습니다. 올리비아는 제 엄마에게서 평화를 사랑하는 마음을, 제 아빠에게서 평화를 지키며 협의하는 기지를, 제 할머니에게서 평화롭게 중재하는 기질을 물려받은 것 같습니다. 그리고 한 가지 더 매우 뿌듯한 마음으로 덧붙이자면, 우리 손녀는 여전히 카뎃에 들어가고 싶어 합니다. 물론 이 지역에 새롭게 들여올 카뎃이 되겠지요."

할아버지의 연설은 완벽했다. 모두가 미소를 지으며 안도했다. 새로운 청원의 서명대 앞에는 학생들 수백 명이 줄을 서기 시작했다. 셉과 그 무리는 보이지 않았지만 어차피 기대하지도 않았다. 북적북적한 분위기에 학생들이 워낙 많아서 그 와중에 셉 일행을 인터뷰하고 싶어 하는 기자는 아무도 없었다. 우리는 클로에의 부모님이 마련한 영국 국기와 비둘기로 장식한 커다란 케이크, 수많은 풍선들로 성대한 기념식을 치렀다. 모든 게 기대 이상이었다.

신문사와 티브이 방송국은 이 훈훈한 이야기를 사랑했다. 카뎃에 가입하고 싶은 아이들은 새로운 카뎃 지부가 생겨서 얼마나 기쁜지 이야기했고, 에이든처럼 카뎃에 가입하기 싫은 아이들은 학교 안에 카뎃이 생기지 않아서 얼마나 안심인지 이야기했다. 전국적으로 발행되는 일간지에서 우리 이야기를 취재해 긴 디음 날, 우리 사진이 신문에 대문짝만 하게 실렸다. 사진 속에서 할아버지와 나, 에이든과 에이든의 부모님이 청원대 앞에서 나란히 활짝 웃고 있었다. 기사 제목은 '평화를 만드는 사람과 평화를 지키는 사람들, 그 대를 이어 가다.'였다. 머리에 꽃을 장식한 엄마의 예쁜 얼굴도 조그맣게 실렸고, 어린 학생들이 어떤 계기로 평화를 만드는 일에 관심을 두게 되었는지도 기사화 되었다. 몇몇 군데 방송 프로그램에서 인터뷰 요청이 들어왔고, 여러 정당의 정치인들이 방송에 나와 상대와 협의하고 합의점을 찾기는 어른들도 힘든데 어린 학생들이 대단하다며 우리 사회의 장래가 밝다고 했다. 어떤 하원의원은 내게 정치에 입문해 보라고 하기도 했다.

갑자기 이런 생각이 들었다. 어쩌면 뭔가를 한다는 건, 그것이 사람들로 하여금 굉장히 복잡한 사안이라는 사실을 받아들이도록 하는 게 전부일지라도, 아무것도 안 하는 것보다는 스트레스가 덜할 것이다. 어쩌면 나는 생각보다 엄마를 많이 닮았는지도 모르겠다.

그리고 그 주의 마지막 날, 메리 수녀님과 버나드 아저씨와 함께 법정에 선 엄마를 볼 수 있었다.

30

◇◇◇◇◇

엄마와 메리 수녀님, 버나드 아저씨는 재판정에 섰고 부과된 벌금을 냈다. 새로 배정된 판사는 무척 호의적이었으며, 영국이 전통적으로 신념에 따른 병역 거부자를 존중해 왔다고 말했다. 풀려난 세 사람에게 지역 신문은 물론이고 몇몇 중앙지의 인터뷰 요청이 있었다. 그 기세를 몰아 여러 편의 티브이, 라디오 프로그램에도 출연했으며 반응은 아주 좋았다. 학교 행사가 끝나고 형성된 좋은 분위기가 이어지고 있었다. 모든 일은 점점 자랑스러운 일로, 아니 엄마와 그 일행은 점점 자랑스러운 사람들로 평가받기 시작했다. 조금 괴팍하지만 훌륭한 영국인, 품위와 지조를 지키며 자신의 원칙에 충실한 사람들로 재평가되었다. 탈보트 의원이 의도한 것과는 정반대의 결과였다. 탈보트 의원은 슬그머니 물러나서 눈치만

살폈다. 할아버지는 곤혹스러운 문제를 일으킨 탈보트 의원이 재
선할 수 있을지 의심스럽다고 했다. 엄마도 할아버지 의견에 곧바
로 동의했다. 처음 한동안은 두 분이 서로의 의견에 동의하는 일
이 많았다. 다시 가족이 되어 기쁜 눈치였다. 하지만 솔직히 말해
서 나는, 두 분이 다시 정원 일을 두고 '유니버시티 챌린지' 퀴즈
정답을 두고, 가장 좋은 요리법을 두고 논쟁하기 시작하는 것을
본 후에야 안심할 수 있었다. 내 눈에는 그런 모습이 더 자연스러
웠다.

엄마는 여전히 자신이 옳은 일을 했다고 생각하는 것 같았다.
하지만 안쓰럽게도 옆에서 보기에는 모든 일에 조금씩 위축되는
것 같았다. 결국 엄마는 조니 아저씨와 함께 잠시 머리를 식히고
오기로 했다. 두 사람이 레이크디스트릭트에서 짧은 휴가를 보내
고 온 뒤, 아빠는 엄마와 아저씨를 위해 '국제 평화'를 공부할 수 있
는 대학을 찾아 주었다. 엄마와 아저씨가 외국에서 공부하며 난민
캠프와 전쟁 지역에서 일하는 동안, 아빠가 휴직을 하고 런던의 엄
마 집에 와서 학기가 끝날 때까지 내 옆에 있기로 했다. 나는 사제
관으로 돌아가지 않고 아빠와 스탠과 함께 지냈다. 나중에 GCSE
를 준비하면서 할아버지, 할머니와 살게 되겠지만, 대학 준비는 아
빠가 있는 더럼에서 할 수도 있다. 아빠와 좀 더 살아 보고 싶었고,
엄마와 조니 아저씨도 이미 찬성했기 때문이다.

나는 엄마와 조니 아저씨를 정말로 사랑한다. 이번에 깨달았다.
여전히 두 사람 때문에 화날 때가 더 많지만, 나는 두 사람이 정

말 자랑스럽다. 아빠를 좀 더 닮은 내가 앞으로도 두 사람처럼 될 일은 아마 없겠지만, 두 분 같은 사람들이 세상에 있어 다행이라고 생각한다. 그런 사람들 덕분에 우리가 싸워서 지킬 만한 가치 있는 세상이 되는 것이다. 두 분은 아마 이 표현을 안 좋아하겠지만, 그렇지만 이건 윌리엄 블레이크가 〈예루살렘〉에서 말한 싸움이다. 나는 영혼의 싸움이 더 좋다. 그리고 내가 정말로 하고 싶은 일을 깨달았다. 아빠처럼 역사학자가 되고 싶다. 문제가 생겼을 때 내가 여러 사람의 입장을 이해하는 걸 보고 아빠는 내가 역사학자 기질을 타고났다고 했다. 맞는 말 같다. 그렇지만 여러 사람의 입장을 모두 이해한다고 모든 입장이 다 똑같이 옳다고 보는 건 아니다. 이번 일을 통해 그런 사실도 깨닫게 되었다.

여름방학이 되자 아빠와 나는 린디스판 섬으로 돌아갔다. 예전에 빌린 집을 다시 빌렸고, 에이든의 가족과 아빠의 여자 친구 앨리스 아줌마를 초대했다. 앨리스 아줌마는 정말 좋은 사람이었다.

방학 선물로 엄마는 내게 물감 한 상자를 사 주었다. 린디스판 섬에 도착한 날, 나는 일찍 일어나서 그림을 그리러 나갔다. 스탠만 데리고 나와서 어떻게든 윌리엄을 다시 만날 수 있지 않을까 하는 기대를 품었던 것 같다.

바닷가 바위에 남자아이가 혼자 앉아 있었다. 그림을 그리고 있는데 순간적으로 윌리엄인 줄 알고 가슴이 뛰었다. 하지만 윌리엄일 수 없었고, 윌리엄과 닮은 소년일 뿐이었다. 소년은 에이든이었다. 스탠도 에이든이 마음에 드는 모양이었다.

목줄까지 풀려 가며 에이든의 품속으로 뛰어들었다. 그 바람에 에이든이 들고 있던 스케치북을 놓치고 말았다.

나는 큰 소리로 외쳤다.

"으악! 미안해!"

"이 녀석!"

에이든이 쓰다듬자 스탠은 황홀경에 빠진 것 같았다. 그 모습을 보고 있던 나는 스탠의 목걸이를 잡고 내 쪽으로 끌어왔다.

"정말 미안해."

"미안. 스탠이 너 되게 좋아한다."

스탠의 목걸이에 목줄을 연결하며 내가 말했다.

우리는 서로를 마주 보며 웃었다. 얼굴이 조금 빨개지는 느낌이었다. 그때 이후로 우리는 아주 친하게 지내고 있다. 아빠와 지내는 동안 에이든의 가족이 우리 집에 와서 저녁을 먹기도 하고 우리가 가기도 했다. 할아버지와 나는 아빠와 함께 버드 와칭을 다녔는데, 거기서도 자주 만났다. 학교에 가면 데면데면하게 굴던 것도 그만두었다. 카뎃이 열리면 나는 신청서를 낼 것이고, 에이든은 그러지 않을 거라는 걸 모두가 알았지만, 우리는 아랑곳하지 않고 자주 어울리면서 이야기를 나누었다. 아무도 문제 삼지 않았다. 모두 카뎃 문제에 오랫동안 시달렸던 터라, 한동안은 이유를 막론하고 친구를 놀리는 일은 사라진 분위기였다. 물론 얼마 가지 않아 평소대로 돌아오겠지만. 솔직히 말해 학교에서 놀림받을 만한 특별한 이유가 있다면 상관없을 것 같았다. 예를 들어 에이든과 관련한 문제로 아이들에게 놀림받더라도 괜찮을 것 같다. 에이든 역시 나와 다르지 않을 것이다. 우리 앞에는 아직 긴 시간이 남아 있고, 우리 이야기는 이제 막 시작되었다.

린디스판 섬에서의 첫날, 나는 에이든 앞에서 실망한 기색을 감추어야 했다. 윌리엄이 아니어서 실망한 내 기분을 에이든은 이해하지 못할 터였다. 당연했다. 어떻게 설명할 수 있을까?

'아, 미안. 난 또 내가 과거로 돌아가서 백 년 전 세상을 떠난 소년을 만난 줄 알았지 뭐야.'

실없는 소리였다. 내 마음속 깊은 곳에서는 다시 윌리엄을 보지 못하리라는 걸 잘 알고 있었다. 우리가 나눌 수 있는 이야기를 모두 했고, 미래에서 온 내가 해 주는 이야기는 과거 속 윌리엄이 내린 결정에 어떤 영향도 줄 수 없었다. 다만, 나는 윌리엄에게 무슨 일이 있었는지 알고 싶었다. 아주 잠깐이라도 다시 만나서 꼭 묻고 싶었다.

에이든이 스탠과 놀아 주는 모습을 지켜보고 있는데, 언뜻 윌리엄의 물감 상자가 보였다. 에이든이 서 있는 바위 옆에 놓여 있었다.

"이거 어디서 났어?"

나는 달려가서 상자를 들어 쓰다듬었다. 표면이 반질거렸다.

갑작스러운 내 행동에 에이든은 조금 놀란 눈치였다.

"이 물감 상자? 우리 할머니 거였어. 할머니는 할머니의 아버지한테 물려받으셨대. 화가였던 모양이야. 제일차세계대전 때 부상병 호송 부대에서 복무하신 분인데, 제대하고 나중에 새를 그린 그림으로 굉장히 유명해지셨어. 집에 가면 보여 줄게. 화랑에도 있고. 나는 뵌 적이 없는데, 엄마 말로는 내가 그분을 많이 닮았대. 그림 그리는 재능도 닮았으면 좋겠어."

"화가 할아버지는 성함이 어떻게 돼?"

대답은 이미 알고 있었다. 나는 벅차오르는 기쁨을 티 내지 않으려고 애썼다.

"성을 바꾸셨다고 들었어. 퀘이커교 신자가 되면서 가문에서 쫓겨났거든. 그래서 성도 직접 지으셨어. 성함은 윌리엄이야. 화가 윌리엄 피스메이커."

◇ ◇ ◇

에이든이 윌리엄의 그림을 보러 런던의 화랑에 가자고 했다. 우리는 함께 기차에 올랐다. 괜히 쑥스러웠다. 늘 우리를 향해 달려오던 스탠이 없어서 그런 것 같았다. 스탠이 있었으면 여느 때처럼 온몸으로 박치기를 하고, 손을 핥거나 해서 뭔가 이야깃거리를 만들어 냈을 텐데, 둘만 있어서 그런지 기분이 묘했다. 하지만 오래가지 않았다. 우리는 얼마 지나지 않아 웃고 떠들기 시작했다. 자연스럽고 동시에 굉장히 신이 났다. 퀘이커교 소년과 카뎃 소녀. 많이 다르지만 우리에게는 훨씬 많은 공통점이 있었다. 우리를 갈라 놓는 그 어떤 차이점보다.

윌리엄은 전쟁터에서 돌아와 새를 그렸다. 다양한 모양과 크기의 새들이 그림 속에 있었다. 온갖 종류의 새들. 암컷과 수컷, 아기 새와 어미 새. 윌리엄은 까만 깃털, 갈색 깃털, 온갖 깃털 색을 뽐내는 새들을 그렸다. 하얀 깃털의 새들, 참새와 독수리, 비둘기와 갈매기가 있었다. 윌리엄은 모든 새를 사랑했다.

에이든과 나는 작은 방 안을 거니면서 새들이 날고, 알을 품고, 하강하고, 노래하고, 날아오르고, 나뭇가지에 걸터앉고, 깃털을 단장하는 모습을 감상했다.

새들은 사나운 파도로 뛰어들기도 하고 잔잔한 바다 위에서 쉬어 가기도 한다. 태양을 가로지르며 날아가는 새들은 하늘과 땅 위에서 경계를 넘나든다. 새들에게 시대는 무의미하다. 새들은 서로 다르고, 새들은 저 자신이며, 새들은 자유롭고, 새들은 모두, 앞으로도 언제나 아름다운 생명체일 것이다.

《하얀 깃털》은 앤 부스의 청소년 소설 가운데 두 번째로 국내에 소개된 작품입니다. 가장 처음 소개된 작품은 2015년에 출간된 《다하우에서 온 편지》입니다. 주인공 제시가 할머니에게서 비극적역사를 전해 듣고 현재의 모습을 되돌아보는 내용이지요.

작가 앤 부스는 그동안 여러 지면을 통해 역사 속에서 배우는교훈을 소중히 여긴다고 밝혀 왔습니다. 이번《하얀 깃털》의 주인공 올리비아 또한 과거에 비춰 현재를 바라봅니다. 다만 이번에는과거를 책으로 읽거나 전해 듣는 대신 직접 백여 년 전의 세상으로 돌아갑니다. 그런데 올리비아가 돌아간 백여 년 전의 세상에서는 영국 또한 아름답지 않았습니다. 제일차세계대전이 한창인 때였으니까요.

《하얀 깃털》에서 사건은 시간을 넘나들며 전개됩니다. 백 년 전의 과거와 현재, 몇 달 전의 과거와 현재가 유려하게 교차하며 주인공을 둘러싼 갈등이 차근차근 윤곽을 드러냅니다. 자신만의 신념을 가진 다양한 인물이 등장해 큰 소리로 자신이 믿는 바를 주장하는 동안, 작가는 누구 한 사람의 편을 들지도, 어느 하나의 신념에 성급히 동조하지도 않습니다. 부정적인 시각을 드러내는 건 오직, 다른 이의 신념에 눈을 감고, 귀를 닫고, 비난만 하는 인물을 그릴 때뿐입니다. 상대의 생각에 눈을 뜨고 귀를 기울이는 것이 의견의 차이를 넘어 화합에 닿기 위한 첫걸음이라는 걸 보여 주는 듯합니다.

자칫 틀에 박힌 결론으로 들릴 수 있는 이 해법에 힘을 싣는 건 그런 결론에 도달하기까지 끊임없이 갈등하고 고민하는 올리비아입니다. 여타 소설의 주인공과 달리 자신의 목소리를 내길 주저하는 올리비아의 모습은 현실에서 가장 많이 볼 수 있는 우리 대다수의 모습이어서 더 공감을 불러일으킵니다. 작가 앤 부스 또한 우리와 같은 모습을 한 올리비아에게 애정을 품고 있었던 게 틀림없습니다. 멋진 가족들과 다정한 친구들을 보내 주고 더구나 시간여행의 특전까지 경험하게 해 주었으니까요. 그런 애정을 저버리지 않겠다는 듯, 올리비아는 자신의 기준과 생각으로 현실을 판단할 수 있기까지 포기하지 않고 나아갑니다. 주위에서 벌어지는 일에 주의 깊게 관심을 기울이고, 힘들게 내린 결론을 행동으로 옮기는 모습을 보여 줍니다.

《하얀 깃털》은 쉽게 결론 내릴 수 없는 다양한 주제를 담고 있습니다. 영국 사회를 배경으로 한 작품이기에 우리 상황과는 다른 면도 많습니다. 다만 생각의 차이를 인정하고 서로의 생각을 진지하게 들어 보는 것, 그렇게 차이를 좁혀 나가자는 것만큼은 시간과 공간을 떠나 유효하지 않을까요? 작가와 독자의 경계에서, 작가가 말하고자 한 바를 사회와 문화의 여러 차이를 넘어 독자 여러분에게 잘 전달했기를 바랍니다.

2019년
김선영

하얀 깃털

초판 1쇄 펴낸날 2019년 11월 15일
초판 2쇄 펴낸날 2020년   6월 22일

지은이   앤 부스
옮긴이   김선영
펴낸이   조은희
편집장   한해숙
책임편집   최현정, 오선이
디자인   최성수, 이이환
교정   정인화
마케팅   박영준
온라인마케팅   정보영
영업관리   김효순
제작   정영조, 강명주
펴낸곳   주식회사 한솔수북
출판등록   제2013-000276호
주소   03996 서울시 마포구 월드컵로 96 영훈빌딩 5층
전화   편집 02-2001-5820 영업 02-2001-5828
팩스   02-2060-0108
전자우편   isoobook@eduhansol.co.kr
블로그   hsoobook.blog.me
페이스북   chaekdam
인스타그램   chaekdam

ISBN 979-11-7028-386-7 43840

이 도서의 국립중앙도서관 출판예정도서목록(CIP)은
서지정보유통지원시스템 홈페이지(http://seoji.nl.go.kr)와
국가자료공동목록시스템(http://www.nl.go.kr/kolisnet)에서
이용하실 수 있습니다. (CIP제어번호: CIP2019042092)

큐알 코드를 찍어서
독자 참여 신청을 하시면
선물을 보내 드립니다.

 책담 다른 내일을 만드는 상상